U0064010

中學生◉◉文言經典選讀

古文觀止

黃坤堯 導讀及譯注

中華教育

序言

現代社會進步，科技發展迅速，學生學習的科目亦多，文理社商，經濟通識，顧此失彼，眼花繚亂。而考試的壓力也大，要取得好成績，談何容易。不過，語文始終是所有學科的根基，無論學習任何知識，都得依賴語文作表述，甚至評核。寫作不清楚，或者說得不明白，大家難以理解，嚴重的還會失分，自然是吃虧多了。如果語文精通，帶出重點，洋洋灑灑，賞心悅目，在評分方面就予人好感了。

現在語文一般是指兩文三語，英文重要，中文也一樣重要。英文以應用為主，聽講讀寫，多做練習，熟能生巧，相信必有好成績。中文的學習也是這樣，離不開聽講讀寫的訓練，但我們除了日常運用之外，還多了對文化傳承的認知。中國文化源遠流長，文言白話今古交匯，粵語和普通話相互碰撞，每個人感受不一，各有不同的回應方式。少數學生對語文比較敏感，得心應手，易於掌握，屬於評分較高的資優組別，可以不論。但大多數的學生要應付不同的學科，已感吃力，再面對多樣化的中文，尤其是古典中文，可能是比較陌生的世界，要考取中等成績，談何容易，甚至還對試場產生恐懼的感覺，得不償失。因此學好語文，自然也是中學生的共同願望了。

不過，學習中文也不見得是困難的事。有些人完全不感興趣，拒絕接觸，情願自我放棄，到此為止，我們無法改變他們的心態。如果大家還有一點興趣，只要學得其法，大概總有提升的空間。學習語文，沒有甚麼祕密可言，最好用一種平常心，從賞玩遊戲中逐步滲入，潛移默化，不必過於刻意，也不帶任何的動機。就像陶潛說的，「好讀書，不求甚解；每有會意，便欣然忘食」，讀書不見得就是一看就懂的，在解與不解之間，適當的時候可以放下，到下次反覆再讀時，說不定靈光乍現，過去不懂的忽然有所會意，變得明白了，自然喜悅，而這也是讀書最大的樂趣。閱讀訓練不會白費的，日積月累以後，知識增多，會意的頻率也就愈來愈頻密了，顯出自信，也就是自我的進步。

古文並不是用來死讀死背的，就算有了範文，在考試中亦不佔重要的地位。因此，閱讀古文就像鑒賞藝術品一樣，看多了自然可以提升個人的語文能力。休閒的時候選讀名著一兩篇，認識好作品，有所了解，似跟古人晤對，傾訴心聲，自然也是賞心樂事了。最好是輕鬆學習，不必急於求成，底子不好，急也急不來。蘇軾得到了朋友送來的《陶淵明詩集》，「字大紙厚，甚可喜也。每體中不佳，輒取讀，不過一篇，惟恐讀盡後無以自遣耳」。喜出望外，更顯感恩之情。蘇軾鍾情於陶詩，不但用以治療心疾，而且嚴格控制藥量，每次限讀一篇，怕讀完後無詩可讀，也就無藥可治了。大家讀古文，看來也可以在「體中不佳」時選讀一篇以「自遣」，獲取片刻的憩息，穩定心神，說不定也可以治癒語文恐懼障礙症，獲得療效。

現在還要學古文嗎？古文在現實社會中作用不大，偶然才會有少數的表現機會。不過古文跟白話卻是一脈相承的，有時也難以截然分開，文中有白，白中有文，其實也是相互包容的，在文章中也很常見。例如「蔓草猶不可除，況君之寵弟乎」「多行不義必自斃」「大隧之中，其樂也融融」「一鼓作氣，再而衰，三而竭」「一之為甚，其可再乎」「周德雖衰，天命未改。鼎之輕重，未可問也」諸句，都見於《左傳》之中，距今二千五百年左右，跟我們今天的白話口語，差異不大，就算不用翻譯，大家幾乎都一看就明白的。因此我們學習古文，領略語感，掌握行文技巧，寫出平易流暢的文章，條理清晰，修辭雅正，自然也是馭文有術了。

吳楚材（1655－1711?）、吳調侯編選的《古文觀止》初刻於康熙三十四年（1695），三百年來通行甚廣，除了鑒賞古代的名家名作之外，其實也是學習寫作入門的首選。《古文觀止》的篇章一般都在四百至六百字以內，少選長篇巨製，內容精煉，言簡意賅，組織嚴密，文筆優美。每一篇各有立意，寫出嚴正的主題，展示作者的觀點，呈現不同的品味。衡文審美，雅俗共賞，朗朗上口，易於引發共鳴，一直都深受讀者的歡迎。

《古文觀止》十二卷，選錄古文二百二十二篇，輯錄的作品比較全面及廣泛，多讀之後，自然易於掌握作品的音調風神、氣味聲色，下筆振振有辭，可是分量較重，時間所限，要讀畢全書並不容易。中華書局此前出版的《新視野中華經典文庫・古文觀止》選錄四十六篇，約佔原書四分之一，已是名篇中的名篇，可以提升個人對古文的認識，無論鑒賞及寫作，都有相當的效用。現在這本《中學生文言經典選讀：古文觀止》更在這個基礎之上，精選三十二篇，一般都是比較平易的作品，可供初學入門之用，藉以培養閱讀興趣。另增選柳宗元〈始得西山宴遊記〉、蘇洵〈六國論〉二篇，則是配合DSE文憑試課程文本閱讀中「指定文言經典篇章」，具有比對及參照意義。前者柳文跟歐陽修〈醉翁亭記〉相比，都是在謫宦途中作一日的遊興，但憂樂的心情各異。柳宗元悟得「心凝形釋，與萬化冥合」的意境；而歐陽修則陶醉於「醉翁之意不在酒，在乎山水之間也」的悟境，參透世情，豁然開朗，彼此不同。至於蘇洵、蘇轍父子的〈六國論〉，同題共作，探討六國滅亡的主因，蘇洵認為是「六國破滅，非兵不利，戰不善，弊在賂秦」，而蘇轍則說是「蓋未嘗不咎其當時之士，慮患之疎，而見利之淺，且不知天下之勢也」，觀點亦異，自圓其說，也是相互補足的。

《中學生文言經典選讀：古文觀止》總計選錄《左傳》六篇、周秦六篇、漢唐十一篇、宋明十一篇，共三十四篇。循序漸進，均衡分配，歷代的經典名作盡入眼底，可以體會不同時代的寫作筆法，呈現多元的審美趣味。例如早期《左傳》的作品義正辭嚴，話語精簡，點到即止，惜墨如金，具有典範的意義。周秦的創作嬉笑怒罵，議論多姿，辭鋒敏銳，雄奇奔放，表現恢宏的氣象。漢唐的著述厚重博大，思想深刻，流露時代的深情，反映理性的思維，自然都是大手筆的傑作。後來宋明的文章則意象聯翩，風神搖曳，汪洋恣肆，瀟灑流動，更是着重個性的表現，而顯得波瀾壯闊了。文無定法，氣韻生新，由簡易至於豐腴，顯出很大的進步。

現代社會科技日進，經濟活躍，生活方便，品彙繁多。而我們處身於這個知識爆發的世代當中，難以抵擋這股洪流，還得不斷地學習，裝備自我，十分忙碌。所謂學習，最好是廣泛閱讀，汲取前人的經驗，充實文化修養，加強鑒賞深度。但個人畢竟是卑微的，學海無涯，我們也要慎於選擇，節約時間，提振筆力，推陳出新，始有進境。《中學生文言經典選讀：古文觀止》針對每篇古文名著，設有主旨、原文、注釋、賞析與點評、想一想、強化訓練、文章語譯欄目，並在書後附有名句索引、常用成語一覽表、常用詞語一覽表，希望大家看得明白，有助於對文章的理解，豐富語文知識，提升應試技巧，以收事半功倍之效。同時更希望讀出興趣，悠遊於古文的世界當中，自得其樂。

黃坤堯

目錄

序言 ------------------------- 2

【左傳】

鄭伯克段于鄢 --------------- 10
曹劌論戰 -------------------- 19
宮之奇諫假道 --------------- 25
子魚論戰 -------------------- 33
燭之武退秦師 --------------- 39
王孫滿對楚子 --------------- 45

【周秦】

召公諫厲王止謗 ------------ 54
虞師晉師滅夏陽 ------------ 61
鄒忌諷齊王納諫 ------------ 68
觸讋說趙太后 --------------- 74
諫逐客書 -------------------- 82
卜居 ------------------------- 92

【漢唐】

伯夷列傳 -------------------- 100
過秦論（上）---------------- 111

前出師表 -------------------- 123
陳情表 ---------------------- 131
桃花源記 -------------------- 139
五柳先生傳------------------ 147
雜說四 ---------------------- 153
師說 ------------------------ 158
捕蛇者說 -------------------- 165
種樹郭橐駝傳---------------- 172
始得西山宴遊記------------- 180

【宋明】

岳陽樓記 -------------------- 188
醉翁亭記 -------------------- 196
秋聲賦 ---------------------- 202
六國論（蘇洵）------------- 210
前赤壁賦 -------------------- 219
後赤壁賦 -------------------- 227
六國論（蘇轍）------------- 233
讀孟嘗君傳------------------ 240
賣柑者言 -------------------- 245
藺相如完璧歸趙論 --------- 251
徐文長傳 -------------------- 258

【附錄】

名句索引 -------------------- 269
常用成語一覽表------------- 274
常用詞語一覽表------------- 277
強化訓練參考答案 --------- 279

左傳

《左傳》三十五卷，相傳為左丘明（公元前 556－前 451）作。左丘明，春秋末期魯國都君莊（山東肥城市）人，任魯國左史官，或先於孔子（公元前 551－前 479)，或與孔子同時。孔子說:「巧言令色，左丘明恥之，丘亦恥之；匿怨而友其人，左丘明恥之，丘亦恥之。」(《論語．公冶長》）他們都主張做人要老實，不能作假。又司馬遷多次提到「左丘失明，厥有《國語》」(〈太史公自序〉〈報任安書〉）之說，他還是一個瞎子嗎？但不知道說的是不是同一個人了。或稱左氏，可能就是古代的史官。

相傳孔子作《春秋》，以魯國隱、桓、莊、閔、僖、文、宣、成、襄、昭、定、哀十二公的史記作基礎，嚴選用字，論定名分，褒貶是非，發揮微言大義，懲戒亂臣賊子，推行治道，改正世道人心。而《左傳》為《春秋》三傳之一，記錄了魯隱公元年（公元前 722）至魯哀公二十七年（公元前 468）二百五十五年間春秋時期各國政治舞台上重要的歷史事件、人物活動、外交辭令及重要的社會面相等。記事下限則終於魯悼公四年（公元前 464）至十四年（公元前 454）晉國智伯被殺之事。

《左傳》敍事詳悉，生動活潑，掌握大量的史料，議論縱橫，而文章朗朗可誦，一直都是古文寫作入門的典範。

→

鄭伯克段于鄢

【寫作背景】

〈鄭伯克段于鄢〉記錄了春秋時代魯隱公元年（公元前 722）夏五月，即鄭莊公二十二年，鄭國內亂事件的前因後果。鄭莊公的弟弟共叔段早就獲封於京，稱京城大叔，可是並不滿足，恃着有母親武姜作內應，長期以來不斷地擴張勢力，囂張跋扈，還準備起兵，陰謀奪位。

鄭莊公的大臣祭仲、公子呂多次進諫，要早日遏止大叔的野心，但鄭莊公工於心計，表面佯裝忍讓，其實仍然縱容他的弟弟作惡。等到共叔段惡貫滿盈，時機成熟時，然後才先發制人，一舉殲滅大叔的勢力，而大叔也就逃亡到共國去了。

鄭莊公兄弟相殘，出手狠毒，表現人性的險惡。然後他又憎恨母親偏幫弟弟，把她放逐到偏遠的城潁居住，還立下毒誓說：「不及黃泉，無相見也。」意即至死不見，十分決絕。可是未幾又懊惱自己的行為過分，幸得潁考叔設計，讓他們母子在地道內重聚，融融泄泄，修好感情。鄭莊公良心未泯，見證人性的重生。

【主旨】

本文有兩組情節結構，前半部寫宮廷內鬥，兄弟相爭，陰險狡詐，步步殺機，刻畫人性的陰暗面；後半部則以潁考叔的孝行感動鄭莊公，跟母親和好，人性的天良復現，寫出歡欣愉悅的感覺。

【原文】

初，鄭武公娶于申[1]，曰武姜。生莊公及共叔段[2]。莊公寤生[3]，驚姜氏，故名曰寤生，遂惡之[4]。愛共叔段，欲立之。亟請於武公[5]，公弗許。

及莊公即位，為之請制[6]。公曰：「制，巖邑也。虢叔死焉，他邑唯命。」請京，使居之，謂之京城大叔。祭仲曰[7]：「都城

---

① **鄭武公**：名掘突，在位二十七年（公元前 770－前 744）。鄭是姬姓國，周宣王弟友之封國，原在陝西華縣西北。後隨平王東遷，都於新鄭（河南新鄭市西北）。鄭國據有今河南中部新鄉、焦作、開封、鄭州、許昌五市一帶的疆域。**申**：姜姓國，故城在南陽宛（粵 jyun1 淵；普 yuān）縣（河南南陽市）。史載武公十年（公元前 761）娶申侯女為夫人。

② **莊公**：名寤（粵 ng6 誤；普 wù）生（公元前 757－前 701），十五歲即位，在位四十三年（公元前 743－前 701）。**共叔段**：共（粵 gung1 公；普 gōng）叔段（公元前 754－？），鄭莊公元年（公元前 743）封於京（河南滎陽市南），十二歲，史稱京城大叔。共叔段謀位奪權，為莊公所敗，逃亡到共地，稱共叔段也就不把他看作鄭國人了。

③ **寤生**：寤，通「牾」（粵 ng5 五；普 wǔ），逆也。凡生子首出為順，足出為逆，意為難產。《史記．鄭世家》云：「生太子寤生，生之難，及生，夫人弗愛。後生少子叔段，段生易，夫人愛之。」也是理解為難產之意。

④ **遂惡之**：惡（粵 wu3 噁；普 wù），厭惡，動詞。之，莊公，代詞。

⑤ **亟請**：亟（粵 kei3 冀；普 qì）請，多次游說。又解作亟（粵 gik1 激；普 jí），急於請求。

⑥ **為之請制**：為（粵 wai6 位；普 wèi），為了。之，共叔段，代詞。制，古東虢（粵 gwik1 鵙；普 guó）國地，在汜水縣東（河南滎陽市北上街區）。虢叔是周文王的同母弟，封於東虢。

⑦ **祭仲**：祭（粵 zaai3 債；普 zhài）仲（公元前？－前 682），鄭相，以邑為氏，仲是他的排行。或說名仲，字仲足。祭邑在中牟縣祭亭（河南中牟縣）。祭仲有寵於莊公，先後立昭公忽、厲公突、子亹、公子嬰等諸公子為君，專國政。

過百雉[8]，國之害也。先王之制：大都不過參國之一[9]；中五之一；小九之一。今京不度，非制也，君將不堪。」公曰：「姜氏欲之，焉辟害[10]？」對曰：「姜氏何厭之有[11]？不如早為之所，無使滋蔓。蔓難圖也。蔓草猶不可除，況君之寵弟乎？」公曰：「多行不義必自斃。子姑待之。」

既而大叔命西鄙、北鄙貳于己[12]。公子呂曰：「國不堪貳，君將若之何？欲與大叔，臣請事之；若弗與，則請除之，無生民心。」公曰：「無庸，將自及。」大叔又收貳以為己邑，至于廩延[13]。子封曰[14]：「可矣，厚將得眾。」公曰：「不義不暱[15]，厚將崩。」

大叔完聚[16]，繕甲兵[17]，具卒乘[18]，將襲鄭，夫人將啓之。公聞其期，曰：「可矣。」命子封帥車二百乘以伐京，京叛大叔

---

⑧ **雉**：雉（粵 zi6 稚；普 zhì）。城牆長三丈，高一丈為一雉。侯伯國都的城牆方五里，徑三百雉，故大都不容許超過一百雉。

⑨ **參國之一**：參（粵 saam1 三；普 sān），通「三」；參國之一即國都的三分之一。

⑩ **焉辟害**：焉（粵 jin1 煙；普 yān），句首疑問詞。辟（粵 bei6 避；普 bì），同「避」。

⑪ **厭**：厭（粵 jim4 炎；普 yàn），同「饜」，滿足。又讀厭惡之厭（粵 jim3 猒；普 yàn），憎惡。

⑫ **貳于己**：貳，兩屬，即同時聽命於己，加倍賦稅。

⑬ **廩延**：廩（粵 lam5 凜；普 lǐn），鄭邑。陳留酸棗縣北延津故城（河南延津縣）。

⑭ **子封**：公子呂的別字，鄭國的公族大夫。

⑮ **暱**：暱（粵 nik1 匿；普 nì），親愛。

⑯ **大叔完聚**：大（粵 taai3 太；普 tài），同「太」。完聚指建設城郭，屯積禾粟，充分備戰。

⑰ **繕甲兵**：繕（粵 sin6 善；普 shàn），修補，整治。修治甲冑及兵器。

⑱ **具卒乘**：乘（粵 sing6 剩；普 shèng），戰車，名詞用法，下文「二百乘」音同。具卒乘即訓練步卒，準備戰車。

段。段入于鄢[19]。公伐諸鄢。五月辛丑，大叔出奔共。

《書》曰:「鄭伯克段于鄢。」段不弟，故不言弟。如二君，故曰克[20]。稱鄭伯，譏失教也。謂之鄭志[21]。不言出奔，難之也[22]。

遂寘姜氏于城潁而誓之曰[23]:「不及黃泉，無相見也。」既而悔之[24]。潁考叔為潁谷封人[25]，聞之。有獻於公，公賜之食。食舍肉[26]，公問之，對曰:「小人有母，皆嘗小人之食矣。未嘗君之羹，請以遺之[27]。」公曰:「爾有母遺，緊我獨無[28]!」

---

⑲ **鄢**：鄢(粵 jin1 煙；普 yān)，鄭邑(河南滎陽市)。鄭另有鄢陵(河南新鄭市東南)。《左傳》大叔居京及所兼併的西鄙、北鄙都在鄭國西北方一帶，不可能侵佔東南方的鄢陵。

⑳ **克**：意為殲滅、擊敗。《公羊傳》云：「克之者何，殺之也。」訓殺也，則是張揚鄭伯的惡行，具有象徵意義，不是真殺。《穀梁傳》訓「克」為能也，能殺也。「甚鄭伯之處心積慮，成於殺也。」鄭伯動了殺機，也是要嚴加譴責的。

㉑ **鄭志**：鄭伯的居心，處心積慮，有殺人的動機。

㉒ **難之**：難（粵 naan4 困難之難；普 nán)，平聲，覺得有難度，難以說出奔，難以下筆，雙方都有過失，很難單獨譴責大叔叛國。又難（粵 naan6 患難之難；普 nàn)，舊音或讀去聲，訓為責難，責備鄭伯，沒有做好本分。平去音義不同。

㉓ **寘**：寘（粵 zi3 置；普 zhì)，放逐、禁錮。**城潁**：城，高牆。潁（粵 wing6 泳；普 yǐng)，鄭地（河南臨潁縣)。

㉔ **既而**：不久，即翌年，鄭莊公二十三年（公元前 721)。

㉕ **潁谷**：鄭地（河南登封市西南)，潁水所出。**封人**：典封疆者，即地方長官。

㉖ **食舍肉**：舍（粵 se2 寫；普 shě)，同「捨」，留下。

㉗ **請以遺之**：遺（粵 wai6 惠；普 wèi)，餽贈，動詞。之，指潁考叔之母，代詞。下句「爾有母遺」音同。

㉘ **緊我獨無**：緊（粵 ji1 醫；普 yī)，語首助詞，無義，只有構句作用。

潁考叔曰：「敢問何謂也？」公語之故[29]，且告之悔。對曰：「君何患焉？若闕地及泉，隧而相見，其誰曰不然？」公從之。公入而賦：「**大隧之中，其樂也融融**[30]。」姜出而賦：「**大隧之外，其樂也洩洩**[31]。」遂為母子如初。

君子曰：「潁考叔，純孝也。愛其母，施及莊公[32]。《詩》曰：『孝子不匱，永錫爾類[33]。』其是之謂乎！」

㉙ **公語之故**：語（粵 jyu6 裕；普 yù），告訴，動詞。

㉚ **融融**：和樂也。

㉛ **其樂也洩洩**：洩（粵 jai6 曳；普 yì），原作「泄」，唐石經避太宗諱世民改。洩洩，舒散也。莊公及姜氏賦詩都是自己的個人創作，言為心聲，抒發喜悅之情。

㉜ **施及莊公**：施（粵 ji6 二；普 yì），訓蔓延、延及。又施（粵 si1 司；普 shī），平聲，訓施行。施（粵 si3 試；普 shì），去聲，訓施惠、施與。

㉝ **孝子不匱，永錫爾類**：引用《詩經》大雅〈既醉〉第五章的詩句。匱，竭盡，廢棄；錫，賜與；爾，指孝子；類，善道。言上天永遠賜與孝子以善道。

【賞析與點評】

〈鄭伯克段于鄢〉前後兩組的文章筆調和感情氣氛完全不同，愛恨互見，各走極端，對比相當強烈，富有戲劇效果，摹寫不同的人性，同時更帶出了深刻的教育意義。作者在文章中段過渡的地方解釋了《春秋》經文對某些特定字詞的用法，講解微言大義，以及對有關人物事件的評論觀點。結尾則插入作者「君子曰」的意見及引《詩》為證，說明孝道可以感化世道人心，意義重大。

《左傳》敍事精簡洗煉，波瀾起伏，故事緊湊，對話傳神。而且出場的人物眾多，各有個性面目，例如姜氏愚昧，莊公狠毒，大叔驕縱，祭仲穩重，公子呂忠誠，潁考叔敏妙，正邪對立，善惡分明，機關算盡，其實也還是我們現實多元社會的縮影，為了克敵致勝，惡毒的手段層出不窮。雖然這已是二千七百年前的故事了，讀來仍然生動流暢，並不難懂。

〈鄭伯克段于鄢〉是《左傳》開篇的大文章，也是歷代古文作品中公認為第一篇的名作。《古文析義》《古文評註》，以至《古文觀止》都將本文列為首篇的作品，幾乎是人人必讀之作。

【想一想】

本文一直沒有正面描寫大叔的言行，只是通過祭仲及公子呂兩個角色，單方面的證供來指控大叔的罪證，驕縱任性，目無法紀，除了年輕人「失教」之外，可能也還是政治迫害所致。大叔並沒有作任何的申辯，甚至還沒有太多的反抗。莊公兵不血刃地就把大叔趕出鄭國去了，說不定大叔還是一位受害人呢！

莊公工於心計，欲擒先縱，佈置周密，出手狠而準，二十二年來不動聲色，一心置段於死地。同時又有賴賢大臣的輔政，從仇恨走向包容，母子和解，可能也還是教育的成效。但愛與恨是兩個完全不同的極端，能在一念之間，完全化解二十餘年的恩怨，說來亦深具戲劇效應。春秋時代人心淳厚，明辨是非，看來還是理性的世界，有情有義，充滿希望。然而母子和好的場景，說不定還帶有偽善的感覺，欺世盜名，不盡不實。這些都有待讀者的思考和論證，讀書有得，自有見地。

【強化訓練】

一、 把下列文字語譯為白話文：

（1） 多行不義必自斃。子姑待之。

____

____

（2） 國不堪貳，君將若之何？

____

____

二、 試回答以下問題：

（1） 當共叔段逃亡到共地後，姜氏有甚麼下場？

____

____

（2） 如果你是鄭莊公，當弟弟做盡壞事，母親又縱容他，你會怎樣做？

____

____

【文章語譯】

早年鄭武公娶了一位申國的貴族女子，她叫武姜。武姜生下了鄭莊公及共叔段。但莊公出生時難產，嚇怕了母親，所以母親並不喜歡他。母親溺愛共叔段，希望老二能夠繼承王位。她多次游說鄭武公，可是鄭武公並沒有答應她的請求。

到了莊公即位，武姜請求以制邑之地封共叔段。莊公說：「制邑是一個險要的地區，周文王的弟弟虢叔曾經恃險作亂，並因而喪命，換一個別的城鎮吧！」她改求封共叔段於京邑，讓他得以安居，人人就稱共叔段為京城大叔了。祭仲進諫說：「都城的城牆超過一百雉，對於國家是很危險的。按照先王的規制，大都不能超過國都的三分之一，中都只限於五分之一，而小都更只能是九分之一了。現在京邑的都城建設不合制度，並不符合先王的規制。國君看來是難以忍受了。」莊公說：「這是母親的要求，怎樣做可以減少傷害呢？」祭仲回答說：「姜氏又怎會心滿意足呢？不如早作打算，不要讓雜草繁生蔓延。繁生蔓延之後就後患無窮了。連雜草繁生蔓延都解決不了，更何況是您尊貴的弟弟呢？」莊公說：「壞事做多了，一定會自討滅亡的。你慢慢看吧！」

後來大叔插手兼管鄭國西鄙、北鄙的邊地，要他們同時聽命於己，加倍徵稅。公子呂說：「國家不能長期聽從兩邊指令的，這會加重百姓負擔，國君有甚麼打算嗎？如果決定要讓位給大叔，那麼我就請求做他的臣子了。如果不打算讓位給他，就請早日除掉大叔，以免人心思變。」莊公說：「不用擔心，他會自食其果的。」大叔進一步將西鄙、北鄙二地完全納入自己的勢力範圍，伸展到了廩延。子封說：「夠了，再加大實力人民就會倒向支持他了。」莊公曰：「不守君臣正道，不講兄弟親情，再做多一些壞事就會馬上崩潰了。」

大叔建設城郭，屯積糧食，修治甲冑兵器，訓練軍隊，準備好戰車部隊，打算偷襲鄭國的國都，而夫人還準備接應他，打開城門配合。莊公探知了日期，說：「好了，起兵。」就命子封率領戰車二百乘攻打京邑，京邑民眾背叛大叔段。大叔段逃入鄢邑。莊公親自領軍攻打鄢邑。五月二十三日辛丑，大叔逃到共地去了。

《春秋經》說：「鄭伯克段于鄢。」段不守為人弟的本分，所以不稱他為弟。就像兩個敵對的勢力相互對抗，所以就叫「克」了。經文稱「鄭伯」，就是譏刺他沒有盡兄長的本分教導弟弟，可見鄭伯居心不良。不說大叔出奔之事，雙方都有過失，難以下筆。而歷史也要責備鄭伯的，難以掩飾他的惡行了。

事變之後莊公放逐姜氏到城潁居住，更發誓說：「不到黃泉，我不會再見你的。」不久就後悔了。潁考叔是潁谷的官員，知道莊公的心意。有人獻上美食給莊公，莊公賞賜給潁考叔吃。潁考叔將有肉的部分留下來，莊公問他有甚麼原因嗎？他回答說：「小人家中有母親，我送給她的食物都吃過了，卻從來沒有吃過國君賞賜的肉羹，希望能夠帶回去給她品嘗一下。」莊公說：「你有母親可以奉養孝敬，怎麼我就沒有呢！」潁考叔說：「請問有甚麼不好說嗎？」莊公說明原因，而且還說自己感到後悔了。潁考叔回應說：「國君又何必擔心呢？如果挖地見到泉水，就在地道裏見面，誰又敢說不對呢？」莊公認同他的意見。莊公進入地道，高興地賦詩說：「大隧之中，其樂也融融。」姜氏走出來了，也很高興的賦詩和應：「大隧之外，其樂也洩洩。」於是母子和好如初。

君子評議說：「潁考叔是天性純孝的人，孝愛他的母親，同時還感動了莊公。《詩》云：『孝子的孝心是不會匱乏的，上天永遠都會賜與孝子以善道。』說的大概就是這樣的故事吧！」

‖曹劌論戰‖

【寫作背景】

〈曹劌論戰〉一事發生於魯莊公十年（公元前684）正月。曹劌只是一位普通的國民，眼見齊國入侵，魯國多次戰敗，而在位者又庸碌，因此自薦為國效力。其中「肉食者鄙，未能遠謀」一句最能振奮人心，同時也帶出國民的責任感。

曹劌認為戰爭是民心建設工程，小恩小信，未足以籠絡民心，一定要國君公平地對待國民，察獄執法，講求實情，不使有冤枉個案，才能得到老百姓的支持。此外，曹劌又能掌握兩軍對陣時的戰略心理，小心考察戰場的形勢，其中「一鼓作氣，再而衰，三而竭」的論斷尤為精彩，打擊對方的士氣，相對來說就是提振我方的實力，曹劌用心細密，表現出大將之才。

【主旨】

本文記敘長勺之戰的經過，刻畫曹劌卓越的見識、傑出的軍事才能及愛國精神。

【原文】

齊師伐我[1]，公將戰。曹劌請見[2]，其鄉人曰：「肉食者謀之[3]，又何間焉[4]？」劌曰：「**肉食者鄙，未能遠謀**。」遂入見。問：「何以戰？」公曰：「衣食所安，弗敢專也，必以分人。」對曰：「小惠未徧，民弗從也。」公曰：「犧牲玉帛[5]，弗敢加也，必以信。」對曰：「小信未孚[6]，神弗福也。」公曰：「小大之獄[7]，雖不能察，必以情[8]。」對曰：「忠之屬也，可以一戰。戰則請從[9]。」

---

① **齊**：姜姓國，周武王封太公望於齊，都於營丘（山東淄博市）。齊襄公十二年（公元前 686）為公孫無知所弒，齊人殺無知。公子小白入齊即位，是為齊桓公（公元前 716? – 前 643），其在位四十三年，為春秋五霸之首。**我**：魯國自稱，姬姓國。周公旦獲封於魯，不就封國，留佐武王。**公**：指魯莊公，名同，在位三十二年（公元前 693 – 前 662）。

② **曹劌**：劌（粵 gwai3 季；普 guì），魯人。**請見**：見（粵 jin6 現；普 xiàn），特指晉見國君或尊長，有現身之意，表示謙卑；下文「遂入見」，音同。又可解作見（粵 gin3 建；普 jiàn），指一般相見，看見。

③ **肉食者**：指公卿在位者，享有俸祿的官員。

④ **又何間焉**：間（粵 gaan3 諫；普 jiàn），指參與其間，動詞；又可解作間（粵 gaan1 艱；普 jiān），中間，方位詞。

⑤ **犧牲玉帛**：犧牲指牛羊豬三牲，玉帛則指玉琮、圭璧、幣帛之類，皆祭祀禮神之物。

⑥ **孚**：取信於天地鬼神。

⑦ **小大之獄**：小獄指爭訟之類，大獄為殺傷之類。

⑧ **情**：指實情，沒有冤枉。

⑨ **戰則請從**：從（粵 zung6 仲；普 cóng），即隨行、從行。又可解作從（粵 cung4 叢；普 cóng），即服從、聽從等，例如上文「民弗從也」。

公與之乘[10]，戰于長勺[11]。公將鼓之。劌曰:「未可。」齊人三鼓，劌曰：「可矣。」齊師敗績，公將馳之，劌曰：「未可。」下視其轍[12]，登軾而望之[13]，劌曰:「可矣。」遂逐齊師。既克，公問其故，對曰：「夫戰，勇氣也。**一鼓作氣，再而衰，三而竭**[14]。彼竭我盈，故克之。夫大國難測也，懼有伏焉。吾視其轍亂，望其旗靡[15]，故逐之。」

---

⑩ **公與之乘**：乘（粵 sing6 剩；普 chéng），同乘兵車。

⑪ **長勺**：勺（粵 soek3 削；普 shuò）。魯地，商民六族聚居於此，在今山東萊蕪市東北。舊注「音酌」，地名；現代漢語音 sháo，即勺子，指有長柄舀東西的餐具。

⑫ **轍**：轍（粵 cit3 撤；普 zhé），車輪的軌跡。台灣音 chè，例如蘇轍，兩岸的注音不同。

⑬ **軾**：車前橫木。

⑭ **三而竭**：竭（粵 kit3 揭；普 jié），盡，用盡。下文「彼竭我盈」，音同。

⑮ **望其旗靡**：旗靡（粵 mei5 美；普 mǐ），旗幟顛倒歪斜的樣子。

【賞析與點評】

〈曹劌論戰〉記載了一次以小勝大的戰例。魯國連年戰敗，而齊國又一再大軍壓境，曹劌在危亡之際，主動請纓，為國分憂。而魯公亦用人惟才，禮賢下士，肯虛心聽從曹劌的意見，充分表現出理性的態度。

本文分兩大段，又可以細分為四小段。首段簡單交代戰爭的背景——魯國當時沒有人敢跟大軍壓境的齊國作戰。第二小段的主題是指出民心歸向是跟齊國作戰的重要條件。以上歸納為第一大段，就是說曹劌跟老百姓一樣，信任國君，願意保家衞國，可見民心的重要。

第三小段主要提出了「一鼓作氣」的戰略觀點，敵眾我寡，利用士氣此消彼長的技巧扭轉逆勢，擊敗對方。同時在追逐敵軍時更要考察戰場實況，以免墮入陷阱。第四小段解釋曹劌怎樣判斷形勢，作出決定。以上合成第二大段，展現曹劌的將才——能夠冷靜地處理戰場上各種突發事件，審時度勢。

本文以對話為主，行文簡潔，點到即止。作者藉簡潔的文字表現複雜的戰爭情勢，先寫備戰，其後寫作戰，再交代如何贏得勝利。戰爭場面着墨不多，反而特別着重戰爭心理的刻畫，兼論治國之道，說理清晰，令人耳目一新。

【想一想】

在現實生活中，如果我們能參考曹劌的處事方式，面對困境時，思考內外的因素，運用靈活的技巧，小心應對，相信還是可以成功的。此外，人心的支持也很重要，我們要怎樣做才可以得到別人的信任呢？本文給我們最大的啟示：務實的生活態度。

【強化訓練】

一、　解釋下列句中着色的字詞：

(1)　肉食者鄙：________________________

(2)　弗敢專也：________________________

(3)　小惠未徧：________________________

(4)　忠之屬也：________________________

二、　在(　　)內寫出下列句子運用了的修辭技巧：

(1)　(　　　　)、(　　　　)

「一鼓作氣，再而衰，三而竭。」

(2)　(　　　　)

「視其轍亂，望其旗靡。」

(3)　(　　　　)

「肉食者鄙。」

【文章語譯】

齊國的軍隊攻入魯國，國君準備迎戰。魯國人曹劌請求謁見國君。他同鄉的友人說：「當官的享受高薪厚祿，自然要想辦法了，你又何必參與呢？」曹劌說：「當官的都是淺陋的庸才，完全沒有謀略和遠見。」於是獲准謁見國君。

曹劌問：「國君憑甚麼條件可以跟齊國打仗呢？」國君說：「我節衣省食，過着簡樸的生活，不敢專享奢華，很多時候還照顧遭受凍餓的窮人。」曹劌回答說：「這是微薄的小恩小惠，而且還不普及，老百姓是不會領情聽從你去打仗的。」

國君說：「我用三牲、玉琮、圭璧、幣帛等祭祀神明，沒有虛報祭品，完全是一片誠意。」曹劌回答說：「這微薄的小誠小信未必能取信於神明，上天不一定要降福魯國的。」國君說：「國家各級獄訟和案件，雖然不能事事都明察秋毫，但一定努力探索實情。」曹劌回答說：「這是盡心負責任的表現，人民會支持你的，可以一戰了。如果決定跟齊國作戰，我希望能隨軍出戰。」

魯公讓曹劌一起坐上戰車，在長勺一帶佈陣作戰。兩軍列陣對壘，魯公準備鳴鼓進兵。曹劌說：「現在還不能進兵。」齊軍擊鼓，接連進兵，魯軍嚴陣以待，齊軍無功而還，到第三次擊鼓時，曹劌說：「可以進攻了。」

結果齊軍大敗，魯公準備乘勝追擊。曹劌說：「現在還不可以追敵。」下車察看齊軍敗亡後戰車奔跑的軌跡，再登上車前的橫木觀望敵情，說：「可以追擊了。」於是把齊軍趕出境外。

戰勝以後，魯君問曹劌兩次阻止他進兵的原因。曹劌說：「兩軍對陣，憑的是一時的勇氣。第一鼓勇氣最盛，第二鼓開始減弱了，到第三鼓就會泄氣。敵軍擊鼓三次，陣腳已亂，而我方才剛剛擊出第一鼓，敵方氣盡，而我方氣盛，所以能打敗他們。齊國又是大國，難以摸清他們的底蘊，可能設有伏兵。我察看他們戰車的軌跡散亂，旗幟東歪西倒的，所以認為可以追擊了。」

宮之奇諫假道

【寫作背景】

魯僖公二年（公元前658），晉獻公接納謀臣荀息的建議，給虞公送上良馬與寶玉，利誘虞公聯軍攻打虢國，攻佔了下陽（山西平陸縣東）。魯僖公五年（公元前655），晉獻公再向虞國借路，第二次攻打虢國。宮之奇看到形勢不妙，向虞公進諫不要借路，同時也說出了「一之為甚，其可再乎」及「輔車相依，唇亡齒寒」的道理。可是虞公財迷心竅，貪圖禮物，甚麼都聽不進去。不多久虢國、虞國相繼為晉軍所滅，宮之奇的憂慮都應驗了。

【主旨】

本文主要反映了在「借道」問題上，君臣之間不同的觀點。虞公提出兩個理由，認為晉國不會攻打虞國。一是虞晉同宗相親，晉獻公怎麼會加害自己人呢？二是自己虔敬事神，應該會得到神明的保祐，不會有事的。宮之奇就針對這兩個似是而非的理由一一反駁了。

【原文】

晉侯復假道於虞以伐虢[1]，宮之奇諫曰[2]：「虢，虞之表也[3]；虢亡，虞必從之。晉不可啟[4]，寇不可翫[5]，**一之為甚**[6]，**其可再乎**？諺所謂『**輔車相依**[7]，**唇亡齒寒**』者，其虞、虢之謂也。」

公曰：「晉，吾宗也，豈害我哉？」對曰：「大伯、虞仲，大王之昭也[8]。大伯不從，是以不嗣。虢仲、虢叔，王季之穆

---

① **晉侯**：晉獻公，名詭諸，在位二十六年（公元前 676－前 651）。姬姓國，晉國據有山西大部，河北西南部、河南西北部、陝西東部等地，疆域較大。**復**：復（粵 fau6 埠；普 fù），再次、第二次，副詞。又解作復（粵 fuk6 伏；普 fù），回復，動詞。**假道**：假（粵 gaa2 賈；普 jiǎ），動詞，借入。假道即借路。**虞**：姬姓國，在今山西平陸縣東北。**伐虢**：虢（粵 gwik1 鵙；普 guó）姬姓國，即北虢，佔地約當今河南三門峽和山西平陸縣一帶，位於虞國的南部，隔着黃河相對。魯僖公二年（公元前 658），虞、晉聯軍攻打虢國，五年（公元前 655）十二月，晉滅虢，虢公醜逃往京師洛陽。

② **宮之奇**：虞國賢大夫。僖公二年，荀息評論宮之奇的為人說：「宮之奇之為人也，懦而不能強諫。且少長於君，君暱之。雖諫，將不聽。」

③ **表**：外表，指藩籬和屏障。

④ **啟**：開啟，啟動，意即引出野心和貪念。

⑤ **寇不可翫**：翫（粵 wun6 喚；普 wán），同玩，訓玩忽、忽視也。

⑥ **一之為甚**：為（粵 wai4 唯；普 wéi），是也；另解作謂，可說是。

⑦ **輔車**：輔，面頰；車（粵 geoi1 居；普 chē），牙牀骨。輔為外表，車是內骨。

⑧ **大伯、虞仲，大王之昭也**：大伯是大王的長子，虞仲是次子，他們都讓位於幼子季歷。周代的宗廟制度規定，始祖的神主居中央位置，下面的排位左昭右穆，隔代依次排序。大伯、虞仲、季歷兄弟按照周代宗廟的排位都在昭的一邊。

也[9]。為文王卿士，勛在王室，藏於盟府[10]。將虢是滅，何愛於虞？且虞能親於桓、莊乎[11]？其愛之也，桓、莊之族何罪？而以為戮，不唯偪乎[12]？**親以寵偪，猶尚害之，況以國乎？**」

公曰：「吾享祀豐潔，神必據我[13]。」對曰：「臣聞之，鬼神非人實親，惟德是依。故《周書》曰[14]：『皇天無親[15]，惟德是輔。』又曰：『黍稷非馨，明德惟馨[16]。』又曰：『民不易物，惟德緊物[17]。』如是，則非德，民不和，神不享矣。**神所馮依[18]，將在德矣**。若晉取虞，而明德以薦馨香，神其吐之乎？」

---

⑨ **虢仲、虢叔，王季之穆也**：虢仲、虢叔都是季歷的兒子，文王的同母弟。依周代宗廟的排位，文王及虢仲、虢叔兄弟依次排在穆的一邊。

⑩ **藏於盟府**：盟府指司盟之官。凡諸侯封爵受勳，必有盟誓紀錄，藏於盟府之內。

⑪ **桓莊**：桓指桓叔，晉獻公的曾祖父；莊指莊伯，桓叔之子，晉獻公的祖父。晉獻公八年，即魯莊公二十五年（公元前 669），晉獻公為免桓叔、莊伯的後代人多勢大，誅殺了同祖同宗的群公子。

⑫ **不唯偪乎**：偪（粵 bik1 碧；普 bī），同「逼」，威脅之意。

⑬ **據**：依從。

⑭ **《周書》**：周代的歷史文獻，編為《尚書》。本文所引的三則都出於《逸書》，後來收錄於偽《古文尚書》中。

⑮ **皇天無親**：親指親近。二句見偽《古文尚書》〈蔡仲之命〉篇。

⑯ **黍稷非馨，明德惟馨**：黍（粵 syu2 暑；普 shǔ）稷（粵 zik1 即；普 jì）同屬穀類，黏者為黍，不黏者為稷，稷又稱小米。黍稷代指祭品。二句見偽《古文尚書》〈君陳〉篇。

⑰ **民不易物，惟德緊物**：易，改動；物，事物，引申為理念。緊（粵 ji1 醫；普 yī），解作是也，那些，指示代詞。意謂修德才是百姓所認可的理念。二句見偽《古文尚書》〈旅獒〉篇。

⑱ **神所馮依**：馮（粵 pang4 憑；普 píng），同「憑」，依靠。

弗聽，許晉使[19]。宮之奇以其族行，曰：「虞不臘矣[20]，在此行也，晉不更舉矣[21]。」冬，晉滅虢。師還，館于虞，遂襲虞，滅之，執虞公。

---

⑲ **許晉使**：使（粵 si3 試；普 shǐ），使節代表。

⑳ **臘**：歲終祭眾神之名，不臘就是不能祭神了，是說國之將亡。

㉑ **舉**：攻取，舉兵。

【賞析與點評】

本文是一篇奏議類的古文，敘事比較簡單，主要是反映宮之奇的個人觀點，以議論為主，層層轉折，認為治國之道，首重君德，糾正國君錯誤的觀點，希望能夠及時省悟，解救國家的危難。然而，虞公不聽忠言，導致亡國被俘的下場更成了千秋的笑柄。宮之奇的一番苦心，也是一片孤忠，後來諸葛亮的〈出師表〉彷彿就帶有一些本文的影子了。

全文分四段：首段宮之奇反對借路，認為虢國亡了，就會危害到虞國的安全。第二段反駁虞公認為系出同宗，晉國不會加害虞國的理由。宮之奇指出晉獻公為了鞏固威權，不惜誅殺了同族群公子的殘酷現實，國家之間只有利害衝突，不應存有幻想。第三段則進一步反駁了虞公祭品豐盛會得到神明的庇祐，心存虛妄。宮之奇連引《周書》「惟德是輔」「明德惟馨」「惟德繄物」三句強調必先修德贏取民心的支持，神明才會領情的。第四段結語寫宮之奇的絕望及出走，一個愚昧的君主是無藥可救的，只會自取滅亡。

【想一想】

國際關係就跟親族關係一樣，只有利害衝突，可以完全不講情義；至於神明的祝福更不可靠了，只有修德，才能贏取民心。

虞公可能就是愚公，不了解國際形勢，也不懂得歷史教訓，完全沒有危機感，一廂情願地只往好的方面想，不肯聽別人的意見，更不懂得判別是非利害。如果他能考慮周詳，沒有一意孤行讓晉軍過路滅了虢國，或許可逃過國亡被俘的命運。

【強化訓練】

一、 把下列文字語譯為白話文：

（1） 親以寵偪，猶尚害之，況以國乎？

（2） 臣聞之，鬼神非人實親，惟德是依。

二、 試回答以下問題：

（1） 宮之奇為甚麼說「一之為甚，其可再乎」呢？

（2） 《周書》曰：「皇天無親，惟德是輔。」又曰：「黍稷非馨，明德惟馨。」又曰：「民不易物，惟德繄物。」這幾句有甚麼啟示嗎？你對中國上古史又有甚麼新的看法？

【文章語譯】

晉獻公再次向虞國借路攻打虢國，宮之奇勸阻說：「虢國是虞國的外圍屏障，虢國滅亡了，虞國也一定跟着亡國的。晉國的野心不可以再啟動了，敵寇入侵的危機更不能忽視。一次借路已經是過分了，怎麼可以再讓他借路呢？諺語說得好，面頰和牙牀骨是互相依存的，沒有了嘴唇的保護，牙齒也會受寒的。這剛好說明了虞、虢兩國相互依存的關係。」

虞公說：「晉國是我的同宗，怎會害我呢？」宮之奇回答說：「大伯、虞仲，是大王的兒子，宗廟神位排在昭的一邊。大伯不肯聽從大王的命令，跑到荊蠻去了，沒有繼承王位。虢仲、虢叔是王季的兒子，宗廟神位排在穆的一邊，做過文王的公卿大臣，為王室立下了很多功勞，他們封爵受勳的盟誓紀錄還藏於盟府之內。晉國將虢國滅掉了，又何必再愛惜虞國呢？而且虞國能比桓叔、莊伯更親近嗎？他們應該是互相親愛的，但桓叔、莊伯的後代族人犯了甚麼罪呢？竟然統統被殺掉了。這不就是因為晉國勢力坐大而讓親族感到逼迫嗎？親族之間有了寵信的仍然感到逼迫的壓力，尚且還要殺害他們，何況別的國家呢？」

虞公說：「我獻上的祭品既豐盛又清潔，神明一定會依從我的。」宮之奇回答說：「小臣聽到的是，鬼神不一定要親近哪一個人，只要有好德行的就會依從。所以《周書》說：『上天不會親愛甚麼人，只要有好的德性就會幫助他。』又說：『黍稷祭品並不特別芳香，只有光明的德性才最芳香。』又說：『百姓不會改變理念，修德才是百姓所認可的理念。』如果這樣，對於不道德的行為，百姓不能認同，神祇也不願安享了。神祇所依賴的，其實都在德行方面。如果晉國佔有了虞國，又能發揚光明的德性，獻上芳香的祭品，那麼神祇會吐出祭品嗎？」

虞公不聽宮之奇的意見，答應了晉國使臣的請求。宮之奇帶着他的族人遠走他方，說：「虞國不會再舉行臘祭了，這一次出兵之後，晉國再不用舉兵了。」當年冬天，晉國滅了虢國。班師回國途中，在虞國境內住宿，於是乘機襲擊虞國，滅了虞國，還俘虜了虞公。

子魚論戰

【寫作背景】

齊桓公後期，宋襄公崛起，希望爭霸中原，號令天下。魯僖公十九年（公元前641），宋人執滕宣公；又使邾文公殺鄫子以祭於次睢（山東臨沂市）之社的妖神，招徠東夷諸國的部族參與他的聯盟。如此脅迫小國，一會而虐二國之君，失道寡助，眾叛親離。

魯僖公二十一年（公元前639），宋襄公一度被楚人俘虜，冬天才獲釋。次年夏，宋襄公伐鄭，十一月，楚人為救鄭伐宋。宋、楚二軍在泓水對陣。宋襄公昧於戰場的形勢，以為自己是王者之師，戰無不勝，事實上，他既未能掌握克敵制勝的先機，而且為戰士訂下了嚴苛的規條，自縛手腳，影響軍隊的作戰能力，結果大敗塗地，身邊的護衛全部戰死，自己也受重創，第二年就逝世了。

【主旨】

〈子魚論戰〉就是由子魚逐項評說宋襄公戰術的錯誤，同時也指出宋襄公假仁假義，愚不可及，徒有爭霸的夢想，卻沒有本事。

【原文】

楚人伐宋以救鄭[1]。宋公將戰[2]，大司馬固諫曰[3]:「天之棄商久矣，君將興之，弗可赦也已。」弗聽。

及楚人戰于泓[4]。宋人既成列，楚人未既濟[5]。司馬曰:「彼眾我寡，及其未既濟也，請擊之。」公曰:「不可。」既濟而未成列，又以告。公曰:「未可。」既陳而後擊之[6]，宋師敗績。公傷股，門官殲焉[7]。

國人皆咎公[8]。公曰:「君子不重傷[9]，不禽二毛[10]。古之為

---

① **宋**：子姓國。商紂王封庶兄微子啟於宋（河南商丘市），其後周成王亦封微子啟於宋，以續殷祀。

② **宋公**：宋襄公，名茲父，或作慈甫。魯襄公九年至二十三年（公元前 651－前 637）在位十四年。在齊桓公後，史稱春秋五霸之一。

③ **大司馬**：大司馬，掌軍旅之事。大司馬即子魚，原名目夷，宋襄公的庶兄，先為左師，後改任司馬。子魚屢進諫言，可是宋襄公不聽勸告，剛愎自用，致被俘受辱，在戰事中更受重創。**固諫**：固，堅決，固諫即強諫。

④ **楚人**：羋姓國，周成王封熊繹於楚，都丹陽（湖北秭歸縣東）。春秋時僭稱王，據有今湖北、安徽、江西等地。**泓**：河南柘城縣北，在商丘市的南部。

⑤ **既濟**：既，已經，副詞。既濟是指完全渡河。

⑥ **既陳**：陳（粵 zan6 陣；普 zhèn），通「陣」，列陣。

⑦ **門官**：國君的近身侍衛，在國守門，師行則隨君左右。**殲焉**：殲（粵 cim1 簽；普 jiān）殲滅，戰死。

⑧ **咎**：咎罪，責備。

⑨ **重傷**：重（粵 zung6 仲；普 chóng），再次，副詞，重傷即再傷。下文「如何勿重」「若愛重傷」二句音同。

⑩ **二毛**：頭髮有黑白二色者，一般指年紀較大的人。

軍也，不以阻隘也[11]。寡人雖亡國之餘[12]，不鼓不成列[13]。」子魚曰：「君未知戰。勍敵之人[14]，隘而不列，天贊我也。阻而鼓之，不亦可乎？猶有懼焉！且今之勍者，皆我敵也。雖及胡耇[15]，獲則取之[16]，何有於二毛！**明恥教戰，求殺敵也**。傷未及死，如何勿重？若愛重傷，則如勿傷；愛其二毛，則如服焉。三軍以利用也[17]，金鼓以聲氣也[18]。利而用之[19]，阻隘可也；聲盛致志[20]，鼓儳可也[21]。」

---

⑪ **阻隘**：隘（粵 aai3 嗌；普 ài），扼也。阻隘即扼敵於險隘之地。

⑫ **寡人**：寡，罕見；謙稱或指寡德。寡人乃國君自稱。**亡國**：指殷商故國。

⑬ **鼓**：擊鼓進攻，動詞。

⑭ **勍敵**：勍（粵 king4 瓊；普 qíng），強勁。

⑮ **胡耇**：耇（粵 gau2 久；普 gǒu），胡耇乃元老長者。

⑯ **取之**：殺人。

⑰ **三軍**：軍隊的通稱。古時萬二千五百人為軍，周制天子六軍，諸侯三軍。

⑱ **金鼓**：金，鐃也，是一種銅質圓形的樂器。古時以金鼓號令軍隊進退，有鳴金收兵之說。

⑲ **利而用之**：利指時機，俟機而動。

⑳ **致志**：達成心願，意即向着目標前進。

㉑ **鼓儳**：儳（粵 caam4 蠶；普 chán），參錯不齊之貌，指陣勢未定。

【賞析與點評】

本文分為三段：首段寫宋襄公堅決要跟楚人作戰，子魚極力反對，所謂「天之棄商久矣」「弗可赦也已」，都是否定宋襄公的作戰能力。次段寫宋襄公親自指揮作戰，不肯搶佔先機，讓軍隊白白送死，自己也負傷而回，刻畫他愚不可及的形象。第三段寫在全國一片譴責聲中，宋襄公卻為自己辯護，提出四條荒謬的作戰原則，而子魚則逐項指出宋襄公的謬誤所在。誰是誰非，歷史自會判斷。

【想一想】

本文跟〈曹劌論戰〉比較，可見戰術運用得當與否就是勝負的關鍵——魯莊公知人善任，信用曹劌而戰勝；宋襄公有子魚在卻不用，最終戰敗。

本文又可跟〈宮之奇諫假道〉對讀，宋襄公跟虞公一樣一般見識，愚不可及，自以為是，不肯聽信別人的意見。子魚曾經多次告誡宋襄公「將以求霸，不亦難乎，得死為幸」「禍其在此乎，君欲已甚，其何以堪之」「宋其亡乎，幸而後敗」「禍猶未也，未足以懲君」「所謂禍在此矣」，以至本文「弗可赦也已」等語，可以充分反映昏君的醜態，無可救藥。

【強化訓練】

一、 解釋下列句中着色的字詞：

（1） 弗可赦也已：________________

（2） 公傷股：________________

（3） 不禽二毛：________________

（4） 天贊我也：________________

二、 試回答以下問題：

宋襄公所訂的四條戰術並不可行，為甚麼？

____

____

____

____

【文章語譯】

楚人攻打宋國以解救鄭國，宋襄公準備迎戰，大司馬子魚堅決地勸諫說：「上天已經很久沒有眷顧商代的人民了，如果國君隨意發兵，可能就無法脫身免禍。」宋襄公卻不聽他的忠告。

宋襄公與楚人在泓水上作戰。宋人佈好陣勢，而楚人還沒有完全渡河。司馬說：「對方人多勢眾，我軍人少，最好在他們還沒有完成渡河的時候，立刻發兵出擊。」宋襄公說：「不行。」楚人都渡了河，還沒有擺好陣勢，司馬再次促戰。宋襄公說：「還是不行。」直到楚人的陣勢整固之後才發兵進攻，結果宋軍大敗，宋襄公傷了大腿，他的近身侍衛也被殲滅了。

宋國國民全都責怪宋襄公。宋襄公說：「有仁德的人不會再次傷害受了傷的人，不會俘虜頭髮華白的人。古人帶領軍隊，不會利用對方處於危難之地而求勝。寡人雖是殷商亡國的後人，但對方陣勢未穩時決不會擊鼓發動攻擊。」子魚說：「國君完全不懂得作戰。碰上了強勁的對手，處於險地陣勢未整，其實是上天在幫助我們，敵方遇到障礙，而我們立即擊鼓進兵，這不就解決了嗎？我們還擔心不一定能戰勝的。何況現在面對的強手，都是我們的敵人，即使是元老長者，抓到了也要殺死的，何況是頭髮華白的人呢？我們訓練軍隊要令他們有責任感，教他們戰術就是希望能殺敵。敵人受傷還未死，為甚麼不可以再殺他呢？如果你真心憐惜受傷的戰士，不如一開始就不要傷害他們；憐惜頭髮華白的人，那麼不如服從他們好了。三軍就是要把握時機發動攻勢的，鳴金擊鼓就是要提振軍心士氣。如果能把握時機，就該在敵人困於險隘時出擊；鼓聲大作振起士氣，攻擊未成列的敵人當然是可以的。」

燭之武退秦師

【寫作背景】

魯僖公三十年（公元前630）九月初十日，秦、晉聯軍圍鄭，集結在新鄭的北面，可以隨時揮軍攻入都城。當時燭之武臨危受命，要游說秦國退兵。燭之武向秦伯反覆陳說利害關係，因為鄭國的存亡就在於秦伯的一念之間。燭之武強調各國間的平衡秩序，指出鄭亡對秦國沒有絲毫好處，因為存鄭可以牽制晉國，否則秦國就會落入晉侯的掌控中。其後更指出晉國多次食言，不可以信賴。燭之武處處從秦國的利益出發，擊中要害，最後成功游說秦國退兵。

【主旨】

本文主要反映燭之武的雄辯技巧，令鄭國不戰而屈人之兵，甚至促使秦國派兵協防鄭國，以備不測。此外，從對答中反映晉文公不忘恩負義的個性，不會襲擊秦軍，以免負上不仁、不知、不武的罪名，表現出一代霸主不凡的器度。

【原文】

晉侯、秦伯圍鄭[1]，以其無禮於晉[2]，且貳於楚也[3]。晉軍函陵[4]，秦軍氾南[5]。

佚之狐言於鄭伯曰[6]：「國危矣！若使燭之武見秦君[7]，師必退。」公從之。辭曰：「臣之壯也，猶不如人。今老矣，無能為也已。」公曰：「吾不能早用子，今急而求子，是寡人之過也。然鄭亡，子亦有不利焉。」許之，夜縋而出[8]。見秦伯曰：「秦晉圍鄭，鄭既知亡矣。若亡鄭而有益於君，敢以煩執事[9]。越國以鄙遠，君知其難也。焉用亡鄭以陪鄰[10]？鄰之

---

① **晉侯**：晉文公（公元前 697 – 前 628），名重耳，尚賢賞功，乃春秋五霸之一。晉獻公二十一年（公元前 656）殺太子申生，翌年重耳出奔翟，流亡在外，魯僖公二十四年（公元前 636），秦穆公派軍隊護送重耳歸國即位，時年六十二歲，在位九年卒。**秦伯**：秦穆公，姓嬴氏，名任好，在位三十九年，春秋五霸之一。

② **無禮於晉**：魯僖公二十三年（公元前 637），晉文公逃亡到鄭國，鄭文公並沒有禮待他，因而成為伐鄭的罪名之一。

③ **貳**：懷有二心。此句指鄭國同時討好晉、楚二國，甚至更與楚國結盟。

④ **晉軍函陵**：軍，駐守，動詞。函陵在今河南省新鄭市北。

⑤ **氾南**：氾（粵 faan4 凡；普 fán）南，或讀氾（粵 faan6 飯；普 fàn），氾水之南，在今河南中牟縣南。氾南與函陵相距不遠。

⑥ **佚之狐**：鄭大夫，鄭國的官員。周朝諸侯國中，在國君以下設卿、大夫、士三級官制。**鄭伯**：鄭文公，名踕，在位四十五年（公元前 672 – 前 628）。

⑦ **燭之武**：鄭大夫，以邑為氏。燭邑在今河南新鄭市西南。

⑧ **夜縋**：縋（粵 zeoi6 敍；普 zhuì），懸繩滑出城外。

⑨ **執事**：負責公務的人，指代秦軍。

⑩ **陪鄰**：陪（粵 pui4 培；普 péi），或作「倍」，增益，動詞。

厚，君之薄也。若舍鄭以為東道主[11]，行李之往來[12]，共其乏困[13]，君亦無所害。且君嘗為晉君賜矣，許君焦、瑕[14]，朝濟而夕設版焉[15]，君之所知也。夫晉，何厭之有[16]？既東封鄭[17]，又欲肆其西封[18]，若不闕秦[19]，將焉取之？闕秦以利晉，唯君圖之。」

秦伯說[20]，與鄭人盟。使杞子、逢孫、楊孫戍之，乃還。

子犯請擊之[21]，公曰：「不可，微夫人之力不及此[22]。**因人之力而敝之，不仁。失其所與，不知**[23]**。以亂易整，不武。**吾其還也。」亦去之。

---

⑪ **東道主**：省稱東道，即主人。此句原指鄭國是秦國東向發展路上的補給站，也是可以提供服務的人。

⑫ **行李**：行人使者之官，負責外交工作。

⑬ **共其乏困**：共（粵 gung1 公；普 gōng），同「供」，供應。

⑭ **焦瑕**：焦在今河南三門峽市西郊。瑕在今山西芮城縣南，或說在河南陝縣南。

⑮ **朝濟而夕設版焉**：朝（粵 ziu1 焦；普 zhāo）濟，渡河；設版，築城備戰。

⑯ **何厭之有**：厭（粵 jim4 嚴；普 yán），同「饜」，滿足。又解作厭（粵 jim3「豔」高去調；普 yàn），憎惡。

⑰ **既東封鄭**：向東邊開疆拓土，侵佔鄭國。封為動詞。

⑱ **肆其西封**：肆，擴張。拓展西邊的疆土。封為名詞。

⑲ **闕秦**：闕（粵 kyut3 缺；普 quē），損害，削弱。

⑳ **秦伯說**：說（粵 jyut6 月；普 yuè），通「悅」，高興。

㉑ **子犯**：即狐偃（粵 jin2 演；普 yǎn），文公之舅，晉大夫。

㉒ **微夫人**：夫（粵 fu4 符；普 fú），微夫人，沒有這個人。夫，此也，指示代詞。

㉓ **不知**：知（粵 zi3 智；普 zhì），通「智」。不知，欠缺智慧。

【賞析與點評】

本文的文字極度精煉，對話可省則省。例如燭之武對秦伯的一番說辭，翻來覆去，幾經轉折，其實都只是燭之武自言自語，秦伯不作任何回應，最後只有一個「說（悅）」字作了斷。而晉文公回應子犯出兵的主張，裏面蘊含着仁、知、勇的大道理，表現他的器度和遠見，最後說完了，就僅以「亦去之」作結。燭之武就憑這一番話連退二國的雄師，你說奇怪不奇怪呢？至於佚之狐怎麼知道燭之武有能力解圍，而鄭伯在沒有別的辦法可想下，只能全盤信任了，中間作者完全不作任何交代。

本文分四段：首段秦、晉大軍壓境，氣氛十分緊張。次段專寫燭之武的辯才，他從不同的角度思考複雜的各國關係，鄭國的存亡早就置諸度外，而「鄰之厚，君之薄也」才是秦穆公所要考慮的切身利益所在，是本文的重心。第三段秦國與鄭國結盟，加強防守力量，鄭國亦得以置於不敗之地了。第四段結尾，晉文公的一番話大義凜然，仁智勇兼備，當機立斷，進退有據，是一代明君的表率。

面對複雜多變的國際情勢，劍拔弩張的殺戮戰場，燭之武寥寥幾句話，就化解了一場戰爭的浩劫，而秦晉各取所需，也都歡歡喜喜地撤軍走了。不過，秦穆公謀鄭之心不死，兩年以後，以杞子為內應，潛師襲鄭，過殽，為晉軍伏擊致敗，則屬後話了。

【想一想】

晉文公所說的「不仁」「不知」「不武」是指德性上的缺失，從正面來說，人性本就該具有「仁」「知」「勇」的德性。

《論語・子罕第九》云：「知者不惑，仁者不憂，勇者不懼。」朱熹注云：「明足以燭理，故不惑；理足以勝私，故不憂；氣足以配道義，故不懼。」可見知者指明白事理的人；仁者有愛心，關懷別人，能夠戰勝私欲；而勇者就是做正確的事，敢於承擔責任。晉文公對個人德行的要求十分嚴謹，「仁」「知」「勇」兼備，也就成為一代的雄主了。

【強化訓練】

一、 把下列文字語譯為白話文：

（1） 臣之壯也，猶不如人。今老矣，無能為也已。

____

____

（2） 若亡鄭而有益於君，敢以煩執事。

____

____

（3） 鄰之厚，君之薄也。

____

____

二、 試回答以下問題：

秦晉聯軍在前，又相繼撤兵於後，可真是輸給燭之武三寸不爛之舌嗎？

____

____

____

【文章語譯】

晉侯、秦伯聯軍包圍鄭國，理由是鄭國對晉國無禮，而且又懷有二心，勾結楚國。晉國在函陵駐兵，秦國則在氾水之南集結部隊。

佚之狐對鄭伯說：「國家十分危急了！如果能請燭之武去見秦國的國君，秦軍一定會退兵的。」鄭伯依從了佚之狐的建議。可是燭之武卻推辭說：「小臣壯年的時候，都比不上別人的才幹。現在年紀大了，大概也沒有甚麼作為了。」鄭伯說：「不能早點重用你，這是寡人的過失。但鄭國滅亡了，你也不會好過的。」燭之武答應了，晚上暗中用繩索弔出城外去了。燭之武見到秦伯說：「秦晉二軍包圍鄭國，鄭國已經知道快要滅亡了。如果亡鄭對秦國有利，就請你們的部隊動手吧。但是秦國中間隔了晉國，才能到達這塊遠方的邊地，君王也該知道在管理上是有難度的，何必要滅了鄭國而增加強鄰的實力呢？強鄰獲益愈多，那麼君王的利益就會愈少。如果能放過鄭國，就可以將其作為秦國向東發展道路上的一個友邦，官員使者往來經過的時候，我們可以提供足夠的補給，對秦國也沒有害處。而且君王曾經厚待晉君，晉君也答應了送上焦、瑕二城給秦國，可是早上渡河回到了晉國境內之後，晚上就立即加建防禦工事，君王是一定記得的。唉，晉國又哪會有滿足的時候呢？向東邊伸展侵佔了鄭國，自然又想向西邊拓土了。如果不損害秦國，又怎能取得具體的利益呢？損害秦國而使晉國獲益，請君王考慮清楚吧。

秦伯聽了很高興，於是就跟鄭國訂了盟約。下令杞子、逢孫、楊孫協防鄭國守備，然後就撤兵回國去了。

子犯請求截擊秦軍，晉侯說：「不行，沒有這個人的幫忙我也回不了晉國。利用別人幫忙之後又去傷害他，這是不仁不義的行為。得罪了友好的盟國，實在是不智的表現。恃武力去解決問題，打亂了兩國正常的秩序，實在算不上勇武。我們也回國吧。」於是也撤兵走了。

王孫滿對楚子

【寫作背景】

楚莊王崛起於春秋中期，任用賢才伍舉、蘇從等人，滅庸伐宋，國勢漸強。楚莊王八年（公元前 606），攻伐陸渾戎，揮兵抵達洛陽城郊，並在周天子的疆土上陳兵演習，有意挑戰周室的領導權威，藉以重建春秋時代的各國秩序，爭霸中原。

相傳夏禹收了九牧貢金鑄成的九個大鼎，繪刻了九州世界的豐富圖像，三代時奉為傳國之寶，代代相傳。九鼎為古代傳國的重器，王都所在，即鼎之所在了。周室將九鼎置於洛陽，楚莊王覬覦周室的傳世寶鼎，表面是查詢九鼎的大小輕重，其實卻有取而代之的野心。在兵臨城下之際，周定王派王孫滿跟楚莊王當面交涉，提出了「在德不在鼎」的觀點——以德服人才能得到天下的擁戴，並不是單憑武力靠嚇奪得九鼎就可以耀武揚威。王孫滿的說辭辨識神奸，義正辭嚴，遏止了楚莊王的野心，同時更叫他安守本分。

【主旨】

楚莊王領軍來到洛陽城郊，在王城的土地上檢閱軍隊，耀武揚威，甚至要問鼎之大小、輕重。王孫滿以「在德不在鼎」的一番話來回應楚子的狂妄態度。周天子的地位雖然低落，但仍然得到很多諸侯國的支持，天命攸歸，人心所服，其實就是譴責楚子不該問鼎了。

【原文】

楚子伐陸渾之戎[1]，遂至于雒[2]，觀兵于周疆[3]。定王使王孫滿勞楚子[4]。

楚子問鼎之大小、輕重焉。對曰：「**在德不在鼎**。昔夏之方有德也，遠方圖物，貢金九牧[5]，鑄鼎象物[6]，百物而為之備[7]，使民知神姦[8]。故民入川澤山林，不逢不若[9]。螭魅罔兩[10]，

---

① **楚子**：楚莊王，名旅，或作侶，在位二十三年（公元前 613 – 前 591）。春秋五霸之末。**陸渾之戎**：古代戎族中的一支，姓允氏，原居秦晉西北瓜州（甘肅酒泉市瓜州縣）一帶，遷往伊川陸渾（河南嵩縣、伊川縣）。周景王二十年（公元前 525）為晉所併。

② **雒**：雒（粵 lok6 洛；普 luò），同「洛」，東周王城洛陽（河南洛陽市西）。洛，東漢改為「雒」，三國魏以後恢復用「洛」。

③ **觀兵**：觀（粵 gun3 灌；普 guān），展示。觀兵有展示軍容，檢閱軍隊及彰顯軍威之意。又解作觀（粵 gun1 官；普 guān），觀察。

④ **定王**：周定王，名瑜，在位二十一年（公元前 606 – 前 586）。**王孫滿**：周大夫，或稱周共王的玄孫。**勞楚子**：勞（粵 lou6 路；普 lào），慰勞。周天子派人以郊勞禮迎接楚子，慰勞楚子勤王，表示感謝。

⑤ **貢金九牧**：金，指青銅。九牧，即九州，牧是州的行政長官。傳說禹分天下為九州：冀、兖、青、徐、揚、荊、豫、梁、雍，泛指中國。

⑥ **鑄鼎象物**：將各方不同的物象鑄於鼎上。

⑦ **百物而為之備**：備，具備。圖寫山川鬼神及世界上各種事物的形態，十分詳盡，可供備覽及參照，頗有早期百科全書的意味。

⑧ **使民知神姦**：使百姓知所避忌，趨吉避凶。神姦指神鬼怪異之物。

⑨ **不若**：若，順也。不若即不順，指不吉利的事物。

⑩ **螭魅罔兩**：螭（粵 ci1 癡；普 chī），或作魑；魅（粵 mei6 味；普 mèi），傳說螭魅是山林裏的妖怪；罔兩是河川中的邪靈。

莫能逢之。用能協于上下[11]，以承天休[12]。桀有昏德，鼎遷于商，載祀六百[13]。商紂暴虐，鼎遷于周。德之休明[14]，雖小，重也；其姦回昏亂[15]，雖大，輕也。天祚明德[16]，有所厎止[17]。成王定鼎於郟鄏[18]，卜世三十，卜年七百[19]，天所命也。**周德雖衰，天命未改。鼎之輕重，未可問也。**」

---

⑪ **用**：因。

⑫ **天休**：休，賜也。天休就是上天的賞賜或保祐。

⑬ **載祀六百**：載、祀都是年的別稱，載祀六百指殷商立國六百餘年。

⑭ **休明**：休，美也。休明即美善光明。

⑮ **姦回**：姦，奸惡；回，邪僻。姦回泛指奸邪。

⑯ **天祚明德**：祚（粵 zou6 做；普 zuò），福也。天祚指賜福或保祐。明德，美德，亦指明德的人。

⑰ **厎止**：厎（粵 zi2 只；普 zhǐ）。厎止同義連言，有固定之意。

⑱ **成王**：周成王，名誦，少年即位，由周公攝行政當國，七年後歸政成王。成王在位二十年（公元前 1024－前 1005）。**定鼎**：定都。**郟鄏**：郟（粵 gaap3 甲；普 jiá）鄏（粵 juk6 玉；普 rǔ）。郟鄏就是成周王城，周武王遷九鼎於洛陽，而成王就在洛陽建都了。

⑲ **卜世三十，卜年七百**：周成王在王城郟鄏陌上定鼎之時，經過占卜，確定會傳承三十世代，以及七百年的國祚。

【賞析與點評】

本文分兩段，首段寫楚莊王在周天子的王城外演習，威脅周室的安危。次段楚莊王查詢周朝九鼎的大小輕重，表面上用語含蓄，其實是想奪鼎而歸，進一步則打算滅周，號令天下。王孫滿答以「在德不在鼎」之說，就是鼎落誰家，完全在於君德的表現，也就是民心的向背，不能訴諸武力。接着王孫滿說明九鼎成為傳國之寶的源起，並指出現在周朝仍然得到廣大諸侯的擁戴，天命未改，楚子還沒有問鼎的資格。王孫滿氣定神閒，情理兼備，顯示了道德的力量遠比武力重要。

【想一想】

《史記．楚世家》與《左傳》在描述王孫滿與楚莊王的對話時，表達方式截然不同。可見同一件事上，不同作者有不同的表達方式。

在《史記．楚世家》中，王孫滿答「在德不在鼎」後，楚莊王曰：「子無阻九鼎，楚國折鉤之喙，足以為九鼎。」就是說：「你不要阻撓我取走九鼎。楚國用戟之鉤口尖有折者，就足以鑄出九鼎了。」志在必得，態度十分狂妄。而王孫滿在回應前先說：「嗚呼！君王其忘之乎？」然後才追溯「昔虞夏之盛，遠方皆至」貢金鑄鼎的故事。雙方唇槍舌戰，氣氛比較緊張。

《左傳》沒有寫出他們的對話及神態，只是王孫滿一人的說辭，楚莊王沒有回應對方的責難，可能還有點理虧，自動退兵了。這兩種表達方式各有好處，文章取捨，端在作者之善用而已。

【強化訓練】

試回答以下問題：

王孫滿「在德不在鼎」一句有甚麼象徵意義？而「鼎之輕重」又有甚麼具體含義？

【文章語譯】

楚莊王攻打陸渾的戎人，於是就順道領軍來到洛陽城郊，在王城的土地上展現軍容，檢閱軍隊。

周定王派王孫滿慰勞楚莊王，楚莊王查詢九鼎的大小輕重。王孫滿回答說：「九鼎象徵以德服人的精神，本身並沒有任何具體意義。過去夏朝剛得到了天下，遠方送來了很多圖像和各地物品，九州的行政長官又獻上金銅之類的貢品，於是鑄成了九鼎，繪畫各種物象，圖寫山川鬼神及世間事物，十分詳盡，使百姓能辨識神鬼怪異之物，趨吉避凶。所以百姓進入河川沼澤、深山密林之中，不會再遇上災難。就是山林裏的妖怪，河川中的邪靈，也不會再碰上了。因而能夠協和上下，大家都可以得到上天的福祐。夏桀無道，失德敗行，九鼎就轉移到商湯去了，計有六百年之久；商紂殘暴，虐殺人民，九鼎又傳送於周了。天子的德行美善光明，國力雖小，九鼎還是重寶，不可遷轉；如果天子奸邪失德，國力雖大，九鼎還是會輕易地轉移。上天賜福於光明德性，必然十分明確，不會隨意改變的。周朝自成王在王城郟鄏陌上定鼎以來，經過占卜，確定會傳承三十世代，更會有七百年的國祚，這是上天的命令。現在周朝的威望稍為衰落，可是上天的命令還沒有改變。至於九鼎孰輕孰重，現在還不是該問的時候吧。」

周秦

周秦散文百家爭鳴，主要有兩大類型：一是史傳散文，以記述歷史事件及人物活動為主，並有所評說，帶出觀點。二是諸子散文，以議論、說理為主，反映生活體驗，探討人生哲理，闡發政治理念，創出不同的道德觀、宇宙觀等。周秦散文注意修辭和語言技巧的運用，採用形象化的手段或寓言故事，言簡意賅，生動活潑，說理精闢，令人歎服。

本書選錄《國語》《穀梁傳》《戰國策》之作，以史傳散文為主，總結不同的興亡教訓，尤為深刻。而鄒忌、觸讋的游說技巧，亦莊亦諧，辭鋒敏銳，無堅不摧，自是議論文的至高境界，亦是千古文章的典範，值得大家學習。至於李斯、屈原之作則是戰國末年秦楚激鬥中面對人才去留的嚴肅抉擇，明君肯招攬和信用不同地區的人才，使秦國得以壯大，殲滅六國；而楚王昏庸，信用讒言，整個楚國自暴自棄，何去何從？犧牲的豈只是屈原一人，而一代的精英亦隨之而毀掉了。

‖召公諫厲王止謗‖ 《國語》（周語上）

【寫作背景】

《國語》二十一卷，相傳是春秋時代左丘明作。《國語》著錄了西周末年以至春秋時期（公元前 967－前 453）諸國貴族的史事和辭令，是最早的國別史，史料豐富，詳細而又生動。《國語》成書約在戰國時代，三國吳韋昭（204－273）注。

厲王是一位暴君，施行恐怖統治，還派衞巫監控言論，不讓人民發聲。當時「道路以目」，就是大家在路上相遇，只能打眼色相互示意，心照不宣，結果積累了不少的怨氣，甚至更對厲王恨之入骨。在厲王三十四年（公元前 844），召公提出了「防民之口，甚於防川」的觀點，旨在規勸厲王要通過不同渠道，聆聽民間的聲音，改善施政。同時又指出宣泄言論才是正道，就像河水堵塞了，一旦崩潰暴發，也就擋不住了。厲王監控過度，人民受不了，三年後激發民變，紛起反抗，後來被民眾趕走了。

【主旨】

這是一篇申論民意的宣言。周厲王派衞巫監控人民，大家都不敢說話。召公勸諫厲王，認為人民說出的意見就像滔滔的河水一樣，一定要善加引導，多聽民意，否則決堤暴發，洪水橫流，就怎樣也堵不住了。

【原文】

厲王虐[1]，國人謗王[2]。召公告曰[3]：「民不堪命矣！」王怒，得衛巫[4]，使監謗者，以告，則殺之。**國人莫敢言，道路以目**[5]。

王喜，告召公曰：「吾能弭謗矣[6]，乃不敢言。」召公曰：「是障之也[7]，**防民之口，甚於防川**。川壅而潰[8]，傷人必多，民亦如之。是故**為川者決之使導**[9]，**為民者宣之使言**。故天子聽

---

① **厲王**：周厲王，名胡，在位三十七年（公元前 877 – 前 841），是一位暴虐侈傲的暴君，最後激起叛變，被人民趕走。

② **國人謗王**：國人，指國都的居民，亦可指國民。國即鎬京（陝西西安市長安區西北）。謗（粵 bong3 螃；普 bàng），毀謗，惡意攻擊，引申有批評、詛咒之意，動詞。

③ **召公**：即召（粵 siu6 邵；普 shào）穆公，名虎，為厲王卿士，即執政之官。

④ **衛巫**：衛國的巫（粵 mou4 毛；普 wū）祝，為人祈禱通神靈者。

⑤ **道路以目**：在路上碰到了，大家就打眼色示意。

⑥ **弭謗**：弭（粵 mei5 美；普 mǐ），止息，壓制。謗，誹謗，謠言，名詞。即壓制謠言。

⑦ **障**：阻礙、防堵。

⑧ **川壅而潰**：壅（粵 jung2 擁；普 yōng），堵塞。潰（粵 kui2 劊；普 kuì），崩潰，氾濫。指洪水受到堵塞而崩堤暴發，沖破堤防。

⑨ **為川**：為，治也，動詞。為川即治水。

政，使公卿至於列士獻詩[10]，瞽獻曲[11]，史獻書[12]，師箴[13]，瞍賦[14]，矇誦[15]，百工諫[16]，庶人傳語[17]，近臣盡規，親戚補察，瞽史教誨，耆艾修之[18]，而後王斟酌焉，是以事行而不悖[19]。

民之有口也，猶土之有山川也，財用於是乎出；猶其原隰之有衍沃也[20]，衣食於是乎生。口之宣言也，善敗於是乎興[21]。行善而備敗，所以阜財用[22]、衣食者也。**夫民慮之于**

---

⑩ **公卿**：即三公九卿，是中國古代的一種官職制度。周以太師、太傅、太保為三公；以少師、少傅、少保、冢宰、司徒、宗伯、司馬、司寇、司空為九卿。**列士**：上士，天子的上士亦名元氏，受采地視子男，就是參照子爵、男爵的地位獲封采邑。

⑪ **瞽**：太師，掌樂。瞽是盲人。

⑫ **史獻書**：史，太史，掌書冊文告，以作著錄，以為鑒戒。

⑬ **師箴**：指九卿中的少師，位卑於公，而尊於卿。箴（粵 zam1 針；普 zhēn），規諫。

⑭ **瞍賦**：瞍（粵 sau2 叟；普 sǒu），瞎子。賦，誦詩，即歌誦公卿列士所獻的詩篇。

⑮ **矇**：青盲，指視力下降，視物模糊的人，例如患白內障等多種眼疾。矇人負責諷誦典書箴刺之語。

⑯ **百工諫**：百工，百官，即工藝執事的部門。諫，向國君進言。

⑰ **庶人傳語**：庶人，百姓。傳語指輾轉相傳的討論，批評時政得失。

⑱ **耆艾修之**：耆艾，元老師傅。修之，整合各方意見。

⑲ **事行而不悖**：事，政事。悖（粵 bui6 背；普 bèi），違背。全句是指施政順暢，不會背離民意。

⑳ **原隰**：原，平原。隰（粵 zaap6 習；普 xí），低下的濕地。原隰即原野。**衍沃**：衍（粵 jin5 演；普 yǎn），平原。沃，河流旁可供灌溉的土地。衍沃即平坦肥沃的田地。

㉑ **善敗**：善惡，指好的和壞的意見。

㉒ **阜**：豐富，增進。

心，而宣之于口，成而行之，胡可壅也[23]？若壅其口，其與能幾何[24]？」

王弗聽，于是國人莫敢出言。三年，乃流王於彘[25]。

㉓ **胡可**：怎麼可以。

㉔ **幾何**：多久。

㉕ **流王於彘**：流，放逐。彘（粵 zi6 字；普 zhì），晉地，在今山西霍州市。

【賞析與點評】

〈召公諫厲王止謗〉是一篇申論民意的宣言。其實這篇文章的亮點並非周厲王，他只是一個陪襯的小角色。文章的亮點是召公，他提出監察君權的主張，就是通過不同的渠道，收集民意，了解民情，下情上達，「事行而不悖」，這樣天子的施政才能有效。

此外，召公又提出了「防民之口，甚於防川」的觀點，民意就像滔滔的洪水，是壓不住的。其實往好處想，尊重民意的話，也就是善用民眾的智慧，「行善而備敗」，可以趨吉避凶，增加財用衣食的生產力，提升社會效益，共享繁榮。

本文分為四小段。第一段周厲王監控國民，民不堪命。第二段召公諫王，認為不能禁言，反而提醒厲王要多聽不同的聲音，包括公卿、列士、瞽師、太史、少師、瞍、矇、百工、庶民、近臣、親戚、瞽史、耆艾等，他們都各有責任進言，提出意見，相互制衡，補充參考，其實也就是社會的共同參與了。第三段召公論證尊重民意可以促進社會的進步，增加生產；反之禁制民意，則不能長期維持政權的平穩。第四段是簡單的結局，厲王被人民趕走了。

本文有很多名言金句，例如「民不堪命」「道路以目」「防民之口，甚於防川」「為川者決之使導，為民者宣之使言」「夫民慮之于心，而宣之于口，成而行之，胡可壅也」等，都是很精煉的句子，言淺意深，一看就讓人明白，三千年前的民間智慧，到現在還很管用。

【想一想】

人民的眼睛是雪亮的，但偏偏掌權的人卻自以為是，胡作非為，不明白人民的感覺。周厲王是一位暴君，倒行逆施，不理民意。人民的意見他都看作誹謗，認為是造謠生事，他用暴力把批評的人處死，硬生生的把民意壓下來，這是一個怎樣的病態社會呢？一個禁絕聲音的社會，一個沒有異議的社會，可以嗎？社會能夠穩定繁榮嗎？

召公的諫言情理兼賅，深具卓識，可是昏君就是聽不進去了，永遠處於人民的對立面上，最終便自取滅亡。雖然這是三千年前的老話題了，但到今天還很適用。

【強化訓練】

一、 解釋下列句中着色的字詞：

（1） 國人莫敢言：________________

（2） 吾能弭謗矣，乃不敢言：________________

（3） 近臣盡規：________________

（4） 善敗於是乎興：________________

二、 試回答以下問題：

（1） 本文創造了哪些成語或名句，到今天都還很管用的？

____

____

____

（2） 根據文本的說法，召公認為人民的說話想表達甚麼訴求呢？

____

____

____

【文章語譯】

周厲王性情暴虐，國民都咒罵他。召公報告說：「百姓不能再忍受這樣的生活了。」厲王很生氣，找來了衞國的巫祝，派他監視發佈謠言的人，一經揭發，就處死他。國民沒有人敢說話了，在路上碰到，大家只好打眼色示意。

厲王很開心，告訴召公說：「我能夠壓制謠言了，他們都不敢說話了。」召公說：「這是一種防堵的手法。防範民眾的批評，比防止洪水更難。洪水受到堵塞而崩堤暴發，受害的人會很多，民眾的情況就像洪水一樣。所以治水的人一定要疏通河道，使洪水順利地流出去；而管治國民的一定要叫他們敢講話，發表意見。因此天子聽朝臣奏報政事，三公九卿以至上士等便會獻上詩歌反映民情，瞽師獻上樂曲辨識邪正，太史獻上書冊文告以作著錄，少師負責規諫，瞎眼的瞍人吟誦獻上的詩篇，有眼疾的矇人負責諷誦典書箴刺之語，工藝執事的部門向國君進言，百姓有很多輾轉相傳的討論批評時政得失，左右侍從之臣盡力規勸，王室親族補救闕失考察是非，太師太史教導訓誨，元老師傅整合各方意見。然後國君就可以斟酌施行，施政順暢，不會背離民意。

百姓有嘴巴，就像土地上有高山和河流，財富、物資都從這裏出來；就像原野上有平坦肥沃的田地，可以生產出衣服、食物的材料。嘴巴要表達意見，好的壞的自然都會說出來了。好的要施行，壞的也要參考，這就可以增進國家的財富資源、衣服食物了。百姓心中有很多意見和想法，因而說出了口，合理的就要施行，又怎麼可以堵塞呢？如果要堵塞百姓的嘴巴，試問又能維持多久呢？」

厲王不肯聽從，於是百姓再沒有人敢說話了。過了三年，大家就把厲王放逐到彘地去了。

虞師晉師滅夏陽 《穀梁傳》

【寫作背景】

魯僖公二年及五年（公元前658、655），晉國先後兩次向虞國借路，攻打虢國。〈虞師晉師滅夏陽〉一文兼寫兩次的情節，突出虞公的愚昧，為了貪圖晉國的寶物厚禮，竟然借道給晉軍通過，甚至充當先頭部隊領路打人，滅了鄰近的虢國。最後沒有鄰國的支援，虞國也難逃一劫，回程時給晉國吞併了，而寶物又回流到晉國主人身邊。這就是歷史上膾炙人口的「唇亡齒寒」的故事。

《穀梁傳》是《春秋》三傳之一，魯人穀梁子作。《穀梁傳》以議論為主，敍事比較簡略，刪掉了一些情節，不及《左傳》完備，但文章剪裁得當，也是一篇可以自圓其說的作品。本書另選了〈宮之奇諫假道〉一文（見頁25），可以相互補充，使讀者更了解這一段史事的真相。

【主旨】

晉師攻打夏陽，滅掉了虢國。虞、虢本來是相互依存的小國，但虞公為了貪圖晉國的財物，竟然給晉師帶路攻打虢國。所以孔子作《春秋》，就把虞師放在前面，表明他是禍首，必須受到譴責，而虞公更要對滅夏陽之事負主要的責任。

【原文】

[虞師、晉師滅夏陽[1]。] 非國而曰滅，重夏陽也。虞無師[2]，其曰師何也？以其先晉[3]，不可以不言師也。其先晉何也？為主乎滅夏陽也[4]。夏陽者，虞、虢之塞邑也[5]。滅夏陽而虞、虢舉矣[6]。

虞之為主乎滅夏陽何也？晉獻公欲伐虢[7]，荀息曰[8]：「君何不以屈產之乘[9]、垂棘之璧而借道乎虞也[10]？」公曰：「此晉國之寶也。如受吾幣而不借吾道，則如之何？」荀息曰：「此小國之所以事大國也。彼不借吾道，必不敢受吾幣。如

---

① **虞師**：虞，姬姓國，在今山西平陸縣東北。師，泛指軍隊。古代軍隊編制以五百人為旅，五旅為師，師有二千五百人。**夏陽**：虢（粵 gwik1 隙；普 guó）都。虢有二都，一為夏陽（山西平陸縣東），或作下陽；一為上陽（河南陝縣李家窯村）。

② **虞無師**：虞乃小國，軍隊未達師級的編制。

③ **晉**：姬姓國，周成王封弟唐叔虞於晉，都於絳（山西翼城縣東南）。晉國據有山西等地，國力強大。

④ **為主乎**：為（粵 wai4 維；普 wéi），作出，動詞。為主，作出主動，出主意，引申作了主謀。或訓為了，介詞，則讀去聲（粵 wai6 位；普 wèi）。

⑤ **邑**：塞（粵 coi3 菜；普 sài），邊塞，名詞。

⑥ **舉**：拔也，攻破。

⑦ **晉獻公**：名詭諸，在位二十六年（公元前 676－前 651）。**虢**：姬姓國，即北虢，在今河南三門峽市和山西平陸縣一帶，位於虞國的南部，隔着黃河相對。虢公名醜，為晉所滅，逃往洛陽。

⑧ **荀息**：字叔，晉大夫。

⑨ **屈產之乘**：屈（粵 wat1 鬱；普 qū）產，晉地，在今山西石樓縣東南。或以屈為晉地，屈產即屈地所產。乘，一車四馬曰乘（粵 sing6 剩；普 shèng），本文指馬。

⑩ **垂棘之璧**：垂棘，晉地，在今山西潞城市西南。璧（粵 bik1 碧；普 bì），美玉。

受吾幣而借吾道，則是我取之中府而藏之外府，取之中廄而置之外廄也[11]。」公曰：「宮之奇存焉[12]，必不使受之也。」荀息曰：「宮之奇之為人也，達心而懦[13]，又少長於君[14]。達心則其言略，懦則不能彊諫[15]。少長於君，則君輕之。**且夫玩好在耳目之前，而患在一國之後**[16]，此中知以上乃能慮之，臣料虞君中知以下也[17]。」公遂借道而伐虢。

宮之奇諫曰：「晉國之使者[18]，其辭卑而幣重，必不便於虞。」虞公弗聽，遂受其幣，而借之道。宮之奇又諫曰：「語曰『脣亡則齒寒』，其斯之謂與[19]！」挈其妻子以奔曹[20]。

---

⑪ **中廄**：廄（粵 gau3 夠；普 jiù），馬棚，馬槽。

⑫ **宮之奇**：虞國的大夫。

⑬ **達心而懦**：達，明白。

⑭ **又少長於君**：少（粵 siu2 小；普 shāo），稍微；長（粵 zoeng2 掌；普 zhǎng）於君。這句解作比國君大一點。

⑮ **彊諫**：彊（粵 koeng4 強；普 qiáng），即「強」，堅決，加大力度。

⑯ **且夫玩好在耳目之前，而患在一國之後**：玩（粵 wun6 喚；普 wán）好（粵 hou3 耗；普 hào），即珍玩、愛好，指馬與璧。全句譯為那些珍玩愛好的東西只供眼前短暫的享受，但享樂過後的災禍卻要整個國家長時間去承受。提醒做人要有憂患意識，不要耽於逸樂，自取滅亡。

⑰ **中知以下**：知（粵 zi3 智；普 zhì），通「智」，指智慧，中知以下即比較愚蠢。

⑱ **使者**：使（粵 si3 試；普 shǐ），出使，使節。

⑲ **其斯之謂與**：與（粵 jyu4 如；普 yú），疑問語氣詞。全句譯為就是這樣的情況嗎？

⑳ **挈其妻子以奔曹**：挈（粵 kit3 揭；普 qiè），帶領。曹，姬姓國，武王同母弟叔振鐸所封，都陶丘（山東定陶縣西北）。

獻公亡虢，五年而後舉虞[21]。荀息牽馬操璧而前曰[22]:「璧則猶是也，而馬齒加長矣[23]。」

㉑ **五年**：史載魯僖公二年(公元前 658)，晉國借道攻佔虢國的夏陽。僖公五年(公元前 655)，晉國再次借道攻陷虢國的上陽，回程順道滅了虞國。五年指魯僖公五年，而不是滅了虢國五年之後再滅虞國。

㉒ **操璧**：操（粵 cou1 粗；普 cāo）璧，捧着美玉。

㉓ **馬齒加長**：長（粵 zoeng2 掌；普 zhǎng），老化。馬齒由尖而磨平，隨着年歲的增長，顯得老化。

【賞析與點評】

〈虞師晉師滅夏陽〉的重點是講述「唇亡齒寒」的故事。

本文可分四段：首段解答「其曰師何也？」及「其先晉何也？」的觀點。後三段全是解答「虞之為主乎滅夏陽何也？」問題的來龍去脈。

第二段荀息獻策，要一舉滅掉虞、虢二國，其實不單是借路，連寶馬和美玉都只是暫時借出觀賞而已，最後還是要收回來的，可見慮事周詳。而荀息評宮之奇「達心而懦，又少長於君」，指出他的為人及個性弱點也很到位。

第三段是宮之奇的諫言，軟弱乏力，毫不動人，但「唇亡則齒寒」卻成了千古的格言，印證了慘痛的亡國故事。

第四段摹寫晉國的勝利者姿態，荀息志得意滿，牽馬操璧，證明一切都在他的掌控之中。

【想一想】

「且夫玩好在耳目之前，而患在一國之後」，提醒做人要有憂患意識，不要耽於逸樂，自取滅亡。雖玩好在前，也要考慮國家的憂患所在，保持冷靜的頭腦，可是愚昧的虞公就不會明白這個道理了。

【強化訓練】

一、把下列文字語譯為白話文：

(1) 如受吾幣而不借吾道，則如之何？

(2) 其辭卑而幣重，必不便於虞。

二、試回答以下問題：

(1) 本文塑造了荀息、宮之奇兩位謀臣的形象，一成一敗，二人的表現有何不同？

(2)《穀梁傳》為甚麼認為虞公比晉君要為攻佔夏陽一事負更大的責任？

【文章語譯】

〔虞師、晉師滅了夏陽。〕不是國都而說滅，就是看重夏陽了。虞國的軍隊未達師級的編制，《春秋》說是師，為甚麼呢？因為虞國先於晉國，這不可以不說師的。為甚麼說虞國先於晉國呢？因為虞國作了主謀滅夏陽。夏陽，就是虞、虢交界的要塞。滅了夏陽，虞、虢兩國都會被攻破。

虞國作主謀滅掉夏陽又為甚麼呢？晉獻公要討伐虢國，荀息說：「國君為甚麼不用屈產的名馬，垂棘的美玉來向虞國借路呢？」獻公說：「這是晉國的國寶，如果收了我們的禮物而不借路給我們，那又怎辦呢？」荀息說：「這裏牽涉到小國怎樣事奉大國的原則。對方不給我們借路，一定不敢接受我們的禮物。如果收了我們的禮物而借路給我們，那就是我們從內府的庫藏裏面提出來，而藏在外府的庫藏裏面，從中央的馬房裏面拉出來，而放到外圍的馬房裏面。」獻公說：「宮之奇在，一定不會接受的。」荀息說：「宮之奇的為人啊，內心明白，可就是怯懦，而且他又稍為比虞君大一點。內心明白，話就說得簡短，怯懦就不能堅持諫諍，稍為比虞君大一點，虞君就看不起他了。那些珍玩愛好的東西只供眼前短暫的享受，但災禍卻要整個國家長時間去承受，這要有中等智慧以上的人，才能預想得到。我猜想虞君只是中等智慧以下的人。」獻公於是就借路去攻打虢國。

宮之奇勸諫說：「晉國派來的使節，說話謙卑，禮物又很名貴，一定會對虞國圖謀不軌的。」虞公不聽宮之奇的意見，就收下了晉國的禮物而借路給晉國。宮之奇一再進諫說：「俗語說：『嘴唇沒了，牙齒也會受寒。』就是這樣的情況嗎？」他領着自己的妻子、小孩投奔到曹國去了。

晉獻公滅了虢國。魯僖公五年，又攻佔了虞國。荀息牽着寶馬捧着美玉呈上座前說：「美玉還是過去的老樣子，但寶馬的牙齒就有些老化了。」

鄒忌諷齊王納諫 《戰國策》

【寫作背景】

《戰國策》三十三卷，簡稱《國策》，原是戰國時期游說之士的策謀和言論，以及諸國的史料，分別由各國的史官或策士輯錄匯編。西漢劉向（公元前 77 – 前 6）彙輯整理成書，作品約五百篇。

〈鄒忌諷齊王納諫〉是一篇幽默小品。鄒忌是一個美男子，照鏡自賞，更聽到妻妾及友人不斷的讚美，推波助瀾，認為自己是天下最美的人，自然陶醉於其中，甚至信以為真了。有一天鄒忌遇到了齊國著名的美男子徐公，才揭出真相，自歎不如，原來他一輩子都被自己及別人蒙騙了。這本來只是一則無中生有的小故事，但作者卻用這個小故事來勸諫齊威王，叫他不要被宮婦左右及大臣蒙蔽，聽信身邊虛假的奉承說話，而是廣開言論，吸納各方面的意見，改善施政。後來齊國大治，諸侯來朝，不費兵卒，使齊國得以在政治上的表現優於其他國家，這就是本文「戰勝於朝廷」的基本理念了。

【主旨】

鄒忌以自己誤信妻妾及友人讚美的故事，游說齊威王不要聽信美言，反而更要聽「面刺寡人之過」的忠言，結果齊國大治，威振諸侯。

【原文】

鄒忌脩八尺有餘[1]，而形貌昳麗[2]。朝服衣冠[3]，窺鏡，謂其妻曰：「我孰與城北徐公美？」其妻曰：「君美甚，徐公何能及君也！」城北徐公，齊國之美麗者也。忌不自信，而復問其妾曰：「吾孰與徐公美？」妾曰：「徐公何能及君也？」旦日，客從外來，與坐談，問之：「吾與徐公孰美？」客曰：「徐公不若君之美也！」

明日，徐公來。熟視之[4]，自以為不如；窺鏡而自視，又弗如遠甚。暮寢而思之曰：「**吾妻之美我者，私我也；妾之美我者，畏我也；客之美我者，欲有求於我也。**」

於是入朝見威王曰[5]：「臣誠知不如徐公美。臣之妻私臣，臣之妾畏臣，臣之客欲有求於臣，皆以美於徐公。今齊地方千里，百二十城，宮婦左右，莫不私王；朝廷之臣，莫不畏王；四境之內，莫不有求於王。由此觀之，王之蔽甚矣。」王曰：「善。」

乃下令：「群臣吏民，能面刺寡人之過者[6]，受上賞。上

---

① **鄒忌**：《史記》作騶忌子，戰國齊人。齊威王二十一年（公元前 358），鄒忌以鼓琴見齊威王，協助齊威王推行政治改革，注意選拔人才，促進經濟發展，強化軍事力量，齊國大治。鄒忌善鼓琴，美儀容，也是一位有才幹的賢臣。**脩**：長也，指身高。

② **形貌昳麗**：昳（粵 jat6 日；普 yì），高誘注：「昳，讀曰逸。」，美麗。

③ **朝服**：朝（粵 ziu1 招；普 zhāo），早上。服，穿着。

④ **熟視**：認真審視。

⑤ **威王**：齊威王，名因齊，在位三十七年（公元前 378 – 前 343）。

⑥ **面刺**：刺，舉也。面刺即面責。

書諫寡人者，受中賞。能謗議於市朝[7]，聞寡人之耳者，受下賞。」令初下，群臣進諫，門庭若市。數月之後，時時而間進[8]。期年之後[9]，雖欲言，無可進者。燕、趙、韓、魏聞之，皆朝於齊。此所謂戰勝於朝廷。

---

⑦ **謗議**：謗，放言；議，微言。

⑧ **間進**：間（粵 gaan3 澗；普 jiàn），即間中、間隙、隔一陣子。進，進諫。

⑨ **期年**：一年。

【賞析與點評】

本文文句平易淺白，幾乎不用翻譯，都能看得明白，可見文言和白話同出一源，只是更見精煉而已。本文多用重複句法，不嫌重複地一問再問，一答再答，一看再看，一想再想，目的就是渲染氣氛，造成輿論效果，並表現了一種謹慎驗證的處事態度。

本文分四段：首段寫鄒忌自以為最美，而妻、妾、友人都附和說他最美，遠勝城北徐公。次段鄒忌見到了徐公，除了認真審視徐公之美，還自己照照鏡子，到晚上想通了，確信徐公比自己還美，妻、妾、友人說的都是假話，別有用心。第三段以自己受騙的經驗現身說法，告訴齊威王身邊的人都說假話。第四段齊威王納諫，下令動員全國進諫，議論朝政，改善吏治。結果民氣一振，齊國大治，燕、趙、韓、魏諸國來朝取經，而齊國也一躍而成為當時的強國了。

【想一想】

鄒忌將兩個看起來完全沒有關係的話題放在一起，一是審美，一是治國，竟然生出微妙的化學作用。鄒忌藉審美的話題帶出，原來不聽假話，就不會被蒙騙；忠言逆耳，卻可以自我糾正。一切由朝廷自身做起，帶出治國的理念。

【強化訓練】

一、 解釋下列句中着色的字詞：

(1) 我孰與城北徐公美：________________

(2) 吾妻之美我者，私我也：________________

(3) 王之蔽甚矣：________________

二、 試回答以下問題：

(1) 試以鄒忌為例，說明戰國時代是怎樣吸納人才的。

____

____

____

(2) 試說明鄒忌「窺鏡」情節的修辭技巧及審美特色。

____

____

____

【文章語譯】

鄒忌身高八尺多，容貌亮麗。早上穿戴好衣服帽子，照着鏡子，對他的妻子說：「我跟城北徐公相比，到底哪一個美呢？」他的妻子說：「夫君很美啊，徐公哪能比得上夫君呢？」住在城北的徐公，是齊國以美貌著稱的男子。鄒忌沒有自信，於是再問他的小妾說：「我跟徐公哪一個美呢？」小妾說：「徐公哪能比得上夫君呢？」隔一天，有友人從外地來看他，他跟友人坐下來談話。鄒忌問友人說：「我跟徐公哪一個美呢？」友人說：「徐公比不上先生的美啊！」

第二天，徐公來了。鄒忌認真審視徐公，自認比不上他。照鏡再看看自己的樣貌，就更加比不上徐公了。晚上睡覺再思考這個問題，說：「妻子認為我較美，只是親愛我。小妾認為我較美，只是害怕我。友人說我較美，看來是想求我幫忙。」

於是鄒忌上朝謁見齊威王說：「我真的明白自己比不上徐公的美貌。我的妻子親愛我，我的小妾害怕我，我的友人想求我幫忙，都說我比徐公美。現在齊國疆域達一千方里，有一百二十座城池，宮中的妃嬪和左右侍從，沒有一個不親愛大王；朝廷的臣子，沒有一個不畏懼大王；全國上下，沒有一個不是有求於大王。由此看來，大王已經被蒙蔽得很厲害了！」齊威王說：「說得很好。」

於是齊威王下令說：「所有臣子官吏百姓，如果能夠當面指出我的缺失，會得到上等的賞賜；上書規諫我的缺失，會得到中等的賞賜；能在市集中評論我的過失，並能傳到我耳中的，會得到下等的賞賜。」命令剛頒下來的時候，很多臣子都來進言批評，宮庭熱鬧得就像市集一樣。幾個月過後，往往要隔一陣子才有人來進諫。一年以後，想提出意見的人，也都無話可說了。燕、趙、韓、魏幾個鄰國聽到了，都來朝見齊威王。可見內政修明，不需要用兵就能戰勝其他國家了。

觸讋說趙太后 《戰國策》

【寫作背景】

〈觸讋說趙太后〉一事發生於趙孝成王元年（公元前 265）。趙太后不肯以少子長安君為人質，拒絕大臣的進諫。左師觸讋求見，他先與太后閒話家常，進而批評太后疼愛女兒燕后多於少子長安君，然後談論貴冑子弟的切身問題，雖然出身高貴，備受寵愛，但無功受祿，當父母去世之後，可能甚麼都保不住了。最後太后明白要為長安君作長遠的打算，為國立功，所以就答應派他到齊國當人質了。

【主旨】

本文主要表現觸讋迂迴曲折的游說技巧，探驪得珠。趙太后聲言不會納諫，左師觸讋只好採用以退為進、旁敲側擊的策略，先跟趙太后閒話家常，談論老年人的健康和飲食的關係。其次談到大家都會為兒女的未來打算。最後才指出溺愛子女適足以害之，碰到問題的核心，令趙太后答應以長安君為質於齊。

【原文】

趙太后新用事[1]，秦急攻之。趙氏求救於齊，齊曰：「必以長安君為質[2]，兵乃出。」太后不肯，大臣強諫。太后明謂左右：「有復言令長安君為質者[3]，老婦必唾其面。」

左師觸讋願見太后[4]。太后盛氣而揖之[5]。入而徐趨，至而自謝曰：「老臣病足，曾不能疾走[6]。不得見久矣，竊自恕[7]，而恐太后玉體之有所郄也[8]，故願望見太后。」太后曰：「老婦恃輦而行[9]。」曰：「日食飲得無衰乎？」曰：「恃鬻耳[10]。」曰：「老臣今者殊不欲食，乃自強步，日三、四里，少益耆食，和于身也。」太后曰：「老婦不能。」太后之色少解。

---

① **趙太后**：趙惠文王威后，是一位開明的太后。

② **長安君**：太后少子，孝成王封母弟長安君於饒，即饒陽（河北饒陽縣）。長安君乃稱號。

③ **復言**：復（粵 fau6 埠；普 fù），再次，第二次，副詞。復言即再說。

④ **左師觸讋**：左師，官名。讋（粵 zip3 接；普 zhé），畏懼，即有所顧忌，不能理直氣壯之意。案「觸讋」之名，見於《史記．趙世家》《漢書．古今人表》及馬王堆漢墓帛書《戰國策縱橫家書》，都作「觸龍」，不是「觸讋」。「讋」是將上下文「龍言」二字誤合為一字所致。本文正確的版本應該是「左師觸龍言」。言，說也。「讋」字沿誤已久，積非成是，而本文也是大家所熟悉的名篇，改不了，也就不必改了。

⑤ **盛氣**：臉色很嚴肅的。

⑥ **曾**：曾（粵 cang4 層；普 céng），乃也，已經，連詞。

⑦ **竊自恕**：竊（粵 sit3 屑；普 qiè），私下，謙詞。恕，琢磨，求恕，即寬恕自己久不來見失禮。

⑧ **郄**：郄（粵 kwik1 隙；普 xì），同「郤」，嫌隙，指身體違和，狀況不太好。

⑨ **輦**：輦（粵 lin5 攆；普 niǎn），用人力拉挽的車，後來多指帝后妃子所乘坐的車。

⑩ **鬻**：鬻（粵 zuk1 祝；普 zhōu），同「粥」，用米、麪等煮成稠狀的半流質食品。

左師公曰：「老臣賤息舒祺[11]，最少，不肖。而臣衰，竊愛憐之，願令得補黑衣之數[12]，以衛王宮。沒死以聞[13]。」太后曰：「敬諾。年幾何矣？」對曰：「十五歲矣。雖少，願及未填溝壑而託之[14]。」太后曰：「丈夫亦愛憐其少子乎？」對曰：「甚於婦人。」太后笑曰：「婦人異甚[15]！」對曰：「老臣竊以為媼之愛燕后賢于長安君[16]。」曰：「君過矣，不若長安君之甚。」左師公曰：「**父母之愛子，則為之計深遠**。媼之送燕后也[17]，持其踵[18]，為之泣，念悲其遠也，亦哀之矣。已行，非弗思也，祭祀必祝之，祝曰：『必勿使反[19]！』豈非計久長，有子孫相繼為王也哉？」太后曰：「然。」

左師公曰：「今三世以前，至於趙之為趙，趙主之子孫侯者，其繼有在者乎？」曰：「無有。」曰：「微獨趙[20]，諸侯有在者乎？」曰：「老婦不聞也。」「**此其近者禍及身，遠者及其子孫**。豈人主之子孫，則必不善哉？位尊而無功，奉厚而無

---

⑪ **賤息舒祺**：賤息，小孩的謙稱。舒祺，名也，觸讋之子。

⑫ **黑衣之數**：戎服，指衛士。數，名額，即差事。

⑬ **沒死以聞**：沒，沉溺之辭。沒死，冒死。聞，奏聞。

⑭ **填溝壑**：埋骨於山野，一般人死亡的代稱。

⑮ **婦人異甚**：婦女疼愛孩子可更厲害啊！

⑯ **媼**：稱呼老人家，母別名也。此處指趙太后。

⑰ **燕后**：燕（粵 jin1 煙；普 yān）后，太后之女，嫁去燕國。

⑱ **踵**：踵（粵 zung2 總；普 zhǒng），腳後跟，跟隨。

⑲ **必勿使反**：反，同「返」，大歸。失意於燕國才會回到本國，故祝她不要回來。

⑳ **微**：猶非、無，不也，否定之詞。

勞[21]，而挾重器多也[22]。今媼尊長安君之位，而封之以膏腴之地，多予之重器，而不及今令有功於國。一旦山陵崩[23]，長安君何以自託於趙？老臣以媼為長安君計短也，故以為其愛不若燕后。」太后曰：「諾！恣君之所使之[24]！」於是為長安君約車百乘[25]，質於齊，齊兵乃出。

子義聞之曰[26]：「人主之子也，骨肉之親也，猶不能恃無功之尊、無勞之奉，而守金玉之重也，而況人臣乎？」

㉑ **奉厚**：奉（粵 fung6 鳳；普 fèng），或作「俸」，俸祿。

㉒ **重器**：謂名位金玉，都是珍寶。

㉓ **山陵崩**：帝后去世曰崩。山陵象徵崇高之意。

㉔ **恣君**：恣（粵 ci3 次；普 zì），聽任，任憑。恣君就是聽從先生的意見。

㉕ **約**：具也，即準備。

㉖ **子義**：趙國的賢士。

【賞析與點評】

本文是一篇游說的文章。因為趙太后拒諫，觸讋於是採用了一種閒話家常的方式，先談飲食及健康情況，次談父母愛子女之心。他先為兒子謀一職位，繼而挑起趙太后的愛女之情，及為女兒的遠嫁籌謀妥善，進而批評太后偏愛女兒多於兒子。其後曉以大義，指出不但不能溺愛幼子，反而要讓兒子為國立功，兒子才能安享富貴。最後太后接納了觸讋的主張，願意派幼子長安君到齊國當人質，換取齊國出兵救趙。

觸讋除了有出色的游說技巧外，亦能察言觀色，掌握太后的情緒變化。例如開始時「太后盛氣而揖之」，臉色綳緊，十分嚴肅；經過閒話家常之後，「太后之色少解」，撤除了太后的拒絕心理。談到兒女的事情，竟然出現「太后笑曰」的和緩場面，則游說成功在望了。最後太后甚至說「諾！恣君之所使之！」竟然全部依照觸讋的意見去做。在他們的對話中完全不談長安君當人質的事件，卻順利地解決了這個僵局。

【想一想】

觸讋將太后拒諫的僵局消解於無形之中，主要是能迎合太后的話題，先由切身的健康及兒女談起，等大家熟絡及情緒穩定後，才分析利害，曉以大義，而且處處為對方着想，使對方明白並能接受自己的建議。因此，無論是國際上領土的爭端，或是兩黨政制的爭議，如果不能了解對方的需要，不能得到彼此的信任，不肯妥協，恐怕永遠都是僵局。

另一方面，觸讋告訴我們，「此其近者禍及身，遠者及其子孫」，一個人沒有自立能力，是沒有人能保護他的。為子孫計，與其給他財富，不勞而獲，倒不如讓他得到良好的教育，自立成材，培養成熟的心智，讓他懂得解決問題。趙太后最後答應讓長安君去齊國當人質，讓他經歷風浪，為國效力，看來她還是一位明白事理、負責任的母親，在公私之間取得了平衡，結果得到了賢士的好評和人民的信任。

【強化訓練】

一、 把下列文字語譯為白話文：

（1） 有復言令長安君為質者，老婦必唾其面。

____

____

（2） 入而徐趨，至而自謝曰：「老臣病足，曾不能疾走。」

____

____

（3） 老臣今者殊不欲食，乃自強步，日三、四里。

____

____

二、 試回答以下問題：

觸讋在談話的末段為甚麼突然接連提出了「趙主之子孫侯者，其繼有在者乎？」「微獨趙，諸侯有在者乎？」這兩個尖銳的問題呢？

____

____

____

【文章語譯】

趙太后剛當政掌權，秦國馬上就來攻打趙國，趙國向齊國求救，齊國說：「一定要派長安君來當人質，才會出兵。」太后不肯答應，大臣都極力勸諫太后。太后很清楚的告訴大臣說：「有人敢再說要派長安君作人質的，我這個老太婆一定會用唾液吐他的臉。」

左師觸讋說要見太后。太后臉色很緊張的跟他作揖行禮。觸讋進來後慢慢地走，到太后跟前道歉說：「老臣的腳有毛病，已經不能快走了。而且很久都沒有來見太后了，私下自己也想來，只怕太后的身體違和，所以希望來求見太后。」太后說：「老太婆現在要讓人拉車代步了。」觸讋說：「每天的飲食都沒有減少嗎？」太后說：「靠吃點粥吧。」觸讋說：「老臣現在都不想吃東西了，所以逼自己走路，每天走三四里，可以增加一點食欲，用來調和身體。」太后說：「老太婆做不到了。」太后的臉色有點兒放鬆了。

左師公說：「老臣的小孩叫舒祺，年紀最輕，就是不長進。而我年老體弱，但私下還是很喜歡他的，希望令他能補上一個衞士的名額，可以守衞王宮，就冒死向太后奏聞了。」太后說：「好的，現在幾歲了？」回答說：「十五歲了。年紀小了一點，希望趁我還沒埋骨於山野之前拜託太后成全了。」太后說：「男人也會疼愛他的小兒子嗎？」回答說：「比婦女還要厲害的。」太后笑着說：「婦女疼愛孩子可更厲害啊！」回答說：「老臣個人認為老太太疼愛燕后多於長安君。」太后說：「先生錯了，她跟長安君比差太多了。」左師公說：「父母疼愛子女，會為他作長遠的打算。老人家送燕后出嫁，跟隨她的腳步，為她嫁得太遠而傷心，可說是很關心她了。到她走了，並非不再思念她呀，祭祀時一定為她祝禱，禱告說：『一定不要讓她回來啊。』這不是為她作長期打算，希望生下子孫可以世代繼位為王嗎？」太后說：「對啊！」

左師公說：「現在回看三代之前，就從趙國的情況來看趙國吧，趙國國君的子孫封侯的，他的繼承者還在嗎？」太后說：「沒有。」說：「不單是趙國，諸侯的繼承者還在嗎？」太后說：「老太婆沒聽過了。」「這是因為近的禍害及身而見，遠的就會在子孫身上應驗。難道國君的子孫，一定都不好嗎？地位尊崇沒有任何功績，俸祿豐厚卻沒有付出勞力，但佔有太多的珍寶。現在老人家很重視長安君的地位，封給他的都是富饒肥沃的土地，並送給他很多珍寶，可是卻不儘快令他能為國立功。萬一老人家不在了，長安君又靠甚麼在趙國立足呢？老臣認為老人家為長安君的打算並不足夠，所以覺得愛長安君比不上愛燕后的深遠。」太后說：「好吧！就依先生的安排去做。」於是為長安君準備了一百輛車駕，到齊國做人質，齊國才出兵救趙。

子義聽了就評論說：「國君的兒子，骨肉相連的親屬，都不能恃着沒有功績就享受尊榮，沒有勞力就享有俸祿，而守住這麼貴重的珍寶地位，更何況是做人臣子呢？」

諫逐客書　李斯

【寫作背景】

李斯（？－公元前 208），楚國上蔡（河南上蔡縣西南）人，從荀子學帝王之術。入秦初為呂不韋舍人，後被秦王政委任為客卿，為秦王策劃兼併六國。李斯入秦，深受器重，獲拜為長史、客卿。秦王政十年（公元前 237），韓國派出水工鄭國游說秦國，修渠灌溉，虛耗人力，減少用兵機會。秦國的宗室大臣建議驅逐客卿，而李斯也在被逐的名單內，因而上書論辯。

秦統一六國後，李斯協助秦始皇廢除封建，實行郡縣，制作禮儀，規定法度律令，統一車軌、文字及度量衡制度，規劃中國統一的全局，大有貢獻。

【主旨】

李斯上書論辯，歷敍由穆公以來，國家得士，不斷壯大，認為秦王要統一天下，一定要廣納人才，正反論述，利害並舉，申明效忠之誠，立意高遠，構成了大一統的願景。

【原文】

秦宗室大臣皆言秦王曰[1]：「諸侯人來事秦者，大抵為其主游閒於秦耳[2]，請一切逐客。」李斯議亦在逐中。斯乃上書曰：

「臣聞吏議逐客，竊以為過矣。昔穆公求士[3]，西取由余於戎[4]，東得百里奚於宛[5]，迎蹇叔於宋[6]，來丕豹、公孫支於晉[7]。此五子者，不產於秦，而穆公用之，并國二十，遂霸西戎。孝公用商鞅之法[8]，移風易俗，民以殷盛，國以富

---

① **秦王**：秦始皇嬴政（公元前 259－前 210），生於趙國。十三歲即位。秦王政二十六年（公元前 221），秦滅六國統一全國，改稱始皇帝，定都於咸陽（陝西咸陽市）。在位三十七年，死於沙丘台，年五十。

② **大抵為其主游閒於秦耳**：抵，《文選》作「祇」。游，奔走，混入。閒（粵 gaan3 澗；普 jiàn），即「間」，間諜。

③ **穆公**：秦穆公（？－公元前 621），在位三十九年（公元前 659－前 621）。嘗助晉文公復國，春秋五霸之一。

④ **西取由余於戎**：由余，本來是晉人，後來為戎王出使秦。穆公用計謀令戎王懷疑由余私通秦國，由余最後降秦。

⑤ **東得百里奚於宛**：百里奚，楚國宛（河南南陽市）人。做過秦穆公夫人的陪嫁僕人，逃走回到宛地，為楚鄙人所執。秦穆公以五羖羊（黑色公羊）皮贖之，授以國政。為相七年，協助秦穆公稱霸。

⑥ **迎蹇叔於宋**：蹇（粵 gin2 趼；普 jiǎn）叔，岐州（陝西鳳翔縣南）人，遊宋。百里奚推薦蹇叔，秦穆公使人以厚幣迎之，授以上大夫。

⑦ **來丕豹、公孫支於晉**：來，求也。丕豹，晉人丕鄭之子，晉惠公殺丕鄭，丕豹奔秦。公孫支，即秦大夫子桑，岐州人，嘗遊晉，後歸秦，曾勸穆公輸粟賑晉。

⑧ **孝公用商鞅之法**：秦孝公（公元前 381－前 338），在位二十四年（公元前 361－前 338）。商鞅（粵 joeng2 怏；普 yāng，舊音 yǎng）（？－公元前 338），衛人，亦稱衛鞅、公孫鞅，定變法之令，改賦稅之法，重農抑商，濫用酷刑。

強，百姓樂用，諸侯親服，獲楚、魏之師[9]，舉地千里，至今治強。惠王用張儀之計[10]，拔三川之地[11]，西并巴蜀，北收上郡[12]，南取漢中，包九夷，制鄢、郢[13]，東據成皋之險[14]，割膏腴之壤，遂散六國之從[15]，使之西面事秦，功施到今。昭王得范雎[16]，廢穰侯[17]，逐華陽[18]，彊公室，杜私門[19]，蠶食

---

⑨ **獲楚、魏之師**：孝公十年（公元前 352），商鞅率兵圍攻魏之安邑（山西夏縣），降之。二十二年（公元前 340）南侵楚，復擊魏，魏割河西之地以和。

⑩ **惠王用張儀之計**：秦惠文王（公元前 356－前 311），在位二十七年。張儀（?－公元前 309），戰國魏人，與蘇秦（?－公元前 284）同學於鬼谷子，秦惠王任為相，游說六國連橫事秦。

⑪ **拔三川之地**：秦莊襄王元年（公元前 249）初置三川郡，三川指黃河、洛水、伊水，即河南黃河兩岸之地。

⑫ **北收上郡**：秦惠文王十年（公元前 328），魏國獻上郡十五縣予秦，郡治膚施縣（陝西榆林市南）。

⑬ **制鄢、郢**：制，控制。鄢（湖北宜城市東南）、郢（湖北江陵縣西北），先後是楚國的都城。秦昭王二十八、二十九年（公元前 279－前 278），白起（?－公元前 257）率軍深入楚國攻陷鄢、郢等地，奪走大量土地。現在江陵縣城北五公里處有紀南城遺址。

⑭ **東據成皋之險**：成皋（河南滎陽市北上街區），古東虢國地，又名虎牢。

⑮ **遂散六國之從**：從（粵 zung1 中；普 zòng），即合縱連橫之縱。從指六國合力抗秦的策略。散，瓦解、破除。

⑯ **昭王得范雎**：秦昭王（公元前 325－前 251），在位五十六年。范雎（粵 zeoi1 追；普 jū）（?－公元前 255），戰國魏人，秦昭王相，提出遠交近攻的策略，封應（河南平頂山市寶豐縣西南）侯。

⑰ **廢穰侯**：穰（粵 joeng4 羊；普 ráng）侯即魏冉，昭王母宣太后異父之弟，楚人。四任秦相，專權擅政，戰功卓著，威震諸侯。封於穰（河南鄧州市），後以奢侈過度，范雎建議昭王將宣太后、魏冉、涇陽君、高陵君等遷往關外封邑。

⑱ **逐華陽**：昭王母宣太后同父之弟，楚人。入秦任將軍及左丞相，封華陽（河南新密市）君，後又封於新城（河南襄城縣）。與穰侯結納，范雎說昭王逐之關外。

⑲ **杜私門**：杜，塞也，杜絕。私門，權臣之門，這裏指穰侯、華陽君等。

諸侯，使秦成帝業。此四君者，皆以客之功。由此觀之，客何負於秦哉！向使四君卻客而不內[20]，疏士而不用，是使國無富利之實，而秦無彊大之名也。

今陛下致昆山之玉[21]，有隨、和之寶[22]，垂明月之珠，服太阿之劍[23]，乘纖離之馬[24]，建翠鳳之旗，樹靈鼉之鼓[25]：此數寶者，秦不生一焉，而陛下說之，何也？必秦國之所生然後可，則是夜光之璧，不飾朝廷；犀象之器，不為玩好；鄭衛之女，不充後宮；而駿良駃騠[26]，不實外廄；江南金錫不為用；西蜀丹青不為采。所以飾後宮，充下陳[27]，娛心意，說耳目者，必出於秦然後可，則是宛珠之簪[28]，傅璣之珥[29]，阿縞之衣[30]，錦繡之飾，不進於前，而隨俗雅化，佳冶窈

---

⑳ **不內**：內（粵 naap6 納；普 nà），納也。「不內」或作「弗納」。

㉑ **致昆山之玉**：致，招致。昆山，即昆岡，崑崙山，或指和闐，均以產玉著名。

㉒ **隨、和之寶**：隨，即隋侯，他救過一條大蛇，大蛇於江中銜珠以報，名曰隋侯之珠。和，指卞和，發現和氏璧。

㉓ **服太阿之劍**：服，佩帶。太阿，名劍，相傳楚王召歐冶子、干將鑄鐵劍三枚，其二曰太阿。

㉔ **纖離之馬**：纖離，良馬之名。

㉕ **樹靈鼉之鼓**：樹，設置。鼉（粵 to4 跎；普 tuó），或作「鱓」，音同。形似鱷魚，皮可製鼓。

㉖ **駿良駃騠**：「駿馬」。駃騠乃北狄良馬之名。

㉗ **下陳**：後列，指姬妾所在的位置。

㉘ **宛珠之簪**：宛，即南陽，產珠玉，可配簪飾。

㉙ **傅璣之珥**：傅，附着，鑲嵌。璣，不圓的珠子。珥（粵 ji6 二；普 ěr），用珠子或玉石做的耳環。

㉚ **阿縞之衣**：阿，細繒，或指山東東阿縣所產繒帛。縞（粵 gou2 稿；普 gǎo），白色生絹。

窕[31]，趙女不立於側也。

夫擊甕叩缶[32]，彈箏搏髀[33]，而歌呼嗚嗚快耳者，真秦之聲也；鄭衛桑間、韶虞武象者[34]，異國之樂也。今棄擊甕叩缶而就鄭衛，退彈箏而取韶虞，若是者何也？快意當前，適觀而已矣。今取人則不然，不問可否，不論曲直，非秦者去，為客者逐，然則是所重者在乎色樂珠玉，而所輕者在乎人民也。此非所以跨海內、制諸侯之術也。

臣聞地廣者粟多，國大者人眾，兵彊則士勇。**是以泰山不讓土壤，故能成其大；河海不擇細流，故能就其深；王者不卻眾庶，故能明其德。**是以地無四方，民無異國，四時充美，鬼神降福。此五帝、三王之所以無敵也[35]。今乃棄黔首以資敵國[36]，卻賓客以業諸侯，使天下之士退而不敢西向，裹足不入秦，此所謂『藉寇兵而齎盜糧』者也[37]。

夫物不產於秦，可寶者多；士不產於秦，而願忠者眾。

㉛ **佳冶窈窕**：佳冶，豔麗。窈窕，幽嫻貞靜。

㉜ **擊甕叩缶**：甕（粵 ung3 蕹；普 wèng），汲瓶，陶器；缶（粵 fau2 否；普 fǒu），一種大腹小口的瓦器。秦人以為敲擊之樂。

㉝ **彈箏搏髀**：箏，原為五絃，秦蒙恬（? – 公元前 210）改為十二絃，唐以後十三絃。髀（粵 bei2 比；普 bì），大腿；搏，拍也；拍股為節。

㉞ **鄭衛桑間、韶虞武象**：鄭衛乃流行俗樂，桑間也是衛國的樂曲，代表衰世的音聲；而韶虞為舜樂，武象為周武王之樂，則屬盛世的樂曲。

㉟ **五帝、三王**：五帝指黃帝、顓頊、帝嚳、唐堯、虞舜。三王則指夏、商、周的開國之君，即禹、湯、文王及武王。

㊱ **黔首**：黔，黑也。黔首，即百姓，秦謂民為黔首。

㊲ **藉寇兵而齎盜糧**：藉，借也。兵，武器。齎（粵 zai1 擠；普 jī），拿着，贈送。

今逐客以資敵國，損民以益讎[38]，內自虛而外樹怨於諸侯，求國無危，不可得也。」秦王乃除逐客之令，復李斯官。卒用其計謀，官至廷尉。

㊳ **損民以益讎**：讎（粵 cau4 囚；普 chóu），同「仇」。益讎指益了敵方。

【賞析與點評】

李斯在秦國當客卿，正當扶搖直上、前途大有可為的時候，忽然收到逐客令，自然大感不平，要將一腔怒火和怨氣傾泄出來，化為文章。但李斯是聰明人，他知道上書的對象是最有權力的秦王，因此，他完全不談個人的出路進退，全文只是圍繞着秦國的利害來考慮問題，說明客卿對秦國貢獻之大，不能說趕走就趕走的。

本文是議論文，其實也是辯論逐客恰當與否這個主題。秦王沒有回應，也沒有答辯，只是恢復了李斯的官職，其實即是認同李斯的觀點了。

本文分五段：首段「逐客」只是一個引言，帶出主題。第二段引證秦國的歷史，列出秦穆公求士，得到由余、百里奚、蹇叔、丕豹、公孫支五子，遂霸西戎，奠定了秦國的霸業。其後的商鞅、張儀、范雎等各展所長，而秦國更進一步獨霸天下了，說明穆公、孝公、惠王、昭王四君眼光遠大，使秦成帝業。第三段說明秦國擁有很多珍寶美人，並批評秦王只求滿足眼前的逸樂，輕視人力資源。第四段說明王者之道，在於得人，始能無敵於天下。如果驅逐人才離境，為人所用，轉過頭來就會壯大諸侯的勢力，自是不智的選擇。第五段結論，申明客卿皆願效忠秦國，秦王於是恢復李斯的原職了。

【想一想】

本文雖然是兩千多年前的古文，但仍然適用於今天。例如香港本身就是一個移民社會，一個缺乏資源的地方，幾乎沒有任何的出產，其實就是靠不斷湧入的人才來支持，只不過有人來得早些，有人遲些而已。香港人應該互相包容，不能有排外的想法。秦國能夠借用列國的人才，日益壯大，就已經是一個很好的證明了。

【強化訓練】

一、 解釋下列句中着色的字詞：

(1) 不充後宮：________________

(2) 此非所以跨海內：________________

(3) 藉寇兵而齎盜糧：________________

二、 試回答以下問題：

〈諫逐客書〉吸納人才的觀點對現代國家的發展還有參考意義嗎？

____

____

____

____

【文章語譯】

秦國宗室大臣都對秦王說：「各國諸侯的人來秦國當客卿的，大概是為他們的主子奔走做間諜窺探秦國，請把他們全部趕走。」李斯也被列在驅逐的名單上。李斯於是上書說：

「小臣聽到官員開會商議驅逐客卿，我認為這是錯的。過去穆公招攬人才，西邊在戎人中得到由余，東邊在宛地中得到百里奚，從宋國迎接蹇叔，從晉國招來丕豹、公孫支。這五個人，不是秦國人，穆公任命他們，吞滅了二十個國家，於是就稱霸於西戎了。孝公任命商鞅變法，改變了風尚習俗，人民得以致富興盛，國家也賴以富強了，百姓樂於為國效力，諸侯也歸順秦國，擊敗了楚國、魏國的軍隊，獲得千里的土地，到現在還保持強大。惠王採納張儀的計策，奪得了三川的土地，西方兼併了巴蜀，北邊攻陷了上郡，南面取得漢中，融合眾多的夷族，控制了鄢、郢二都，東部佔據了險要的成皋，割走了肥沃的土地，也就挫敗了六國合縱的計劃，使諸侯國向西方歸順秦國，他的功勞一直影響到現在。昭王得到了范雎，廢掉了穰侯，驅逐了華陽君，加強政府的權力，制止了權臣的惡鬥，逐一併吞了諸侯國，使秦國完成統一的宏業。這四位君主啊，都是善用客卿的功效。從這點來看，客卿又怎會對不起秦國呢！假使這四位君主拒絕客卿，不肯接納他們，疏遠人才不任命他們，這樣就使國家沒有龐大的財富，而秦國也沒有強大的威望了。

現在皇上得到昆山的寶玉，又有隋侯珠、和氏璧的珍寶，懸掛像明月似的夜光珠，佩帶太阿寶劍，騎坐纖離好馬，豎立翠鳳羽飾的旌旗，設置靈鼉皮鼓。這幾種寶物，秦國連一種都產不出來，但皇上卻喜歡得很，這是甚麼原因？如果說一定要秦國出產的才能用，那麼夜光的玉石，就不能裝點朝廷；犀角象牙的器物，就不能把玩；鄭衞的美女，就不能藏於後宮；駃騠良馬就不能養在馬房；江南的銅錫礦產不能用，西蜀的丹青顏料不能採。那些用來裝飾後宮、充實姬妾，娛樂身心，享受聲色的東西，如果一定要秦國出產的才能使用，那麼南陽的珠簪，鑲着珠玉的耳環，白色生絹做的衣服，錦繡華美的飾物，就不能呈獻於您的面前，而時髦優雅，豔麗嫻靜的趙國美女都不能站在旁邊侍候了。

那些擊打汲水瓶敲打瓦器，彈奏箏曲拍打大腿，而呼喊出嗚嗚之聲讓聽覺過癮的，才是傳統的秦國音樂；鄭衞及桑間流行的俗曲，虞舜的韶樂武王的象舞等，都是外國的音樂。現在放棄了敲擊瓶瓦的傳統而聽賞鄭衞的俗樂，撤下了彈箏而選擇了虞舜的韶樂，這樣做又為了甚麼呢？因為可以馬上令人感到暢快，令人看得舒服就是了。現在用人卻不是這樣的標準，不理他是否合用，不論事件的對錯，不是秦國的人一定要走，身為客卿的都被驅趕。那就是說最值得珍惜的完全是聲色音樂珠寶玉石，而最受輕視的就是人民了。這不是用來監臨天下，控制諸侯的策略。

小臣聽說地方廣大的產糧一定多，國家強大人民也眾多，軍隊強悍士卒都很勇敢。因此泰山不會嫌棄土堆，所以能顯得高大；河水海水不會拒絕細弱的水流，所以能積聚深厚；王者不會捨棄眾多的庶民，所以能表現出他的仁厚。所以地無分東南西北四方，人民亦不分本國外國，四季都能充實完美，鬼神保祐賜福，這就是五帝三王天下無敵的原因所在了。現在放棄老百姓讓他們出走協助敵國，辭掉了客卿讓他們去為諸侯王創業，使天下的人才卻步不再奔向西方，止步不再踏足秦國，這就是大家所說的『借兵器給敵寇而送糧食給盜賊』了。

很多物產都不是秦國生產的，值得重視的很多；士人不一定是秦國人，但願意效忠的還有很多。現在驅逐客卿以支援敵國的建設，離棄人民以增強讎敵的勢力，先搞垮自己的內部，還跟外面的諸侯結怨，希望國家安然渡過一切的危機，這是不可能做到的。」秦王於是解除了驅逐客卿的命令，恢復李斯的官職。終於秦王採用了李斯的計謀，李斯的官位也升至廷尉。

〈卜居〉 屈原

【寫作背景】

〈卜居〉是《楚辭》中的一篇。《楚辭》，泛指楚國人的文辭，西漢劉向編訂為《楚辭》一書，因以為名。屈原（公元前 339? – 前 278），名平，生於丹陽（湖北秭歸縣），戰國時楚國的王族。屈原輔助楚懷王，議論國事及應對賓客，起草憲令及推行變法；支持合縱對抗秦國，並兩度出使齊國。早期深得懷王的信任，後來遭受權貴及小人的讒言，被放逐到漢北，即漢水上游一帶的山區。然後又被楚頃襄王放逐到江南地區，屈原自投汨羅江而死。

屈原第一次放逐是在楚懷王二十五年（公元前 304），本文大約寫於三年之後。卜居，問的是居處，也就是請教處世的方法。屈原忠心愛國，關心時局，可是卻得不到楚懷王的信任，還被放逐到漢北，遠離郢都，內心苦悶。在這人生最低迷的時候，屈原想藉占卜釋疑，尋求精神指引。所謂「孰吉孰凶？何去何從？」其實屈原心中早就對處境進退有了答案，而這也是不可以逆轉的意向。太卜鄭詹尹明白屈原的處境，因此也不必問卜了。

【主旨】

本文寫屈原被放逐後，反思日後的處境進退，希望通過占卜決疑，獲得神明的指示。可是屈原卻提出了一連串正反的選擇，而重點只是「吁嗟默默兮，誰知吾之廉貞」，惘惘不甘之情，溢於言表。而鄭詹尹說的「用君之心，行君之意」，認為個人的命運必然掌控在自己的手上。

【原文】

屈原既放，三年不得復見。竭知盡忠，而蔽鄣於讒[1]。心煩慮亂，不知所從。乃往見太卜鄭詹尹，曰：「余有所疑，願因先生決之。」詹尹乃端筴拂龜[2]，曰：「君將何以教之？」

屈原曰：「吾寧悃悃款款朴以忠乎[3]？將送往勞來斯無窮乎[4]？寧誅鋤草茆以力耕乎[5]？將遊大人以成名乎[6]？寧正言不諱以危身乎？將從俗富貴以媮生乎[7]？寧超然高舉以保真乎？將哫訾慄斯、喔咿嚅唲以事婦人乎[8]？寧廉潔正直以自清乎？將突梯滑稽、如脂如韋以絜楹乎[9]？寧昂昂若千里之駒乎？將氾氾若水中之鳧[10]，與波上下，偷以全吾軀乎？寧與騏驥亢軛乎[11]？將隨駑馬之跡乎？寧與黃鵠比翼

---

① **蔽鄣**：蔽，遮蔽。鄣（粵 zoeng3 仗；普 zhàng），同「障」，阻隔，障礙。

② **端筴拂龜**：端，擺正位置；筴，同「策」，蓍草；龜，龜甲；都是算卦之物。

③ **吾寧悃悃款款朴以忠乎**：悃悃款款，認真誠懇貌。朴，老實的樣子。

④ **勞來**：勞（粵 lou6 路；普 lào），慰勞來往的人。

⑤ **草茆**：茆（粵 maau4 茅；普 máo），同「茅」。

⑥ **遊大人**：遊，結交。大人指權貴。

⑦ **媮**：媮（粵 jyu4 俞；普 yú），通「愉」，指安享富貴。

⑧ **哫訾慄斯、喔咿嚅唲**：哫（粵 zuk1 竹；普 zú）訾（粵 zi2 只；普 zǐ），獻媚。慄斯，恭謹，奉承，故作小心之狀。喔咿（粵 ji1 伊；普 yī）嚅唲（粵 ji4 兒；普 ní），強顏歡笑。

⑨ **突梯滑稽、如脂如韋**：突梯，圓滑。滑稽，圓轉。脂，膏油。韋，熟牛皮。言圓滑而柔軟，暗喻毫無骨氣。絜楹，諂諛也。

⑩ **將氾氾若水中之鳧**：氾氾，漂浮。鳧（粵 fu4 符；普 fú），野鴨。

⑪ **亢軛**：亢軛（粵 aak1 軛；普 è），牛馬拉車時套在脖子上的轅木，引申為負重。

乎[12]？將與雞鶩爭食乎[13]？此孰吉孰凶？何去何從？**世溷濁而不清，蟬翼為重，千鈞為輕**[14]；**黃鐘毀棄**[15]，**瓦釜雷鳴；讒人高張**[16]，**賢士無名**。吁嗟默默兮，誰知吾之廉貞！」

詹尹乃釋策而謝[17]，曰：「夫尺有所短，寸有所長，物有所不足，智有所不明，數有所不逮，神有所不通。**用君之心，行君之意，龜策誠不能知此事**。」

⑫ **黃鵠**：黃鵠（粵 huk6 酷；普 hú），天鵝。

⑬ **鶩**：鶩（粵 mou6 務；普 wù），家鴨。

⑭ **千鈞**：三十斤為一鈞，千鈞三萬斤，極言其重。

⑮ **黃鐘**：黃鐘大而聲宏，為十二律之首，喻德高才逸的賢者。

⑯ **高張**：升官拜爵。

⑰ **謝**：懇辭。

【賞析與點評】

本文只是無端醞釀的一場煩惱，借題發揮，宣泄感情而已。屈原心中早就對處境進退有了答案，太卜鄭詹尹明白屈原的處境，因此也不必問卜。過去有人懷疑本篇不是屈原的作品，只是後人根據屈原的生平事跡加以仿作，表現旁觀敍事者的口吻，迄今尚無定論。

在本文第二段中，屈原用反詰的方式，一連提出了十六項的疑問，兩句一組，也就構成八組的選擇題了。這些問題用連詞「寧」「將」成對搭配，構成複句，而具有非彼即此的選擇意味，排山倒海一般，其實就是肯定正義，否定邪惡。

此外，每組問題又兩兩叶韻，例如「忠」「窮」;「耕」「名」;「身」「生」;「真」「人」;「清」「楹」;「駒」「軀」;「軛」「跡」;「翼」「食」;亦分八組韻腳，使聲音相應和，更覺鏗鏘上口，理直氣壯，同時亦充滿悲情。其他叶韻句還有「凶」「從」一組；而最後「清」「輕」「鳴」「名」「貞」一組就一韻到底了。

【想一想】

屈原處於戰國末期，秦國的國力不斷冒升，楚國則江河日下，奄奄一息。秦國獨霸天下，大一統的形勢即將來臨，六國之間只能各自盤算，苟延殘喘。屈原問卜表面上是個人的境況，其實卻是人性最嚴格的拷問。「此孰吉孰凶？何去何從？」其實也就是整個國家發展的方向。最後鄭詹尹的回應也很奇妙，他不但沒有解答屈原的疑問，因為屈原心中已經有了抉擇，他甚至指出占卜不可盡信，人性要自作孽，其實神明也幫忙不了的。

【強化訓練】

一、 在（　　）內寫出下列句子運用了的修辭技巧：

（1）（　　　　　　）

「吾寧悃悃款款朴以忠乎？將送往勞來斯無窮乎？」

（2）（　　　　　　）、（　　　　　　）

「世溷濁而不清，蟬翼為重，千鈞為輕；黃鐘毀棄，瓦釜雷鳴；讒人高張，賢士無名。」

（3）（　　　　　　）

「夫尺有所短，寸有所長，物有所不足，智有所不明，數有所不逮，神有所不通。」

二、 試回答以下問題：

鄭詹尹說：「龜筴誠不能知此事。」身為太卜，卻無法憑龜筴解釋疑難，這樣的回應恰當嗎？為甚麼？

____

____

____

____

【文章語譯】

屈原被放逐三年了，還不能見楚王。他耗盡了智慧，盡忠職守，可惜還是受到讒言的防礙，心緒煩悶，思考混亂，不知道該往哪裏走。於是就去拜訪太卜鄭詹尹，說：「我心中有很多疑慮，希望藉助先生幫我決斷。」詹尹於是擺正了蓍草，拂拭龜甲，說：「先生有甚麼賜教嗎？」

屈原說：「我寧願誠誠懇懇、樸實忠貞，還是送往迎來、虛耗日子？我寧願清除雜草努力耕種，還是巴結權貴以搏取名聲？我寧願講真話毫無避忌、以身犯險，還是隨從流俗安享富貴？我寧願振翅高飛來保存自我的真誠，還是諂媚奉承強顏歡笑去伺候婦人？我寧願清廉正直保持清白，還是油腔滑調柔弱婉曲以取悅於人？我寧願氣宇軒昂像千里馬一樣，還是浮游無定像水中的野鴨，隨波上下苟且偷生？我寧願像駿馬套上轅木負重任遠，還是跟隨劣馬的腳步慢行？我寧願跟黃鵠比翼齊飛，還是跟家中的雞鴨相爭奪食？對於這些事情，哪些是吉利的？哪些是凶險的？該避開甚麼？該依從甚麼？現在世道混濁不清，蟬翼看得很重，千鈞就以為是輕了；黃鐘正聲捨棄不用，陶土製的炊具卻敲出震天聲響；搬弄是非的人升官晉爵，有才德的君子卻寂寂無聞。唉，不說了，誰又了解我的廉潔和忠誠啊！」

詹尹於是放下了蓍草請辭說：「尺有它的短處，寸也有它的長處；龜卜之物有時也難以預測，很多事情也不是智慧所能明白的；蓍筮之數有時會有算不到的地方，神明也有不能通曉的問題。憑着先生的本心，做先生認為該做的事，龜卜和蓍筮看來也確實不知道這些事。」

漢唐

漢唐之間（公元前 206 - 公元 960），經歷了兩漢、三國兩晉、南北朝、隋唐五代等不同的時代。除了統一王朝之外，其間並存的還有五胡十六國、五代十國等由不同民族所組成的國家。這些國家相對獨立，不受中央政府的管治。其中有治世，有亂世，盛衰相繼，取長補短，融合了不同類型的文化，多彩多姿。

就文章來說，漢代司馬遷自是千古文章的大家。《史記》記錄了由黃帝以來到漢武帝朝二千多年間的各國大事、傑出人物及社會百態，博大精深，史料翔實，敍事生動，析理縝密，開創了紀傳體史書的形式，同時也是百代文章的典範。《史記》的語言具有口語化的特點，簡潔精煉，親切流暢，意味深長，有着極強的表現力及獨特的語言風格。

可是這個時代幾乎都以駢文為主流，文章華美，多用典故，注重聲韻、對偶的安排。例如班固《漢書》崇尚采藻，長於排偶；劉勰《文心雕龍》是文學批評的專著，即以駢文寫成；而蕭統主編的《文選》，更收錄了大量駢文名家的作品。風氣大開，影響所及，唐代文人都熱衷於駢文的寫作，王勃〈滕王閣序〉、李華〈弔古戰場文〉等更是當時駢文中的名篇，感情充沛，字句精煉，朗朗上口，一氣貫注。

不過駢文寫作要求的學養很高，限制太多，窒礙文思，難以表達清楚，不是一般人所能勝任的。因而引發古文運動的興起，反對駢文。韓愈文起八代之衰，弘揚儒學，解放文體，加上得到柳宗元的響應，振興古典精神，蔚為風尚，韓柳雙峰並峙，自然更是唐代文章的典型了。漢唐之間名家眾多，賈誼、諸葛亮、李密、陶潛等各有名篇傳世，寫出性情和識見，語重心長，都是不朽的佳作，啟發良多，值得學習。

→

伯夷列傳　司馬遷

【寫作背景】

司馬遷（公元前 145－前 86），字子長，漢左馮翊夏陽（陝西韓城市南）人。就文章來說，漢代司馬遷是千古文章的大家。《史記》記錄了由黃帝以來到漢武帝朝二千多年間的各國大事、傑出人物及社會百態。《史記》博大精深，史料翔實，敘事生動，析理縝密，開創了紀傳體史書的形式，同時也是百代文章的典範。《史記》的語言具有口語化的特點，簡潔精煉，神采飛揚，親切流暢，意味深長，有極強的表現力，形成獨特的語言風格。

〈伯夷列傳〉是《史記》七十列傳的第一篇，主要摹寫伯夷、叔齊謙虛讓國的精神氣象，以及他們反對以暴易暴的故事，義不食周粟，餓死在首陽山上。他們堅持個人的理念和抉擇，歷史認定他們是「善人」，孔子也對他們有很高的評價，「求仁得仁，又何怨乎？」司馬遷在文章中卻對伯夷、叔齊所遭遇的不幸深表同情，指出社會上有很多不公平的現象，未必是善有善報的，因而懷疑天道的存在。

【主旨】

司馬遷盛稱伯夷、叔齊的德行，兄弟讓國，免於爭奪權位；又反對武王伐紂，不同意用武力解決問題，連姜太公都認為他們是「義人」，可惜未得好報。本文傾力發泄「怨」憤，通於世道人心，為他們鳴不平。

【原文】

夫學者載籍極博，猶考信於六藝[1]。《詩》《書》雖缺，然虞、夏之文可知也。堯將遜位，讓於虞舜。舜禹之間，岳牧咸薦[2]，乃試之於位，典職數十年[3]，功用既興，然後授政，示天下重器，王者大統，傳天下若斯之難也。而說者曰堯讓天下於許由[4]，許由不受，恥之逃隱。及夏之時，有卞隨、務光者[5]。此何以稱焉？太史公曰：余登箕山，其上蓋有許由冢云。孔子序列古之仁聖賢人如吳太伯、伯夷之倫詳矣[6]。余以所聞由、光義至高，其文辭不少概見[7]，何哉？

孔子曰：「伯夷、叔齊，不念舊惡，怨是用希。」「**求仁得仁，又何怨乎？**」余悲伯夷之意，睹軼詩可異焉。其傳曰[8]：

---

① **六藝**：即《易》《詩》《書》《禮》《樂》《春秋》六經，都是古代重要的文獻。

② **岳牧**：指四岳九牧，傳說中四方諸侯之首及九州的行政長官，包括中央官員及地方領導。

③ **典職數十年**：指舜攝政二十八年，舜薦禹於天下十七年而言，即署理政務各若干年。

④ **說者**：諸子百家的學說。**許由**：上古高士。堯以天下讓之，不受，遁耕於潁水之陽，箕山之下。堯又欲召為九州長，由不欲聞，洗耳於潁水之濱。死後葬箕山頂。許由墓在今河南省禹州市郾城縣箕山鎮箕山集東街，箕山亦名崿嶺。

⑤ **卞隨**：夏時高士。湯欲以天下讓之，恥而自投於潁水。**務光**：夏時高士。好琴，湯伐桀，謀之遭拒。聞湯欲以天下讓，乃負石自沉蓼水。

⑥ **吳太伯**：古公亶父長子，為讓國其弟季歷，再傳與姬昌，即後來的周文王，太伯與仲雍兄弟乃逃奔荊蠻，文身斷髮，自號勾吳，創立了吳國。《史記》三十世家亦以〈吳太伯世家〉為首篇，跟伯夷、叔齊兄弟讓國的故事相近。

⑦ **概見**：概是梗概，謂略見。

⑧ **其傳曰**：指《韓詩外傳》及《呂氏春秋》。

「伯夷、叔齊，孤竹君之二子也[9]。父欲立叔齊，及父卒，叔齊讓伯夷。伯夷曰：『父命也。』遂逃去。叔齊亦不肯立而逃之。國人立其中子。於是伯夷、叔齊聞西伯昌善養老，盍往歸焉[10]！及至，西伯卒，武王載木主[11]，號為文王，東伐紂。伯夷、叔齊叩馬而諫曰：『父死不葬，爰及干戈[12]，可謂孝乎？以臣弒君，可謂仁乎？』左右欲兵之[13]。太公曰[14]：『此義人也。』扶而去之。武王已平殷亂，天下宗周，而伯夷、叔齊恥之，義不食周粟，隱於首陽山[15]，采薇而食之[16]。及餓且死，作歌，其辭曰：『登彼西山兮[17]，采其薇矣。**以暴易暴兮，不知其非矣**。神農、虞、夏忽焉沒兮[18]，我安適歸矣？于嗟徂兮[19]，命之衰矣！』遂餓死於首陽山。」由此觀之，怨邪非邪？

或曰：「**天道無親，常與善人。**」若伯夷、叔齊，可謂善

---

⑨ **孤竹君**：殷湯所封之國，在今冀東地區一帶。相傳孤竹城在遼西令支縣（河北遷安市），或謂古城在盧龍縣南十二里（河北盧龍縣城南灤河流域）。孤竹國從立國到滅亡，約 940 年（公元前 1600 – 前 660）。

⑩ **盍**：疑辭，何不。或借作「蓋」。

⑪ **木主**：木製的神主。

⑫ **爰**：於是。

⑬ **兵**：動詞，殺掉。

⑭ **太公**：姜太公呂尚。

⑮ **首陽山**：在今河南省偃師市邙嶺鄉。一說在山西省永濟市南，相距不遠。古史微茫，亦難以考究了。

⑯ **薇**：植物，野豌豆也，嫩時可食。

⑰ **西山**：即首陽山。

⑱ **神農**：生於姜水（陝西寶雞市），以姜為姓。教民務農，遍嘗百草，發揚醫療與農耕技術，故號神農氏。以火德王，又稱炎帝。

⑲ **徂**：往也，死也。

人者非邪？積仁絜行如此而餓死[20]！且七十子之徒[21]，仲尼獨薦顏淵為好學。然回也屢空[22]，糟糠不厭[23]，而卒蚤夭。天之報施善人，其何如哉？盜跖日殺不辜[24]，肝人之肉[25]，暴戾恣睢[26]，聚黨數千人，橫行天下，竟以壽終，是遵何德哉？此其尤大彰明較著者也[27]。若至近世，操行不軌，專犯忌諱，而終身逸樂，富厚累世不絕；或擇地而蹈之，時然後出言[28]，行不由徑[29]，非公正不發憤，而遇禍災者，不可勝數也！余甚惑焉，儻所謂天道[30]，是邪非邪？子曰：「**道不同不相為謀。**」亦各從其志也。故曰：「富貴如可求，雖執鞭之士，吾亦為之。如不可求，從吾所好。」「歲寒，然後知松柏之後凋。」**舉世混濁，清士乃見。**豈以其重若彼，其輕若此哉[31]？

---

⑳ **絜行**：修好品德。

㉑ **徒**：輩也，這一班人。

㉒ **屢空**：空（粵 hung3 控；普 kōng），窮困，匱乏。屢空，一直捱窮。

㉓ **厭**：飫也，飽也。

㉔ **盜跖日殺不辜**：盜跖（粵 zek3 隻；普 zhí），原名展雄，戰國初期魯國柳下屯（河南濮陽縣柳屯鎮）人。周元王二年（公元前 475）領導九千人的部隊轉戰黃河流域，橫行天下，諸侯國望風披靡。不辜，無罪的人。

㉕ **肝人之肉**：肝，動詞，取出人肝當肉吃。

㉖ **恣睢**：睢（粵 seoi1 須；普 suī），放肆兇惡之貌。

㉗ **彰明較著**：顯明的意思。

㉘ **時然後出言**：時，合時。在適當的場合才會發表意見。

㉙ **行不由徑**：徑，小路。不肯抄小路走，表示光明正大的意思。

㉚ **儻**：亦作「倘」，假如。

㉛ **豈以其重若彼，其輕若此哉**：彼，指上文「操行不軌」的違法犯紀之徒；此，則指「擇地而蹈」的公正發憤之人。

「君子疾沒世而名不稱焉[32]。」賈子曰[33]:「貪夫徇財[34]，烈士徇名，夸者死權，眾庶馮生[35]。」**「同明相照，同類相求。」**「雲從龍，風從虎。聖人作而萬物覩。」[36] **伯夷、叔齊雖賢，得夫子而名益彰；顏淵雖篤學，附驥尾而行益顯**[37]。巖穴之士，趨舍有時，若此，類名堙滅而不稱[38]，悲夫！閭巷之人，欲砥行立名者[39]，非附青雲之士[40]，惡能施於後世哉[41]？

㉜ **君子疾沒世而名不稱焉**：疾，害怕，擔心，動詞。沒世，逝世，死後。稱，揚名於世。

㉝ **賈子**：即賈誼。

㉞ **徇財**：徇，以身從物曰徇。徇財，為財而死。

㉟ **眾庶馮生**：眾庶，即品庶，謂眾生也；馮（粵 pang4 憑；普 píng），即「憑」，恃也，憑生就是活命保身。

㊱ **「同明相照，同類相求。」「雲從龍，風從虎。聖人作而萬物覩。」**：比喻君臣遇合之意。覩，同「睹」，自然呈現，看到了。

㊲ **驥尾**：驥，良駒。驥尾，借喻用法，即為名人之後。

㊳ **堙滅**：湮沒，無聲無息。

㊴ **欲砥行立名者**：砥，磨刀石，這裏用作動詞，意為磨礪，砥行即修養品行。立名，顯名，揚名。

㊵ **青雲之士**：暗喻用法，指德高望重的人。

㊶ **惡能**：惡（粵 wu1 烏；普 wū），怎能。

【賞析與點評】

本文可用的史料不多，而伯夷叔齊的故事情節也很簡單，沒有多少書寫的空間。但司馬遷卻能借題發揮，並藉此抒發心中的一腔憂憤。他讀過很多文獻，也做過很多實地考察，因而發現歷史上有很多不公平的事情，很多聖賢的論點不見得經得起考驗。所以本文也有屈原〈天問〉的意義，司馬遷提出了很多疑問，看完了可能也沒有答案，讀者只能放在心中慢慢思考。

本文分五段，其實也就是提出了五點疑問。首段認為文獻記載詳略互見，不見得公平。有些事跡記載詳盡，例如堯舜禪讓、舜禹傳位的故事。可是許由、卞隨、務光，文獻記載相對來說就簡單得多了。

第二段是伯夷、叔齊故事的正文，他們德行的表現主要有三項：其一，相互讓國。其二，反對武王伐紂。其三，義不食周粟，餓死明志。司馬遷甚至借用佚詩論證孔子「不怨」的觀念可能並不成立。所以「怨邪非邪」的疑問就是怨不怨的問題。

第三段更進而批評天道「是邪非邪」的問題。司馬遷以顏淵的餓死及盜跖的壽終作強烈的對比，可見天道也不見得是正義的。間接也就是替伯夷、叔齊「積仁絜行如此而餓死」的遭遇抱打不平了。

第四段提出「輕重」的問題，文章中引用了很多《論語》的說話，也就是人生中不同的選擇，只能「各從其志」，孰輕孰重，一切都由個人判斷。但世人的價值判斷可能並不一樣，自然亦使人深感懷疑了。

第五段寫個人的力量十分微弱，想揚名於世，就得「附驥尾」，依靠有力者的支持。因此，本文第五點的疑問就是「非附青雲之士，惡能施于後世哉」。

除了第二段正文之外，其他各段幾乎都是司馬遷個人的議論，但司馬遷往往巧妙地緊扣着伯夷、叔齊的話題加以思考，例如首段

「如吳太伯、伯夷之倫詳矣」，第三段「若伯夷、叔齊，可謂善人者非邪」，第五段「伯夷、叔齊雖賢，得夫子而名益彰」等，起到呼應的作用，不致離題太遠。此外，司馬遷在文章中引用孔子的學說，其中《論語》的語句尤多，相互對話，帶出不同的觀點；而很多抑鬱不平之氣，也就藉伯夷、叔齊的故事流露出來了。

【想一想】

司馬遷認為社會上有許多不公的現象，善惡的報應未必如實兌現。伯夷、叔齊餓死於首陽山，「怨邪非邪」，究竟他們有沒有怨言呢？

司馬遷懷疑「天道」的存在，也就是天理，本來是保護善人的，可是現實世界是非顛倒，不一定是善有善報、惡有惡報的，往往令人失望。「是邪非邪」，究竟是有天理嗎？還是沒有？

【強化訓練】

一、 解釋下列句中着色的字詞：

（1） 堯將遜位：________________

（2） 爰及干戈：________________

（3） 而卒蚤夭：________________

（4） 或擇地而蹈之：________________

二、 試回答以下問題：

（1） 伯夷、叔齊認為武王伐紂是「以暴易暴」的行為，而非為民除害的義師，為甚麼？

____

____

____

（2） 伯夷、叔齊為甚麼要選擇絕食，情願餓死自己呢？

____

____

____

（3） 孔子認為伯夷、叔齊「不念舊惡，怨是用希」「求仁得仁，又何怨乎」，就是無悔於自己的選擇，沒有可怨的。可是司馬遷並不認同孔子的觀點，指出他們臨死前所作的歌詞還是充滿怨氣。你認為哪一位說得對？哪一位說得不對？

____

____

____

【文章語譯】

學者讀到的文獻很多，但仍以六經作為考證的基礎；《詩經》《書經》雖然有些殘缺，但虞、夏兩朝的事跡還是十分清楚的。堯帝準備退位，讓位給虞舜。虞舜與夏禹之間，都經過四岳九牧各地長官一致的推薦，在崗位上學習施政，履行職務一二十年之後，各方面都有很好的表現，然後才將政權交出，這表示帝位是天下最高權力，帝王交替是重要的法統，傳授政權就是要這麼慎重。可是有人說，帝堯想將帝位讓給許由，許由不肯接受，認為這是對他的羞辱，就跑掉隱居去了。到了夏代，又有卞隨、務光二人，他們還是拒絕了。這又該怎麼解釋呢？太史公說：「我登上箕山，山上真的有許由的墓地。孔子論述古代的聖人賢人，像吳太伯、伯夷之類，十分詳盡。在我聽到的資料中，許由、務光的義行最高，但有關的文獻就很少了，這又是甚麼原因呢？」

孔子說：「伯夷、叔齊，不會記住過去不好的方面，所以就很少怨恨了。」「想要仁德，又得到了仁德，又有甚麼好埋怨呢？」我很同情伯夷的想法，可是看到他的佚詩，竟然發現了一些疑點。傳記說：「伯夷、叔齊，是孤竹君的兩個兒子，父親想傳位給叔齊，到了父親去世，叔齊卻將君位讓給伯夷。伯夷說：『這是父親的命令。』於是跑掉了。叔齊也不願意即位而跑掉了。國民只好擁立次子即位。當時伯夷、叔齊聽到西伯姬昌善待老人家，兩人就說：『為甚麼不去投靠他啊！』到達的時候，西伯去世，武王載着西伯木製的神主，稱為文王，向着東方進軍攻打紂王。伯夷、叔齊拉住武王的馬頭勸諫說：『父親去世不去安葬，還挑起戰爭，這可以說是孝道嗎？以臣下的身份犯上殺害君主，這可以說是仁德嗎？』侍衛想殺害他們。姜太公說：『這是有道義的人啊。』就保護他們離開。武王平定了殷朝的亂政，天下歸附周朝；但伯夷、叔齊看不起周朝，堅守原則不吃周朝的糧食，在首陽山上歸隱，採摘野豌豆來吃。到快餓死時，作了一首歌，歌詞說：『登上西山啊，採摘野豌豆了！用暴力換取暴力，不知道自己錯了！神農、虞、夏忽然都消失了，我可以回到哪裏去呢？唉，時間到了，我的生命也快走到盡頭了。』於是餓死在首陽山上。」從這方面看來，有怨嗎？沒怨嗎？

有人說：「上天不會有所偏愛的，常常給好人機會。」就像伯夷、叔齊，他們可以說是好人，難說不是嗎？累積仁義修好品德，就這樣餓死了。在七十位學生之中，孔子只稱許顏淵好學，可是顏淵一直生活窮困，連糟糠都吃不飽，後來早逝了。上天對待好人，究竟怎樣呢？盜跖每天殺害無罪的人，取出人肝當肉吃，殘暴狠戾放肆兇惡，聯群結黨幾千人，到處橫行無忌，最後還得到善終，又是根據甚麼道德標準呢？這是最清楚明顯的例子。到了近代，行為不守規範、無所顧忌的人，終身安逸享樂，富貴代代相傳。有些人選擇適當的地方居住，該說話的時候才說出來，走路不肯經由小徑，不合公義的事情絕不會做，卻遇上了災禍，真是多得很啊！我是感到十分困惑的，如果這就是天道，那麼天道究竟是合理呢？還是不合理呢？

孔子說：「志趣理念不同的人，是不能走在一起的。」就讓各人按照自己的理想去做好了。所以說：「如果富貴可以強求的話，就算叫我拿起鞭子趕車，我也願意做的；如果不可強求，那就依照我的喜好去做好了。」「天氣冷了，然後才知道松柏到最後才凋萎。」全世界都污濁不堪時，清高的人物才會顯現出來。這是不是上天重視那些「操行不軌」的惡人，而又輕視這些「擇地而蹈」的善士呢？

「君子擔心身死以後而不能揚名於世。」賈誼說：「貪婪的人為財而死，烈士為名聲而死，矜誇的人死於權勢，一般老百姓就希望活命保身。」「同是明亮的，自然相互映照；同屬一類的，就能相互呼應。」「雲彩伴隨着飛龍，風聲跟隨着虎嘯。聖人在位之時而萬物也燦然大備了。」伯夷、叔齊雖是賢能之士，遇到孔子，他們的名聲才得以發揚；顏淵雖然好學，也要從學於孔子，他的德行才能彰顯出來。有些隱居於山野的人，進退之間選擇恰當的時機，但這些人的名聲往往湮沒無聞了，真的很可悲啊！至於鄉里小民，想敦品礪行知名於世的，沒有德高望重的人推介，他們的聲名又怎能傳揚於後世呢？

過秦論㊤ 賈誼

【寫作背景】

賈誼（公元前 200－前 168），西漢洛陽人。曾上書建議朝廷變革，改正朔，易服色，制法度，興禮樂，但遭周勃、灌嬰反對。文帝四年（公元前 176）貶為長沙王太傅，後被召回長安為梁懷王太傅。十一年六月，梁懷王墮馬而死，賈誼深感愧疚，憂鬱成疾，翌年亦卒，才三十三歲。著作多已散佚，現存《新書》十卷，連同政論、疏、賦等佚文，今人彙輯為《賈誼集》。

全文原分上、中、下三篇，本文是〈過秦論〉上篇，最受重視。上篇評論秦始王嚴刑峻法，以暴力統治天下的失誤；中篇批判二世（胡亥）暴虐重禍，胡作妄為；下篇析論秦王子嬰孤立無親，以致土崩瓦解的局面。三篇各有重心，可以獨立成篇，卻又彼此呼應連貫，結合起來構成統一的整體。秦國由始至終都沒有得到民心的支持，先是六國聯合抗秦失敗，後來陳涉以匹夫起義，雖然沒有成功，卻得到天下的響應，大家一起反抗秦國。

【主旨】

〈過秦論〉探討秦國經過長期的經營，由變法圖強到統一全國，以至迅速覆亡的原因。「過」，過失，以批判的思考為主，就是析論秦代所犯的過失，啟發大家作深入探討，引為鑒戒。結尾指出「仁義不施，而攻守之勢異也」，一針見血，而仁義也就戰勝詐術和強權了。

【原文】

秦孝公據崤函之固[1]，擁雍州之地[2]，君臣固守，以窺周室，有席捲天下，包舉宇內，囊括四海之意[3]，并吞八荒之心[4]。當是時也，商君佐之[5]，內立法度，務耕織[6]，修守戰之具[7]；外連衡而鬥諸侯[8]。於是秦人拱手而取西河之外[9]。

孝公既沒，惠文、武、昭蒙故業[10]，因遺策[11]，南取漢

---

① **秦孝公**：秦孝公（渠梁，公元前 381 – 前 338），獻公之子，穆公十六世孫，在位二十四年（公元前 361 – 前 338），支持變法，國富兵強。**殽函**：殽（粵 ngaau4 淆；普 xiáo），殽山，在今河南省洛寧縣北；函，函谷關，在今河南靈寶市南。

② **雍州**：雍（粵 jung3「用」高去調；普 yōng，舊音 yòng），古代九州之一，包括今陝西、甘肅、青海等地。

③ **囊括**：囊（粵 nong4 瓤；普 náng），像用口袋那樣把東西全部裝進去。這是修辭上的比喻用法，意即征服。

④ **八荒**：東南西北謂之四方，東北、東南、西南、西北謂之四隅，合稱八方。八荒即八方荒遠之地。

⑤ **商君**：即商鞅（粵 joeng2 怏；普 yāng）（? – 公元前 338），衞國的庶公子，亦稱衞鞅、公孫鞅，好刑名之學。相秦孝公，定變法之令，改賦稅之法，重農抑商，濫用酷刑。秦孝公二十二年（公元前 340），商鞅攻打魏國立功，獲封之於（河南內鄉縣）、商（陝西商洛市）十五邑，號為商君。

⑥ **務**：致力。

⑦ **具**：戰備。

⑧ **連衡**：衡，即「橫」。連衡即秦國與東方各諸侯國分別結盟。

⑨ **拱手**：兩手相合，大指相並的手勢，表示輕而易舉。

⑩ **惠文、武、昭**：惠文王（駟，公元前 356 – 前 311），孝公之子，在位二十七年，即位後始稱王。子武王（蕩，公元前 329 – 前 307），舉鼎絕臏而死，在位四年。昭王，又稱昭襄王（稷，公元前 325 – 前 251），在位五十六年。

⑪ **因遺策**：策，戰略，《兩漢文學要》作「冊」。

中[12]，西舉巴、蜀[13]，東割膏腴之地[14]，收要害之郡[15]。諸侯恐懼，會盟而謀弱秦，不愛珍器重寶肥饒之地，以致天下之士，合從締交[16]，相與為一。當此之時，齊有孟嘗[17]，趙有平原[18]，楚有春申[19]，魏有信陵[20]。此四君者，皆明智而忠信，寬厚而愛人，尊賢而重士，約從離橫[21]，兼韓、魏、燕、趙、宋、衛、中山之眾。於是六國之士，有寧越、徐尚、蘇秦、杜赫之屬為之謀[22]，齊明、周最、陳軫、召滑、樓緩、翟景、

---

⑫ **漢中**：今陝西南部及湖北西北部地域。惠文王更元十三年（公元前 312），秦敗楚，置漢中郡。

⑬ **西舉巴、蜀**：舉，攻拔；巴國，今重慶市主城區一帶；蜀國，今四川成都市一帶。

⑭ **東割膏腴之地**：秦武王四年（公元前 307），攻取韓國的宜陽（河南洛陽市宜陽縣）；昭襄王二十年（公元前 285），魏國獻出河東故都安邑（山西運城市夏縣）。膏腴，指肥沃的土地。

⑮ **收要害之郡**：秦惠文王連取巴、蜀、漢中三郡，並屬益州；要害，指山川險阻。

⑯ **合從締交**：從（粵 zung1 縱；普 zòng），同「縱」。合從指六國聯盟抗秦。締交，締結盟約。

⑰ **齊有孟嘗**：孟嘗君田文（？－公元前 279），齊威王孫，靖郭君田嬰之子。為齊相，襲父封爵，封於薛（山東滕州市東南）。

⑱ **趙有平原**：平原君趙勝（？－公元前 251），趙武靈王子，惠文王弟，相惠文王及孝成王，封於東武城（山東武城縣、平原縣），號平原君。

⑲ **楚有春申**：春申君黃歇（公元前 341－前 238），相楚二十餘年，封春申君，賜淮北地十二縣。

⑳ **魏有信陵**：信陵君無忌（？－公元前 243），魏昭王少子，魏安釐王異母之弟，封為信陵（河南商丘市寧陵縣）君。

㉑ **約從離橫**：此句解作相約合從，離散連橫。

㉒ **之屬為之謀**：之屬，這一類人，都是六國的謀臣及政治人才。

蘇厲、樂毅之徒通其意[23]，吳起、孫臏、帶佗、兒良、王廖、田忌、廉頗、趙奢之倫制其兵[24]。嘗以什倍之地，百萬之眾，叩關而攻秦[25]。秦人開關而延敵，九國之師[26]，逡逃而不敢進[27]。秦無亡矢遺鏃之費[28]，而天下諸侯已困矣。於是從散約解，爭割地而賂秦。秦有餘力而制其弊，追亡逐北，伏尸百萬，流血漂櫓[29]。因利乘便，宰割天下，分裂河山。彊國請服，弱國入朝。施及孝文王、莊襄王[30]，享國之日淺[31]，國家無事。

及至始皇，奮六世之餘烈[32]，振長策而御宇內[33]，吞二周

㉓ **之徒通其意**：之徒，這一班人。通其意，宣揚聯合抗秦的道理。此句解作這一班人都是六國重要的外交人才。

㉔ **之倫制其兵**：倫，《兩漢文舉要》作「朋」。之倫，這一批人，都是六國的名將。制，指揮，帶領。以上「屬」「徒」「倫」三詞同一意義，只是變換不同的詞語，是修辭上的錯綜用法，使文章生色。

㉕ **百萬之眾，叩關而攻秦**：眾，《史記》作「師」；叩，挑戰，攻擊。

㉖ **九國之師**：九國者，謂六國之外，更有宋、衞、中山三國。

㉗ **逡逃**：有所顧慮而徘徊或不敢前進。此指秦惠文王更元七年（公元前 318），魏、趙、韓、燕、楚五國聯合攻秦一役。

㉘ **鏃**：箭頭。

㉙ **漂櫓**：漂，浮也；櫓，大盾，防禦的武器。

㉚ **施及**：施（粵 ji6 異；普 yì），蔓延。《兩漢文舉要》作「延」。

㉛ **享國之日淺**：孝文王、莊襄王合共才在位四年，日子短促。

㉜ **奮六世之餘烈**：奮，《兩漢文舉要》作「續」。六世指秦孝公、惠文王、武王、昭襄王、孝文王、莊襄王。餘烈，猶云餘業。

㉝ **振長策**：振，舉也；策，馬箠。

而亡諸侯[34]，履至尊而制六合，執敲扑而鞭笞天下[35]，威振四海。南取百越之地，以為桂林、象郡[36]；百越之君，俛首係頸[37]，委命下吏。乃使蒙恬北築長城而守藩籬[38]，卻匈奴七百餘里[39]；胡人不敢南下而牧馬，士不敢彎弓而報怨。於是廢先王之道，燔百家之言[40]，以愚黔首[41]。隳名城[42]，殺豪俊；收天下之兵，聚之咸陽，銷鋒鍉，鑄以為金人十二[43]，以弱天下之民。然後踐華為城，因河為池[44]，據億丈之城，

㉞ **吞二周**：周赧王末年（公元前 256），東西周分治。西周武公居洛陽，東周惠公居鞏邑。秦昭襄王五十二年（公元前 255）滅西周，九鼎入於秦；莊襄王元年（公元前 249）滅東周。

㉟ **執敲扑而鞭笞天下**：扑（粵 pok3 樸；普 pū），敲扑，皆杖也，短曰敲，長曰扑。鞭笞（粵 ci1 雌；普 chī），鞭打笞擊。

㊱ **南取百越之地，以為桂林、象郡**：百越指浙江、福建、廣東、廣西、越南等地，古為越族所居，種族繁多，號稱百越。桂林郡在廣西北部，象郡在廣東西南部、廣西南部及越南一帶。

㊲ **俛首係頸**：俛（粵 fu2 俯；普 fǔ），同「俯」，低頭；係，同「繫」，以繩繫頸。

㊳ **蒙恬北築長城**：蒙恬（？－公元前 210），秦代名將。秦始皇三十三年（公元前 214），蒙恬率兵三十萬，北逐匈奴，收復黃河以南地方。三十四年，築長城。

㊴ **匈奴**：歐亞大陸的遊牧民族，在蒙古地區立國（公元前 209－公元 460），長達六百餘年。

㊵ **燔百家之言**：燔，焚也。秦始皇三十四年（公元前 213），下令焚燒《秦紀》以外的各國史記、《詩》《書》及百家語等書。翌年又坑殺方士和儒生四百六十多人。

㊶ **黔首**：黔，黑色；黔首，即百姓。

㊷ **隳名城**：隳（粵 fai1 揮；普 huī），毀壞；《史記》及《兩漢文學要》作「墮」，音同；下文「一夫作難而七廟隳」亦同。

㊸ **銷鋒鍉，鑄以為金人十二**：鍉（粵 dik1 的；普 dí），鋒也，又通「鏑」，箭鏃。金人，即銅人。

㊹ **踐華為城，因河為池**：踐，斷也；華，西嶽太華山；因，依也。河，黃河。沿着華山作為城郭，藉黃河作為護城河。

臨不測之谿以為固。良將勁弩，守要害之處；信臣精卒，陳利兵而誰何[45]。天下已定，始皇之心，自以為關中之固[46]，金城千里[47]，子孫帝王萬世之業也。

始皇既沒，餘威震於殊俗[48]。然而陳涉甕牖繩樞之子[49]，甿隸之人[50]，而遷徙之徒也；才能不及中人，非有仲尼、墨翟之賢[51]，陶朱、猗頓之富[52]；躡足行伍之間[53]，而倔起什伯之中[54]，率罷散之卒，將數百之眾，轉而攻秦。斬木為兵，揭竿為旗，天下雲集而響應，贏糧而景從[55]。山東豪俊，遂並起而亡秦族矣。

㊺ **誰何**：何，通「呵」；即呵斥、盤問行人。

㊻ **關中**：渭河平原，東有函谷關，南有武關（陝西商洛市商州區），西有散關（陝西寶雞市），北有蕭關（寧夏固原市），居四關之中，號稱關中。

㊼ **金城**：堅固的城郭。

㊽ **殊俗**：指邊遠地區不同的風俗。修辭上的借代用法，就是異族聚居之地。

㊾ **陳涉**：陳涉（？－公元前 208），二世元年與吳廣（？－公元前 208）在大澤鄉（安徽宿州市南）起兵反秦，自號張楚。**甕**：甕（粵 ung3 蕹；普 wèng），陶製器皿。**牖**：牖（粵 jau5 有；普 yǒu），用破罋口作窗戶。**繩樞**：樞，門上的軸；繩樞，用草繩綑綁門板，形容家庭貧困。

㊿ **甿隸**：甿（粵 mang4 盟；普 méng），農民。隸，被判刑的人，亦指低賤的僕役。

(51) **仲尼、墨翟之賢**：仲尼，孔子（公元前 551－前 479）名丘，字仲尼。墨翟（粵 dik6 敵；普 dí）（公元前 468－前 376），墨子名翟，戰國時期的思想家。

(52) **陶朱、猗頓之富**：陶朱即范蠡（粵 lai5 禮；普 lǐ）（公元前 536－前 448），輔佐句踐滅吳，其後變姓名經商於陶（山東定陶縣）。猗（粵 ji1 伊；普 yī）頓，魯人，學致富之道於陶朱，乃遷往河東猗氏（山西安澤縣），大畜牛羊致富。

(53) **躡足行伍之間**：躡（粵 nip6 聶；普 niè），踩也，躡足即奔走。行伍，軍隊，古制以五人為伍，二十五人為行。軍隊下層組織的名稱。

(54) **而倔起什伯之中**：倔起，即崛起，興起，冒起。什伯，指行伍十人百人之長，即下級士官。

(55) **贏糧而景從**：贏糧，帶着糧食；景，同「影」，景從指如影隨形，比喻用法。

且夫天下非小弱也，雍州之地，崤函之固，自若也。陳涉之位，非尊於齊、楚、燕、趙、韓、魏、宋、衞、中山之君也；鋤耰棘矜[56]，非銛於鉤戟長鎩也[57]；謫戍之眾[58]，非抗於九國之師也[59]；深謀遠慮，行軍用兵之道，非及曩時之士也[60]。然而成敗異變，功業相反。試使山東之國，與陳涉度長絜大[61]，比權量力，則不可同年而語矣。然秦以區區之地[62]，致萬乘之權，招八州而朝同列[63]，百有餘年矣。然後以六合為家，崤函為宮；一夫作難而七廟隳[64]，身死人手，為天下笑者，何也？**仁義不施，而攻守之勢異也。**

---

56 **鋤耰棘矜**：鋤，鋤頭；耰（粵 jau1 優；普 yōu），農具，用於弄碎土塊，平整土地。棘矜（粵 ging1 經；普 jīn），用棘木做的矛柄，即木杖。

57 **非銛於鉤戟長鎩也**：銛（粵 cim1 簽；普 xiān），鋒利。鎩（粵 saat3 殺；普 shā），長矛。

58 **謫戍之眾**：謫（粵 zaak6 擇；普 zhé），徵調。

59 **非抗於九國之師也**：抗，高出，超出。

60 **曩時之士**：曩（粵 nong5 攮；普 nǎng），過去。

61 **度長絜大**：度，量度；絜（粵 kit3 揭；普 xié），圍而量之。

62 **然秦以區區之地**：區區，微小。

63 **招八州而朝同列**：朝，朝拜，使動用法。八州，古代全國分為九州，秦國僅佔雍州一地，卻能叫其他八州同列的諸侯朝拜秦國。

64 **七廟**：古代帝王的宗廟奉祀七代祖先，三昭三穆，與太祖之廟合而為七。

【賞析與點評】

〈過秦論〉（上）文筆精湛，敘事清晰，節奏輕快，雄辯滔滔，將秦國由艱苦崛起，到統一全國後迅即覆滅的歷史描繪出來，把握重點，言簡意賅。

本文分五段：首段說明秦國的強盛由秦孝公變法開始，任用商鞅，確立制度。第二段說明惠文、武、昭三代的經營，不斷地擴張勢力，連取漢中及巴蜀，開疆拓土。但本段其實更注重反映六國諸侯感受到嚴重的威脅，合縱結盟，聯合抗秦，結果卻不敵瓦解，諸侯爭相賂秦，最終難逃滅亡的命運。第三段專論秦始皇的威烈形象，統一天下，實施中央集權，可是自視太高，目中無人，與天下人為敵，顯出敗亡的徵兆。第四段寫陳涉很輕易地推翻秦國的暴政，一夫舉義，天下響應，龐大的帝國不堪一擊，很快垮下來了。第五段開列陳涉抗秦的條件，跟六國的形勢反覆比對，其實都遠不如六國的時代，看來秦國還是自己倒下的。結語揭出「仁義」的主旨，一語中的，乾淨利落。

【想一想】

讀過了〈過秦論〉（上），不但重溫了一遍秦國史，同時也深感盛衰之間，成敗之際，興亡之機，強弱之勢，完全不由人意安排。也許我們可以視之為天意，其實作者更看重的卻是「仁義不施」的主旨，而這樣的論點自然還是歸結於人事了。

【強化訓練】

一、 解釋下列句中着色的字詞：

（1） 外連衡而鬥諸侯：________________

（2） 兼韓、魏、燕、趙、宋、衞、中山之眾：________

（3） 追亡逐北：________________

（4） 收天下之兵：________________

二、 試回答以下問題：

（1） 秦國對付六國強大的正規軍隊，戰無不勝，可是後來面對陳涉裝備簡陋的起義部隊，卻完全無能為力，原因何在？

____

____

____

（2） 秦始皇做對了甚麼事，得到群眾的認同？他又做錯了甚麼事，惹得天怒人怨？

____

____

____

【文章語譯】

秦孝公憑着殽山和函谷關的險固,坐擁雍州的地勢,君臣上下嚴密佈防,一直都在伺機而動,打算取代周朝,有用席子捲起天下,用布疋包籠寰宇,將四海裝入袋子裏的整體策略,以達至併吞四面八方遠近各國的野心。在這個時侯,商鞅輔佐秦國,制定法律制度,專力發展農耕和紡織,整修防禦工事及提升戰備;在外交上採用連橫政策跟列國訂盟,使諸侯彼此猜忌惡鬥。於是秦國輕易地奪得了黃河西岸大片的土地。

秦孝公死後,惠文王、武王、昭襄王繼承了原有的基業,遵照祖宗訂下的策略,向南兼併了漢中,向西攻佔巴、蜀,東邊割取了肥沃的土地,佔領險要的州郡。各國諸侯感到害怕,會商結盟,希望減少秦國的威脅。他們不惜用珍奇的器物、貴重的財寶和肥沃的土地,羅致天下的賢才,締結盟約聯合各國,構成一個整體。那時候,齊國有孟嘗君,趙國有平原君,楚國有春申君,魏國有信陵君。這四位公子,聰明睿智而又忠誠信實,寬容厚道又能真心愛人,尊敬賢士重視人才。他們約定採用合縱的方式,破解秦國的連橫政策,會同韓國、魏國、燕國、趙國、宋國、衞國、中山諸國組成聯軍。當時六國的賢士有寧越、徐尚、蘇秦、杜赫這一類謀臣替各國制定對策;有齊明、周最、陳軫、召滑、樓緩、翟景、蘇厲、樂毅這一班外交人才宣揚聯合抗秦的意圖;有吳起、孫臏、帶佗、兒良、王廖、田忌、廉頗、趙奢這一批將領指揮軍隊。他們以十倍的土地,百萬的雄師,挑戰函谷關進攻秦國。秦國開關迎擊敵人,九國的軍隊就逃跑了不敢冒進。秦國沒有消耗太多的武力,而各國諸侯已自陷困境了。於是合縱的結盟自然解體,各國諸侯又爭着割地賄賂秦國。秦國因而有餘力對付沒落的諸侯,追趕那些逃走的、敗走的軍隊,躺下的死屍多達百萬,流淌的鮮血可以浮起大盾。秦國順着有利的形勢把握時機,將天下切割開來,將河山大地分成板塊,強國主動表示臣服，弱國按時入秦朝拜。

傳到了孝文王、莊襄王，在位的日子不長，國家沒有太大的作為。到了秦始皇，繼承了六代相傳的霸業，揮動長鞭決心統一全國，先是併吞了西周、東周，跟着消滅六國，登上了帝位，控制整個天地，拿着刀杖壓制天下人民，威風凜凜，震懾海內外。向南取得了百越大地，列為桂林郡、象郡。百越的君主俯首稱臣自我綑綁，等候朝廷官員的發落。又派蒙恬到北方修築長城，保衞邊疆，擊退匈奴後撤七百多里，胡人再也不敢南侵放牧，戰士也不敢拉弓放箭來報仇了。跟着廢棄先王至聖的言論訓誨，焚燒諸子百家的著述，以便實施愚民政策。破壞著名的都城，殺戮當地的英雄豪傑，沒收天下的兵器，全都送來咸陽，銷熔刀劍箭頭，鑄成了十二座銅人，以便削弱民間的武力。然後以華山作為城郭，把黃河看成了護城河，盤據着億丈的高城，挨着深不可測的河谷，以為就是最堅固的天然屏障了。有優秀的將帥、強勁的弓，在險要的地方設防；親信的大臣，精鋭的士卒，擺出鋒利的武器盤問來往的行人。天下都安定了，在秦始皇的心中，深信關中的地位十分穩固，堅固的城郭綿延千里，這就是子子孫孫千秋萬世的最佳保障了。秦始皇死後，餘威尚在，還可以震懾遠方異俗的外族。然而陳涉只不過是用破壜口作窗戶、用草繩綑綁門板的窮人子弟，是替人種田的僕役，是被徵調戍守邊疆的人。才能比不上中等資質的人，沒有孔子、墨子的賢德，也沒有陶朱、猗頓的財富。出身在軍旅之間，當上了什人長、伯人長之類的下級士官，率領着疲憊散亂的士卒，帶領着幾百人馬，轉過來攻打秦國。砍伐樹木做兵器，高舉竹竿作旗幟，天下人像雲一樣聚集，應聲而起，挑着糧食，如影隨形跟着他，殽山以東的英雄豪傑，跟着就一起舉義來顛覆秦國了。

其實秦國的國力絕不是弱小的，雍州的土地，殽山、函谷關的險要，還是跟過去一樣。陳涉的地位，並不比從前齊國、楚國、燕國、趙國、韓國、魏國、宋國、衞國、中山的國君尊貴；用鋤頭農具及棘木做的木杖，比不上鉤戟長矛的鋒利；那些被徵調往邊疆戍守的士卒，也比不上九國正規部隊的出色；謀略深遠看得通透，懂得調兵遣將方法的，都比不上過去的謀臣將領。但是成敗的結果卻不一樣，而事業的功效就恰好相反了。假使把從前山東的一些國家，跟陳涉比較計算長短大小，較量他們的力量權勢，根本就不可能相提並論。而且當年秦國以雍州小小的地方，以諸侯千乘兵車的國力，奪得其他的八大州，更使其他同等地位的諸侯國屈服稱臣，長達一百多年。然後把整個世界合併為一個國家，把殽山函谷關看作內地的宮室居所；想不到一個人的起義發難，竟然毀掉了秦國祭祀歷代祖宗的七廟，連國君也死於敵人的手上，為天下人所訕笑，這又是甚麼原因呢？仁義之道得不到彰顯，而進攻和防守的策略不同，天下大勢也就完全改觀了。

‖前出師表‖ 諸葛亮

【寫作背景】

諸葛亮（181－234），字孔明，後漢瑯琊郡陽都縣（山東沂南縣）人。漢末隱居鄧縣隆中（湖北襄樊市西），時人稱之為「卧龍」，著《諸葛亮集》。建安十二年（207），劉備三顧草廬，請他出謀獻策，光復漢室。翌年赤壁之戰，跟孫權合謀擊敗曹操，奠定天下三分的局面。劉備死，遺命輔佐後主（劉禪）。建興十二年八月在伐魏途中病卒於五丈原（陝西省岐山縣南）軍中。著《諸葛亮集》。

諸葛亮〈前出師表〉載《三國志》本傳，寫於建興五年（227），本無篇名，《文選》題作〈出師表〉。翌年還有〈後出師表〉，亦見於《古文觀止》，但本傳未載，有些疑點，真偽參半。

【主旨】

本文敍述建興五年（227），諸葛亮率軍北駐漢中，準備北伐前上疏，稟告皇上劉禪，說明朝廷上的人事安排。其次說明自己得到先帝的信任，為國效勞，更於臨崩之際受命輔助皇上，興復漢室。現在離開朝廷，可是放心不下，期望皇上振作，「以諮諏善道，察納雅言」，最後還忍不住老淚縱橫。

【原文】

臣亮言[1]：先帝創業未半[2]，而中道崩殂[3]。今天下三分，益州疲弊[4]，此誠危急存亡之秋也。然侍衛之臣不懈於內，忠志之士忘身於外者，蓋追先帝之殊遇，欲報之於陛下也。誠宜開張聖聽，以光先帝遺德，恢弘志士之氣，不宜妄自菲薄[5]，引喻失義[6]，以塞忠諫之路也。宮中府中，俱為一體，陟罰臧否[7]，不宜異同。若有作奸犯科及為忠善者，宜付有司，論其刑賞，以昭陛下平明之治[8]，不宜偏私，使內外異法也[9]。侍中、侍郎郭攸之、費禕、董允等，此皆良實，志慮忠純，是以先帝簡拔以遺陛下。愚以為宮中之事，事無大小，悉以咨之，然後施行，必能裨補闕漏[10]，有所廣益。將軍向寵，性行淑均，曉暢軍事，試用於昔日，先帝稱之曰能，是以眾議舉寵為督。愚以為營中之事，事無大小，悉以咨之，必能使行陣和睦，優劣得所也。**親賢臣，遠小人，此先漢所**

---

① **臣亮言**：臣亮，作者自稱。言，上表陳事。

② **先帝**：蜀漢昭烈帝劉備（161 – 223），即位三年而歿。

③ **中道崩殂**：中道，半途。天子死曰崩。殂（粵 cou4 曹；普 cú），死亡。

④ **益州疲弊**：益州，蜀地，指整個四川。疲弊，困乏，指劉備在章武二年（222）伐吳，被東吳陸遜擊敗之事。

⑤ **菲薄**：菲（粵 fei2 匪；普 fěi），輕也。菲薄即看輕。

⑥ **引喻失義**：引喻淺近，以失大義。

⑦ **陟罰臧否**：陟（粵 zik1 即；普 zhì），擢升。罰，懲治。臧（粵 zong1 裝；普 zāng），美善。否（粵 pei2 鄙；普 pǐ），違紀犯法。臧否即品評善惡。

⑧ **平明之治**：平明，公平公開。治，施政。

⑨ **內外**：內謂宮中，外謂府中。

⑩ **裨補缺漏**：裨（粵 bei1 悲；普 bì），補助。裨補缺漏即補救缺點和疏漏之處。

以興隆也；親小人，遠賢臣，此後漢所以傾頹也。先帝在時，每與臣論此事，未嘗不歎息痛恨於桓、靈也[11]。侍中、尚書、長史、參軍，此悉貞亮死節之臣也[12]，願陛下親之信之，則漢室之隆，可計日而待也。

臣本布衣，躬耕於南陽[13]，**苟全性命於亂世，不求聞達於諸侯。**先帝不以臣卑鄙，猥自枉屈[14]，三顧臣於草廬之中[15]，諮臣以當世之事，由是感激，遂許先帝以驅馳。後值傾覆[16]，受任於敗軍之際，奉命於危難之間，爾來二十有一年矣。先帝知臣謹慎，故臨崩寄臣以大事也。受命以來，夙夜憂歎[17]，恐託付不效，以傷先帝之明，故五月渡瀘[18]，深入不毛[19]。今南方已定，兵甲已足，當獎帥三軍，北定中原，

---

⑪ **桓、靈**：東漢桓帝劉志（132 – 167），在位二十二年；靈帝劉宏（156 – 189），在位二十二年。二帝用閹豎敗亡，皆昏荒無道之君。

⑫ **貞亮死節**：貞，堅定不移。亮，誠信不欺。死節，死義殉節。

⑬ **南陽**：漢南陽郡轄有舊南陽、襄陽兩府地。諸葛亮居隆中，在南陽郡西境，即今湖北襄樊市內。古隆中舊址現已列為國家重點風景名勝區及國家重點文物保護單位。

⑭ **猥自枉屈**：猥（粵 wui2「偎」高上調；普 wěi），曲也。謂親身枉屈自己。

⑮ **草廬**：諸葛亮所居茅舍。

⑯ **傾覆**：指失敗。漢獻帝建安十三年（208），先主在當陽長坂（湖北當陽市）為曹操所敗，倉惶逃走之事。

⑰ **夙夜**：夙（粵 suk1 宿；普 sù）夜，早晚。

⑱ **五月渡瀘**：雅礱江之下游名曰瀘水，在四川會理縣西南匯入金沙江合流之處。一說瀘水在越嶲縣（四川西昌市）下三百里，為入滇必經之路，地理位置也很接近，今屬四川涼山彝族自治州。

⑲ **不毛**：指草木不生的蠻荒之地，借代用法。

庶竭駑鈍[20]，攘除奸凶，興復漢室，還於舊都[21]。此臣所以報先帝，而忠陛下之職分也。至於斟酌損益，進盡忠言，則攸之、禕、允之任也。願陛下託臣以討賊興復之效；不效，則治臣之罪，以告先帝之靈。若無興德之言，則責攸之、禕、允之咎，以彰其慢[22]。陛下亦宜自謀，以諮諏善道[23]，察納雅言，深追先帝遺詔，臣不勝受恩感激[24]。今當遠離，臨表涕零，不知所云。

---

⑳ **駑鈍**：駑，劣馬；鈍，刀鋒不利。謂才能低劣平庸，乃自謙之辭。

㉑ **舊都**：西漢舊都原在長安，東漢光武帝遷於洛陽。

㉒ **則責攸之、禕、允之咎，以彰其慢**：咎，罪過；慢，怠慢。

㉓ **諮諏**：諮，問也；諏（粵 zau1 周；普 zōu），謀也。諮諏即詢問、商量。

㉔ **不勝**：勝（粵 sing1 升；普 shēng），勝任。不勝，就是不盡。

【賞析與點評】

本文直抒胸臆，文字淺白，深摯誠懇，詞語從肺腑中自然流出，就像當面說話一樣，表現出諸葛亮忠心負責的形象。

本文分為兩段：首段完全是人事安排，寫得十分具體細緻。諸葛亮首先指出當前的形勢是「危急存亡」的關頭，很多任務尚未完成，目的就是希望提升劉禪的憂患意識，不要耽於逸樂，「塞忠諫之路」。跟着舉出劉備的遺訓，說明賢臣與小人的區別，前漢後漢興盛和敗亡之間，完全取決於君主是否用人得當。

第二段是諸葛亮自敍出身，本來生活還算安定。可是劉備三顧草廬之後，決意跟隨劉備，二十一年以來經歷了很多「敗軍」及「危難」的場面，可是北定中原的任務還沒有完成，難免感到迫切，表現了對先帝的感恩之情。此外，他還跟自己及留在成都的官員訂下了軍令狀，指出賞罰分明。然後還提醒劉禪「陛下亦宜自謀」，就是調教小孩子的口吻，用心良苦。

【想一想】

諸葛亮親自領兵北伐，可是又放心不下留在成都的後主劉禪。當時劉禪才二十一歲，一直就是扶不起的阿斗，限於君臣的名分，要調教他並不容易。因此寫下了〈前出師表〉，目的就是希望劉禪能夠按照他的人事佈局安排，穩住形勢，不要胡作妄為。因此整篇文章都是苦口婆心的，諄諄告誡，真情流露。可是劉禪看了，好像也不會有多大的感動。但千年以來，很多讀者就被諸葛亮的忠心和誠意打動了，特別是結尾三句，「今當遠離，臨表涕零，不知所云」，諸葛亮忍不住哭起來了，令人動容。

【強化訓練】

一、 在（　　）內寫出下列句子運用了的修辭技巧：

（1）（　　　　　）

「親賢臣，遠小人，此先漢所以興隆也；親小人，遠賢臣，此後漢所以傾頹也。」

（2）（　　　　　）

「苟全性命於亂世，不求聞達於諸侯。」

（3）（　　　　　）

「臣本布衣，躬耕於南陽。」

（4）（　　　　　）

「故五月渡瀘，深入不毛。」

二、 試回答以下問題：

（1） 諸葛亮勸告劉禪「諮諏善道，察納雅言」，根據本文的內容，劉禪可有具體的操作機會嗎？

______

______

______

（2） 設想劉禪在成都讀了〈出師表〉後，他會有甚麼反應？

______

______

______

（3） 諸葛亮肯定是一位千古的忠臣，可是從現代企業管理的角度來看，他還有提升或轉型的空間嗎？

______

______

______

【文章語譯】

臣諸葛亮上奏：先帝開基立國，還沒到一半，中間就駕崩了。現在天下分為三國，而益州地方人民勞苦困乏，這真是到了最危險的關頭了。但保衛京師的衛隊，在國內不敢懈怠，而盡忠愛國的官兵將士，亦願意獻身對外作戰，看來他們都感念先帝特殊的恩遇，就用來報答皇上了。皇上應該廣開言路多聽意見，將先帝的美德發揚光大，振奮愛國之士的氣勢；不應該小看自己，說些不合理的話，這樣就會堵塞忠言勸諫的途徑了。

皇宮內廷和丞相外府，都是國家整體，擢升懲治、品評善惡，不能夠沒有標準。如果有違紀犯法或盡忠職守的，都應該交給主管部門處理賞罰事宜，藉以表現皇上公平公開的治國理念，不能偏幫或有私心，否則對內對外就有不同的法紀了。侍中郭攸之、費禕、侍郎董允等，都是善良誠實的人，志向思慮忠貞純樸，因此先帝選拔他們來協助皇上。臣認為宮中的事項，無論大事小事，全部都要諮詢他們，然後才能付諸實行，這樣一定能夠補救缺點和漏洞，提升工作效率。至於將軍向寵，品格和行為賢淑公正，完全了解軍事佈置，過去曾經受過考驗，先帝稱讚他「能幹」，因此朝臣公議推舉向寵任都督。臣認為軍中的事項，無論大事小事，全都要諮詢向寵，這樣才能使行軍佈陣順暢而又嚴肅，才能高的人和才能低的人都得到合理安排。親近賢良的忠臣，遠離邪惡的小人，這是漢代前段時期得以興盛的原因；親近邪惡的小人，遠離賢良的忠臣，這就是漢代後期敗壞覆亡的原因了。先帝在生之時，常常跟臣討論這個問題，沒有不對桓帝、靈帝兩朝政治的敗壞感到難過和痛心的。現在侍中郭攸之、尚書陳震、長史張裔、參軍蔣琬各人，這些都是堅定誠信願意為國犧牲的大臣，希望皇上親近他們、信任他們，那麼漢室的復興和隆盛，相信數數日子很快就會實現了。

臣平民出身，在南陽耕作田地，只希望能在亂世中養活自己，沒有想過要得到權貴的賞識。先帝不嫌棄臣出身低賤，還親身委屈自己，到臣的茅舍之中來訪三次，向臣詢問天下大勢，為此臣十分感動，就答應為先帝效勞。後來在當陽長坂一役中遇到了挫折，在戰事失利的情況下接受委任，在非常危險艱難的日子中奉命出使，從那時到現在已經有二十一年了。先帝了解臣任事小心謹慎，所以臨近駕崩的時候就委託臣肩負復國的大任。接受任命以後，臣早晚憂慮感歎，擔心託付的任務沒有成效，會損害先帝的知人之明，所以前年五月渡過瀘水，穿過草木不生的蠻荒地帶。現在南方的動亂已經平定了，軍隊的裝備也很足夠，就應該激勵三軍將士，出師北伐收復中原，希望盡微薄的力量，消滅叛逆的奸邪兇惡，光復漢室正統，回到我們的故都，這就是臣以此來報答先帝和忠於皇上的職責所在。至於對政務作周詳考慮，區分該做不該做的事，提出好的意見，這就是郭攸之、費禕、董允等人的任務。希望皇上任命臣負責討伐逆賊光復漢室的工作，沒有成效就懲罰臣，藉以稟明先帝的神靈。如果沒有增進德行的建議，就要責備郭攸之、費禕、董允等人，表明他們怠慢失職。皇上也要自我思考，聽取多方面的良策，謹慎地接納忠良的建言，仔細思考先帝的遺訓，臣就會對皇上的厚愛感激不盡。現在快要出發了，上表的時候忍不住哭起來，不知道說甚麼好了。

‖陳情表‖ 李密

【寫作背景】

李密（224－287），字令伯，蜀漢犍為郡武陽縣（四川彭山縣）人。父親早逝，母親何氏再嫁，由祖母劉氏撫養成人。師從譙周門下，博覽五經。後主時任尚書郎，出使東吳，有才辯。晉武帝泰始三年（267），朝廷徵召為太子洗馬，李密上表請辭，因當時祖母已九十六歲，難以遠行，而武帝讀表之後亦深受感動。

李密〈陳情表〉解釋不能出仕的原因，情辭懇切，委婉動人。文中提到「伏惟聖朝以孝治天下」，剛好就是作者所面對的困境，在忠孝兩難存之間，只能首先選擇盡孝了。孝道是人倫的基本，而晉武帝也尊重李密的抉擇。

【主旨】

本文是向皇帝陳述不能接受公職上任的表章。作者自少跟祖母相依為命，現在祖母年老病危，必須親自照料。可是官府催逼上任，忠孝難以兩存，情況十分狼狽。作者認為國家都一直宣揚「孝治」的理念，希望皇上體察實情，讓他可以專心照顧祖母，將來有機會再出仕報效國家。

【原文】

臣密言：臣以險釁[1]，夙遭閔凶[2]。生孩六月，慈父見背[3]；行年四歲，舅奪母志。祖母劉，愍臣孤弱，躬親撫養。臣少多疾病，九歲不行，零丁孤苦，至於成立。既無叔伯，終鮮兄弟。門衰祚薄，晚有兒息[4]。外無朞功強近之親[5]，內無應門五尺之童。**煢煢孑立[6]，形影相弔[7]**。而劉夙嬰疾病[8]，常在牀蓐[9]；臣侍湯藥，未嘗廢離。

逮奉聖朝，沐浴清化[10]。前太守臣逵，察臣孝廉[11]；後刺

---

① **險釁**：釁（粵 jan3 印；普 xìn），艱險禍患，指命運惡劣。

② **閔凶**：閔（粵 man5 敏；普 mǐn），憂也；凶，不幸的事。指父死母去。

③ **見背**：逝世，有背棄之意。

④ **晚有兒息**：息，子也。到晚年才有子嗣。

⑤ **朞功強近之親**：朞（粵 gei1 基；普 jī）、功皆喪服名。朞服服喪一年，朞親即伯叔兄弟。功分大功、小功，大功服喪九月，大功親戚指堂兄弟；小功服喪五月，小功親戚指堂姪、堂姪孫之屬。強近，謂勉強可以親近或依靠的親族。

⑥ **煢煢孑立**：煢煢（粵 king4 瓊；普 qióng），沒有兄弟，孤單貌。孑（粵 kit3 揭；普 jié），單獨。

⑦ **弔**：慰問。

⑧ **嬰**：遇也，患上，動詞。

⑨ **蓐**：即褥，草墊子，草席。

⑩ **逮奉聖朝，沐浴清化**：逮，到了。聖朝，指晉朝。沐浴，蒙受。清化，清明的風俗教化。

⑪ **孝廉**：漢代選拔人才的標準，以品德為重。孝謂善事父母者，廉謂清潔有廉德者。這是官吏入職的基本條件。

史臣榮，舉臣秀才[12]。臣以供養無主[13]，辭不赴命。詔書特下，拜臣郎中。尋蒙國恩，除臣洗馬[14]。猥以微賤[15]，當侍東宮[16]，非臣隕首所能上報。臣具以表聞，辭不就職。詔書切峻，責臣逋慢[17]。郡縣逼迫，催臣上道。州司臨門，急於星火。臣欲奉詔奔馳，則以劉病日篤；欲苟順私情，則告訴不許。臣之進退，實為狼狽[18]。

伏惟聖朝以孝治天下，凡在故老，猶蒙矜育；況臣孤苦，特為尤甚。且臣少事偽朝[19]，歷職郎署，本圖宦達，不矜名節。今臣亡國賤俘，至微至陋。過蒙拔擢，寵命優渥[20]，豈敢盤桓，有所希冀？但以劉日薄西山，氣息奄奄，人命危淺，朝不慮夕。**臣無祖母，無以至今日；祖母無臣，無以終餘年**。母孫二人，更相為命。是以區區不能廢遠[21]。臣密今年四十有四，祖母劉今年九十有六；是以臣盡節於陛下

---

⑫ **秀才**：經州一級地方政府推選出來認為優秀的人才。

⑬ **供養**：供（粵 gung3 貢；普 gòng），奉獻；養（粵 joeng6 讓；普 yàng），下奉上曰養，供養父母長輩。這是傳統的音義規範，又稱破音字。至於養兒育女或家畜動物之類，則可依平常如字（粵 gung1 joeng5 公仰；普 gōng yǎng）的讀音。

⑭ **除臣洗馬**：除，任命。洗馬，漢時為東宮屬官，太子出，則前驅。即前導，太子出行時前列的儀仗。

⑮ **猥**：猥（粵 wui2「偎」高上調；普 wěi），辱也，自謙之辭。

⑯ **東宮**：太子宮。

⑰ **逋慢**：逋（粵 bou1 褒；普 bū），逃避；慢，怠慢。

⑱ **狼狽**：狼前二足長，後二足短。狽前二足短，後二足長。狼無狽不立，狽無狼不行。狼狽相離，則進退不得，表示兩難之狀。

⑲ **偽朝**：指蜀漢。相對於晉朝來說，蜀漢並不是正統合法的政權，故稱之為偽。

⑳ **寵命優渥**：渥（粵 ak1 厄；普 wò），沾潤，厚重。

㉑ **區區**：拳拳之意，私心愛慕。

之日長，報劉之日短也。烏鳥私情，願乞終養！臣之辛苦，非獨蜀之人士，及二州牧伯，所見明知；皇天后土[22]，實所共鑒。願陛下矜愍愚誠，聽臣微志。庶劉僥倖，卒保餘年。臣生當隕首，死當結草[23]。臣不勝犬馬怖懼之情[24]，謹拜表以聞！

㉒ **皇天后土**：謂天地神明。后土，地神。

㉓ **死當結草**：死後報恩之意。晉將魏顆放生了父親的寵妾，把她嫁了出去。其後魏顆與秦將杜回交戰，有老人以結草絆倒杜回。原來老人就是寵妾之父，為了報恩而結草為報了。

㉔ **不勝犬馬**：勝（粵 sing1 升；普 shēng），盡也。犬馬乃臣對君自卑之辭，表示身份微賤。

【賞析與點評】

本文文字淺白，寫來也顯得急切，皇上的命令焉能不從，無論怎樣修飾，寫得再好也沒有用的。因此李密只是老實交代身世，並具體寫出與祖母相依為命的經歷，真情實感，令人動容。〈陳情表〉與〈出師表〉一樣，一篇述孝，一篇盡忠，都是千古不朽的至情文字。

本文分三段：首段自敍身世，父死母去，孤苦零丁，僅能與祖母相依為命。次段是朝廷的三次徵召，連州、縣的官員都催促他赴任，進退兩難，自感狼狽。末段李密抬出了「伏惟聖朝以孝治天下」的理由，藉以加強祖孫二人密不可分的關係，其實就是孝道的最佳榜樣。如果有人為了官職棄祖母而去，那麼他又值得朝廷信任嗎？而李密最後只是哀求朝廷寬限時日，待祖母得享餘年之後，將來也一定盡心為朝廷效力的。

【想一想】

李密曾在蜀漢為官，並以孝行知名於天下。歷代帝王以孝治天下，求忠臣必出於孝子之門，但有時忠孝兩難全，互有矛盾。晉武帝三度徵召李密赴任，官職還一升再升，對於一般人來說，這是求之不得的機會，李密何必一推再推呢？他堅持的又是甚麼呢？李密願不願意在新朝任職，我們不知道，但他的孝心，在〈陳情表〉中就表露無遺。

【強化訓練】

一、 解釋下列句中着色的字詞：

(1) 愍臣孤弱：________________

(2) 終鮮兄弟：________________

(3) 門衰祚薄：________________

(4) 非臣隕首所能上報：________________

(5) 過蒙拔擢：________________

二、 試回答以下問題：

(1) 李密在〈陳情表〉中怎樣寫出感情的力度？

____

____

____

(2) 假如外地有一份好工在等你，而剛好你年邁的祖母又臥病在牀，乏人照料，你會怎樣選擇呢？

____

____

____

【文章語譯】

臣李密稟告：臣因為命運險惡，很早就遭遇了禍患。出生才六個月，父親去世了。到了四歲時，舅父還逼母親改嫁。祖母劉氏憐憫臣孤苦幼弱，親自養育。臣小時候身體多病，九歲還不能走路，在孤單困苦中，慢慢長大了。家中沒有伯父叔父，也沒有多少兄弟，家道衰微，福祚淺薄，很遲才生下兒子。家外沒有伯叔兄弟、堂兄弟之類可以勉強依靠的親族，而家中也沒有看管門戶的小孩僮僕。孤孤單單的一個人，只有形體和影子相互依附。而且劉氏早就患上各種疾病，常常躺在牀上，臣侍奉她喝水吃藥，一直沒有離開過她。

現在晉朝是一個開明的時代，得以蒙受清新的風俗教化。先有太守名叫逵的，選拔臣作孝廉；後有刺史名叫榮的，又推舉臣當秀才。臣因為沒有人照顧祖母，也就請辭不赴任了。皇上特別頒下了詔書，派臣作郎中。未幾又蒙受國家的賞識，任命臣當洗馬。像臣這樣出身微賤地位卑下的人，擔當侍奉太子的職務，這實在不是臣殺身捐軀就能夠報答皇上的。臣於是具體上表說明清楚，再次請辭不能上任。跟着皇上的詔書措詞嚴峻，責備臣規避徵聘，辦事怠慢；而縣官催促臣出發上路，州官親自蒞臨寒舍，急得像星火般快要燒起來了。臣想過馬上接受詔令動身到任，可是劉氏的病況一天比一天嚴重，希望暫時順應親情照顧老人，請求寬限日期亦未得許可。臣現在進退兩難，實在是狼狽極了。

臣低頭深思，當前開明的朝廷以宣揚孝道感化天下為要務，凡是長者老人，都受到憐恤和奉養，何況臣孤獨艱苦的情況，還特別嚴重呢！而且臣過去曾在蜀漢偽政權任事，官至尚書郎，本來就想在宦途中飛黃騰達，並不太珍惜名聲和節操。現在臣已經是亡國俘虜了，地位至為低賤鄙陋，承蒙朝廷過分提拔，寵愛有加待遇優厚，怎麼敢拖延不決，有更多的期望呢？可是劉氏快到臨終時候，只剩下微弱的氣息，生命所剩無多，過得了早上也捱不到晚上。臣如果沒有祖母，就不能活到今天；祖母沒有了臣，就不能好好地過她餘下的日子了。我們祖孫二人，相依為命，所以臣內心實在不忍心拋下她遠行。臣李密今年四十四歲，祖母劉氏今年九十六歲，看來臣為皇上效忠的日子還很長，而報答劉氏時日無多了。臣以烏鴉反哺的心願，希望皇上成全，令臣能供養老人到最後一天。臣的艱難情況，不但蜀中人士及梁州、益州的長官看得很清楚，就是天地神靈，也全都可以一起鑒定的。希望皇上憐恤這一點真誠，滿足臣下卑微的願望，使劉氏能僥倖平安度過晚年。臣活在世上，固然會捨命盡忠，就算死了，也會結草銜環來報恩的。臣懷着無盡卑賤惶恐的心情，認真地呈上表章，希望能得到體諒。

‖ 桃花源記 ‖ 陶潛

【寫作背景】

陶潛（365－427），字淵明，潯陽柴桑（江西九江市）人。曾任江州（江西九江市）祭酒，輔佐桓玄，並先後出任劉裕的鎮軍參軍及江州刺史劉宣的參軍。後來又做過彭澤（江西彭澤縣）令，未幾即解下印綬，辭職不幹了，晉亡後隱居不仕。卒年六十二歲，著《陶淵明集》。

〈桃花源記〉原是〈桃花源詩并記〉的序文，後來獨立出來，引起廣大讀者的共鳴，而原詩偏於說理，反不如本文流傳久遠。本文大約作於宋武帝永初二年（421），也就是晉宋易代之際，陶淵明五十七歲，決意隱居不仕。桃花源只是作者假想的世界，以此擺脫現實政治的局限，追求心靈的淨土，建立一個理想的社會，和平恬靜，自給自足。

【主旨】

本文描述武陵漁人發現桃花林的洞口，進入桃花源。裏面是一個很有秩序的農業社會，自給自足，怡然自樂。原來他們的祖先為了避秦來到桃花源，沒有跟外面的世界來往。後來漁人要回去，他們要求漁人保守祕密。漁人在沿途做了一些記號，回去向太守報告，可惜再也找不到桃花源了。

【原文】

晉太元中[1]，武陵人捕魚為業[2]。緣溪行，忘路之遠近，忽逢桃花林。夾岸數百步，中無雜樹，芳草鮮美，落英繽紛[3]。漁人甚異之。復前行，欲窮其林。林盡水源，便得一山。山有小口，髣髴若有光[4]。便捨船，從口入。

初極狹，纔通人。復行數十步，豁然開朗[5]。土地平曠，屋舍儼然[6]。有良田、美池、桑竹之屬，阡陌交通[7]，雞犬相聞[8]。其中往來種作，男女衣着，悉如外人。黃髮垂髫[9]，並怡然自樂。見漁人，乃大驚。問所從來，具答之。便要還家，設酒殺雞作食。村中聞有此人，咸來問訊。自云先世避秦時亂，率妻子邑人來此絕境[10]，不復出焉，遂與外人間隔。**問今是何世，乃不知有漢，無論魏晉**。此人一一為具

---

① **太元**：東晉武帝的年號（376－396），共二十一年。

② **武陵**：晉郡名，在今湖南常德市。

③ **落英繽紛**：繽紛，繁多雜亂之貌。

④ **髣髴若有光**：髣髴，即彷彿，似乎，好像。

⑤ **豁然開朗**：突然眼前一亮，變得寬闊明亮的樣子。

⑥ **儼然**：儼（粵 jim5 染；普 yǎn）然，整齊的樣子。

⑦ **阡陌交通**：阡陌，田間分界道，東西曰阡，南北曰陌；交通，交錯相通。

⑧ **相聞**：聞，聽到；相聞，互相聽到。

⑨ **黃髮垂髫**：黃髮，指老人髮色轉黃；垂髫（粵 tiu4 條；普 tiáo），指兒童的頭髮下垂，修辭上的借代用法。

⑩ **絕境**：與世隔絕的地方。

言所聞，皆歎惋[11]。餘人各復延至其家[12]，皆出酒食[13]。停數日，辭去。此中人語云[14]：「**不足為外人道也。**」

既出，得其船，便扶向路[15]，處處誌之[16]。及郡下，詣太守[17]，說如此。太守即遣人隨其往，尋向所誌，遂迷不復得路。南陽劉子驥[18]，高尚士也，聞之，欣然規往[19]，未果，尋病終[20]。後遂無問津者[21]。

---

⑪ **歎惋**：感慨和驚訝。

⑫ **復延**：復，再也；延，邀請。

⑬ **酒食**：食（粵 zi6 飼；普 shí，舊音 sì），食物，名詞。

⑭ **此中人語云**：語，對他說。

⑮ **便扶向路**：扶，沿着；向，以前；向路，前時所來之路。

⑯ **誌之**：留下記號。

⑰ **詣**：詣（粵 ngai6 藝；普 yì），謁見。

⑱ **南陽劉子驥**：劉驎之，南陽（河南南陽市）人，好遊山水，嘗採藥至衡山，得遇仙境。

⑲ **規往**：計劃前往。

⑳ **尋**：不久。

㉑ **問津**：津，渡口。問津指打聽問路。

【賞析與點評】

桃花源在哪裏？世界這麼大，如果能找到一片淨土，讓人很舒暢地過日子，這就是桃花源了。所謂桃花，其實只是一個美麗的意象，一個象徵符號而已，有沒有桃花並不重要。就像本文所說的，桃花源在溪流的兩岸，直至源頭一帶。漁人一進洞口，馬上又回到現實的世界，洞裏的人如常工作幹活，而文中再也沒有提到桃花了。

相傳桃花源就在今湖南常德市桃源縣西南三十里，即沅江下游一條小支流上，有道教第三十五洞天、第四十六福地之稱，今為桃花源景區。其實江西九江市星子縣廬山康王谷亦有「世外桃源」的美稱，在陶淵明故居附近，也是著名的桃花源景點。

本文大約分為三段：首段寫漁人在一個桃花盛開、落英繽紛的季節無意中發現了桃源的入口。次段寫桃源裏的景觀及居民的日常生活，他們經歷了秦漢魏晉，子孫世代相傳，完全不管外間的是非和風雨，甚至一無所知。漁人作客，在桃源小住，自然明白住在這裏的生活智慧，就是避開爭端，和平共處。末段寫漁人離開桃源回家，人家叫他不要向外人說有關桃源的事，他卻到處宣揚，甚至還留下記號，希望再次回到桃源。由於漁人充滿機心，加上桃花的季節開過了，溪流又回復一片蒼翠的景色，當然無法尋回原來的山洞。最後甚至連高士劉驎之探訪桃源的希望也落空了，世俗之人更不用妄想。

【想一想】

世上有沒有桃花源呢？陶淵明〈桃花源記〉是寫實的，還是虛構的？其實〈桃花源記〉只是作者期望走出亂世，避開政治的干擾而虛構出來的。作者筆下的桃花源中並沒有行政長官，大家平等相待，生活富裕。假如某一天，桃花源內爭權奪利，相互廝殺，人性的醜惡表露無遺，那麼陶淵明內心最後的一點渴望蕩然無存，桃花源跟外面的世界也沒有區別了。可見生活在桃花源裏最重要的一條規則——大家一定要互相尊重，不能有任何爭端。

【強化訓練】

一、 解釋下列句中着色的字詞：

（1） 緣溪行，忘路之遠近：________________

（2） 落英繽紛：________________

（3） 初極狹，纔通人：________________

（4） 有良田、美池、桑竹之屬：________________

（5） 便要還家，設酒殺雞作食：________________

二、 在（　　）內寫出下列句子運用了的修辭技巧：

（1） （　　　　　）

「阡陌交通，雞犬相聞。」

（2） （　　　　　）

「復前行，欲窮其林。林盡水源，便得一山。山有小口，髣髴若有光。」

（3） （　　　　　）

「黃髮垂髫，並怡然自樂。」

三、 試回答以下問題：

(1) 文中「問今是何世，乃不知有漢，無論魏晉」有甚麼寓意？

(2) 文章的結尾說：「南陽劉子驥，高尚士也，聞之，欣然規往，未果，尋病終。後遂無問津者。」作者想說明甚麼？

【文章語譯】

東晉太元年間，有一位武陵郡人，靠打魚為生。他順着溪流划船，也不知道走了多遠的路，忽然出現了一片桃花林。桃花林夾着溪流的兩岸生長，長達數百步，沒有其他不同的樹木，青草鮮嫩芳香，飄下來的花瓣繁多而又雜亂，漁人被這樣的美景吸引着，十分驚訝。他接着再向前划去，希望看到整個桃花林。到了桃花林的盡頭也即溪水發源的地方，看見了一座山。山上有小洞口，隱約有些光亮，漁人於是丟下了小船，從洞口走進去。

開始時通道十分狹窄，只夠一個人通過。再走幾十步，突然眼前一亮，變得寬闊明亮。這裏的地面平坦寬廣，房屋也很整齊。有肥沃的田地，優美的池塘，以及桑樹、竹林之類。田間小路四通八達，雞狗的叫聲都可以聽到。這裏來來往往耕作幹活的人，男女的裝束穿戴，就跟外面的人一樣；老人和小孩，都很安適地自得其樂。大家看見來了個漁人，感到十分驚訝，就問漁人從哪裏來，漁人詳盡地回答他們。大家於是邀請漁人到家中作客，拿出酒來，殺雞做菜，請他吃飯。村裏的人聽說漁人來了，紛紛來打聽消息。他們說祖先為了逃避秦朝的禍亂，帶着妻子兒女和同鄉的人來到這個與世隔絕的地方，從此不再出去，於是也就跟外面的世界斷了來往。他們問現在是甚麼世代，竟然連漢代都沒聽過，就更不用說魏代、晉代了。漁人就一件一件把他所知道的事情說給他們聽，他們聽後都十分感慨和驚訝。其他人都將漁人請到自己的家中作客，預備酒飯接待他。住了幾天之後，漁人告辭。這裏的人對他說：「不要對外邊的人說這裏的事。」

漁人出了山洞，尋回了自己的小船，就沿着前時所來的水路回去，並處處留下記號。一回到郡裏，漁人拜見太守，稟報自己的經歷。太守立刻派人跟着他前去，尋找過去所作的記號，可還是迷失方向認不得原來的路。南陽劉驎之先生，是道德高尚的名人，聽到了這個消息，很高興地要計劃往訪，但是還沒成行，不久就病死了，以後再也沒有人打聽了。

‖五柳先生傳‖ 陶潛

【寫作背景】

本文是陶潛的自傳，也就是作者早年的個人寫照。全文主要是刻畫自己的個性，敘述自己的志趣，難以諧俗。可是親老家貧，有時又不能不出仕，以謀生計。然而做不了多久，受不了官場的繁文縟節，故態復萌，接着又急流勇退了。

本文大約寫於晉武帝太元十七年（392）首次出仕江州祭酒之前，陶潛二十八歲，嚮往古人簡單自然的生活，忘懷得失，無欲無求，塑造出一位高士的形象，其實也帶有反抗現實的意味。文末「無懷氏」「葛天氏」寓意嚮往淳樸自然的世界，不受拘束。

【主旨】

「五柳先生」即是作者自己，本文旨在說明個人的志趣，包括閑靜少言、好讀書、性嗜酒、簞瓢屢空及文章自娛各項，也就是追求一種自然簡樸的生活境界。

【原文】

先生不知何許人也，亦不詳其姓字，宅邊有五柳樹，因以為號焉。閑靜少言，不慕榮利。**好讀書，不求甚解；每有會意，便欣然忘食**。性嗜酒，家貧不能常得。親舊知其如此，或置酒而招之，造飲輒盡[1]，期在必醉；既醉而退，曾不吝情去留[2]。環堵蕭然[3]，不蔽風日；短褐穿結[4]，簞瓢屢空[5]，晏如也[6]。常著文章自娛，頗示己志。忘懷得失，以此自終。

贊曰[7]：黔婁有言[8]：「**不戚戚於貧賤**[9]**，不汲汲於富貴**[10]。」

---

① **造飲**：探訪飲酒。

② **吝情**：吝（粵 leon6 論；普 lìn），吝嗇。吝情即留戀。

③ **環堵蕭然**：堵，牆壁。環堵即住室周圍。蕭然，空寂貌。

④ **短褐**：粗布短衣。

⑤ **簞瓢屢空**：簞（粵 daan1 單；普 dān），盛飯竹器。瓢（粵 piu4 嫖；普 piáo），乾葫蘆，盛飲料的容器。屢空（粵 hung3 控；普 kōng），窮困，匱乏。

⑥ **晏如**：如，語助詞。晏如指喜樂、安心之貌。

⑦ **贊曰**：史傳文後附加的一段評論，具有總結意義。

⑧ **黔婁**：或作「黔婁之妻」。黔婁（粵 leoi4 雷；普 lóu），戰國時齊國人，隱居於濟之南山（濟南千佛山）。修身清節，安貧樂道。魯恭公、齊威王先後想聘他任卿相，拒絕不就。死後衾不蔽體，頭腳都露出外面。曾參建議將白布斜放，就可以蓋住身體。但黔婁的妻子反對說：「邪而有餘，不如正而不足也。先生以不邪之故，能至於此。生時不邪，死而邪之，非先生意也。」事見《列女傳》。

⑨ **戚戚**：憂慮貌。

⑩ **汲汲**：不斷追求的樣子。

其言兹若人之儔乎[11]？銜觴賦詩[12]，以樂其志，無懷氏之民歟？葛天氏之民歟[13]？

---

⑪ **若人之儔**：若人，此人，指五柳先生。儔（粵 cau4 酬；普 chóu），類也。

⑫ **銜觴賦詩**：觴（粵 soeng1 傷；普 shāng），酒杯。

⑬ **無懷氏、葛天氏**：傳說中的上古帝王，象徵淳樸自然的世界。

【賞析與點評】

本文專為五柳先生造像，表現出卓然獨立、瀟灑風流的個性，不肯認同一般世俗的價值觀念，嚮往古代的高士，過着自然簡樸的生活。

作者指出五柳先生具有「不慕榮利」「不求甚解」「不吝情去留」「不蔽風日」，以至「忘懷得失」的「五不」性格。保持自我的清醒，悠然自在；沒有精神上的束縛，顯出真性情，自然可以減少人世間很多無謂的煩惱和紛爭了。

【想一想】

作者借用黔婁「不戚戚於貧賤，不汲汲於富貴」的觀點，引為同道，意在加強自我的信念，「銜觴賦詩」，不樂仕進，表現個人的道德品格。但末句又嚮往「無懷氏之民歟？葛天氏之民歟？」的原始生活狀態，返樸歸真，不見得是文明的表現。究竟這兩種的生命境界有沒有不同呢？

【強化訓練】

一、　把下列文字語譯為白話文：

（1）　好讀書，不求甚解；每有會意，便欣然忘食。

____

____

（2） 性嗜酒，家貧不能常得。

____

____

二、 試回答以下問題：

（1） 文中的「五柳樹」有甚麼象徵意義嗎？

____

____

____

____

（2） 「無懷氏」「葛天氏」的生活模式怎樣？在現實中可行嗎？

____

____

____

____

【文章語譯】

先生不知道是甚麼地方人士，也不清楚他的姓名字號，他的住所旁邊種有五棵柳樹，因此就用來作別號了。他安閒沉靜，很少說話，也不羨慕榮華富貴。他喜歡讀書，但不會要求完全理解；到了有所領會的時候，就高興得忘了吃飯。生性喜歡喝酒，可是家境貧困，不能常常買酒。親戚朋友了解他這樣的狀況，有些人就備辦酒席，請他來喝酒，他去喝酒就盡情暢飲，希望喝醉，喝醉了就告辭回去，來去隨心，不會有任何牽掛。家中四壁都空空的，擋不了風吹日曬。他穿的是粗布短衣，衣服破了就不斷修補，喝的吃的很多時都很匱乏，但內心還是安然舒泰的。有時寫文章自我欣賞，頗能展示個人的志趣，從而忘掉得意與失意之事，就這樣地過這一生。

贊文說：黔婁有言：「不要擔心貧賤的生活，也不必急於謀求富貴。」這兩句話可能就是指五柳先生那一類人吧！飲酒作詩，可以滿足個人的志趣。這是無懷氏的百姓呢？還是葛天氏的百姓呢？

‖ 雜說四 ‖ 韓愈

【寫作背景】

韓愈（768－824），字退之，河陽（河南孟州市）人，生於長安。祖籍昌黎（河北昌黎縣），自稱韓昌黎。三歲而孤，由嫂鄭氏撫之成人。貞元八年（792）進士。著《昌黎先生集》，倡導古文運動，主張散體，反對駢偶文風。韓愈詩、文俱為大家，而文章更推為唐宋八大家之首。

韓愈自二十五歲中進士以後，仕途並不順暢，奔走多年，一直都得不到賞識和重用，因而有感而發，批評當時的社會埋沒人才、摧殘人才。本文大約作於貞元十一年至十六年間（795－800），當為韓愈三十歲左右的作品。孫昌武（1937－）《韓愈選集》訂為貞元十九年（803）貶陽山以前，或可參考。

【主旨】

本文專寫伯樂和千里馬的關係，作者更為千里馬鳴不平，抒發其渴望知音的心情。本文認為千里馬常有，而伯樂就比較難得了。如果沒有伯樂認識千里馬，只作一般的飼養，有時還餵不飽的，難以表現牠的才幹，可能就跟凡馬無異。養馬的人不認識馬性，不懂得策騎之道，以為「天下無馬」，可真是沒有眼光了。

【原文】

世有伯樂[1]，然後有千里馬。千里馬常有，而伯樂不常有。故雖有名馬，祇辱於奴隸人之手，駢死於槽櫪之間[2]，不以千里稱也。

馬之千里者，一食或盡粟一石[3]。食馬者[4]，不知其能千里而食也。是馬也，雖有千里之能，食不飽，力不足，才美不外見[5]，且欲與常馬等不可得，安求其能千里也！

策之不以其道[6]，食之不能盡其材，鳴之而不能通其意[7]，執策而臨之曰：「天下無馬。」嗚呼！其真無馬邪？其真不知馬也！

---

① **伯樂**：即孫陽，春秋時代郜（山東成武縣）人，善相馬。《韓詩外傳》云：「使驥不得伯樂，安得千里之足。」

② **駢死**：駢，雙馬並行；駢死即並排而死。**槽櫪**：槽，餵飼牲口用的食器；櫪，馬棚。

③ **一食或盡粟一石**：一食（粵 sik6 蝕；普 shí），吃一頓。一石（粵 daam3 擔；普 dàn），十斗。

④ **食馬**：食（粵 zi6 飼；普 sì），使食，即餵養動物。食馬即餵馬。下文「而食」「食之」音義及使動用法亦同。

⑤ **外見**：見（粵 jin6 現；普 xiàn），即表現、出現。

⑥ **策之**：策，馬箠，馬鞭。這裏用作動詞，意即策騎。

⑦ **鳴之**：馬鳴，或謂喚馬，此說亦可通。

【賞析與點評】

本文是一篇寓言小品，主要是駁斥「天下無馬」的觀點，作者大膽指出這是「世無伯樂」所致，伯樂與千里馬之間構成了一種相互辯證的關係。作者看到社會有大量各方面的人才，可是卻沒有發揮的機會，只能屈死在制度之下，而掌握權勢的人把持朝政，竊據了所有資源，卻沒有看到人才的存在。例如天寶六載（747）詔天下通一藝者詣京師，李林甫忌刻文士，下付尚書省試，皆使落選，遂表賀「野無遺賢」，而當年應試的杜甫、元結等自然都不及格。這是一個怎麼樣的社會呢？

本文大約可分為三段：首段肯定了千里馬的存在，可是世無伯樂，而且還受到了虐待，也就不配稱為千里馬了。次段指出千里馬亦有牠的生活需要，如果「食不飽，力不足」，那麼千里馬又怎麼跑得起來呢？末段指出現在的伯樂並不懂得相馬，甚至狂妄地說「天下無馬」，本末倒置，令人啼笑皆非。

【想一想】

本文借題發揮，寓意簡單明白，文筆鋒利，直接說明了社會的弊病所在，讀者自能有所判斷。錢鍾書（1910－1998）《管錐編》認為本文「以搖曳之調繼斬截之詞，兼『卓犖為傑』與『紆徐為妍』」的兩種筆調，在嬉笑怒罵中帶出了是非判斷，具有現代雜文的「鋒芒」感覺，揭發時弊，刺中現實，同時還帶出很多感慨，很多思考。

【強化訓練】

一、 把下列文字語譯為白話文：

（1） 故雖有名馬，祇辱於奴隸人之手。

____

____

（2） 食之不能盡其材，鳴之而不能通其意。

____

____

二、 試回答以下問題：

（1） 本文的「食」字有兩組讀音，A 音讀入聲（粵 sik6 蝕；普 shí），吃也；B 音讀去聲（粵 zi6 飼；普 sì），使食，即餵養馬匹。A 音和 B 音意義不同。你能夠辨析以下五句的讀音嗎？請在（ ）內圈出正確答案。

（i） 一食或盡粟一石。 （A 音 / B 音）

（ii） 食馬者。 （A 音 / B 音）

（iii） 不知其能千里而食也。 （A 音 / B 音）

（iv） 食不飽。 （A 音 / B 音）

（v） 食之不能盡其材。 （A 音 / B 音）

（2） 「天下無馬」的言外之意是甚麼？

____

____

____

【文章語譯】

世上有伯樂這個懂得相馬的人，然後才有千里馬。千里馬常有，而伯樂就不常有了。所以雖然有了名馬，只是在奴隸馬夫的手上受辱，跟其他平常的馬並排地死於馬槽和馬棚之間，而不能以千里馬聞名。

馬能夠日行千里的，吃一頓可能就耗掉了一石的粟。餵馬的人，不懂得因應千里馬的食量來餵食。這匹馬啊，雖然可以跑千里，如果吃不飽，氣力不夠，再好的優點都不能表現出來，就算想跟普通的馬同等都辦不到，又怎能求牠跑千里啊！

策騎牠的不得其法，餵養牠的不能配合牠的食量，鳴叫的時候又不明白牠的想法，拿起馬鞭對着牠說：「天下沒有好馬。」唉，這真的是沒有好馬嗎？他可真的不懂得馬啊。

‖師說‖ 韓愈

【寫作背景】

韓愈〈師說〉系統地提出了「師道」的理論，以及論證「從師」的必要，期待振興儒學，召集後學，推廣古文。柳宗元（773-819）〈答韋中立論師道書〉云：「今之世不聞有師，有輒譁笑之，以為狂人。獨韓愈奮不顧流俗，犯笑侮，收召後學，作〈師說〉，因抗顏而為師。世界群怪聚罵，指目牽引，而增與為言辭。愈以是得狂名，居長安，炊不暇熟，又挈挈而東，如是者數矣。」又〈答嚴厚輿秀才論為師道書〉云：「僕才能勇敢不如韓退之，故又不為人師。人之所見有同異，吾子無以韓責我。若日僕拒千百人，又非也」柳宗元有些謙虛，不肯為人師，就像孟子所批評的「人之患在好為人師」（《孟子·離婁上》），以免被人誤會，顯出狂妄；而韓愈剛好就被人視作「狂人」，敢於冒天下之大不韙，顯出承擔的勇氣。

【主旨】

韓愈明確肯定老師的角色。老師擔負「傳道、受業、解惑」的工作，就是叫人學古道、學聖人。而學生即以「明道」為首要任務，無分年齡貴賤，「道之所存，師之所存也」。接着韓愈又闡明句讀之學不是「傳道解惑」，士大夫讓孩子學習句讀，卻由於「恥師」的偏見，不肯從師學習大的學問，「小學而大遺」，也就不能明道了。最後提出「聖人無常師」的觀點，孔子亦轉益多師，認為三人行中，也必有我們可以師法的對象。術業有專攻，不恥相師，甚至連弟子也會有超越老師的時候。

【原文】

古之學者必有師。**師者，所以傳道、受業、解惑也**[1]。人非生而知之者，孰能無惑？惑而不從師，其為惑也，終不解矣。

生乎吾前，其聞道也，固先乎吾，吾從而師之。生乎吾後，其聞道也，亦先乎吾，吾從而師之。吾師道也，夫庸知其年之先後生於吾乎？是故無貴無賤，無長無少，道之所存，師之所存也。

嗟乎！師道之不傳也久矣！欲人之無惑也難矣！古之聖人，其出人也遠矣，猶且從師而問焉。今之眾人，其下聖人也亦遠矣，而恥學於師。是故聖益聖，愚益愚，聖人之所以為聖，愚人之所以為愚，其皆出於此乎？

愛其子，擇師而教之。於其身也，則恥師焉，惑矣！彼童子之師，授之書而習其句讀者[2]，非吾所謂傳其道、解其惑者也。句讀之不知，惑之不解，或師焉，或不焉[3]，小學而大遺，吾未見其明也。

---

① **傳道**：道，謂事物當然之理，修己治人之方。含義廣泛，幾乎無所不包，一般是教不了的。所謂傳，自以心傳、感悟為上，例如身教就有一種感染了。**受業**：受，當作「授」，即指示路向。業，大板也，古代的書籍刻寫在竹簡或木板之上。所謂授業或受業，就是知識的傳承。其他學業、修業、肄業、畢業、事業、行業、術業、職業等都是跟讀書求學有關的詞語。**解惑**：解釋疑難所在。所謂解，自以口說為主。

② **句讀**：句讀（粵 dau6 逗；普 dòu），斷句。句通常是指句子誦讀時停頓之處；讀即逗，即句子中途休止的地方。句讀相當於現代使用的句號和逗號。

③ **或不焉**：不（粵 fau2 否；普 fǒu），即不從師學習。

巫醫、樂師，百工之人[4]，不恥相師。士大夫之族，曰師、曰弟子云者，則群聚而笑之。問之，則曰：「彼與彼年相若也，道相似也。位卑則足羞，官盛則近諛[5]。」嗚呼！師道之不復，可知矣。巫醫、樂師、百工之人，君子不齒，今其智乃反不能及，其可怪也歟！

聖人無常師。孔子師郯子、萇弘、師襄、老聃[6]。郯子之徒，其賢不及孔子。孔子曰：「三人行，則必有我師[7]。」是**故弟子不必不如師，師不必賢於弟子，聞道有先後，術業有專攻，如是而已。**

李氏子蟠[8]，年十七，好古文，六藝經傳，皆通習之。不拘於時，學於余，余嘉其能行古道，作師說以貽之。

---

④ **巫醫**：古代巫師與醫師不分，只視作傳習技藝之人。**樂師**：樂師掌國學之政，以教國子樂舞。**百工**：各類工匠。

⑤ **諛**：諂也，用好話奉承別人。

⑥ **郯子**：郯（粵 taam4 談；普 tán）子，春秋時郯國（山東郯城縣）的國君。魯昭公十七年，郯子來朝，昭公嘗問少皞氏以鳥名官之故，孔子見於郯子而學之。**萇弘**：萇（粵 coeng4 腸；普 cháng）弘，春秋周敬王時大夫，孔子曾向萇弘問樂。**師襄**：魯國的樂官，孔子學鼓琴於師襄子。**老聃**：老聃（粵 daam1 耽；普 dān），即老子，楚人，博知古今。傳說孔子適周，問禮於老聃。

⑦ **三人行，則必有我師**：《論語．述而》曰：「三人行，必有我師焉，擇其善者而從之，其不善者而改之。」學習的途徑十分廣泛，亦為「聖人無常師」之證。

⑧ **李氏子蟠**：貞元十九年（803）進士。

【賞析與點評】

韓愈〈師說〉一文說明老師的重要性，提出師道尊嚴，遏止恥師歪風，就像百工不恥相師，學習技藝一樣，才能傳承不絕。從師就是學道，而孔子即為終身學道的最佳典範。本文提出許多精闢的見解，文筆平易流暢，結構嚴密。而議論師道虛實正反，前後照應，夭矯變化，更是文章中的精品，值得讀者細讀和思考。

本文分七段：首段提出師道兩個重要的理念。一是「古之學者必有師」，肯定老師的重要地位。二是「師者，所以傳道、受業、解惑也」，指出老師的職責所在，主要有心傳、指示和口說三項作用，就是傳授道理，指示路向，解釋疑惑。

第二段說明學習的動機在於「聞道」，目標則是「師道」，而有道者都是我們學習的對象。所以作者認為老師完全不受身份貴賤及年齡大小的限制，明確指出「道之所存，師之所存也」的觀點。

第三段哀歎「師道之不傳」，大家「恥學於師」，所以聖賢與愚昧各走極端，明確指出現實風氣的謬誤。

第四段指出很多人誤解老師的工作，以為讀書識字學習句讀而已，作者重申「傳其道、解其惑」的才是他所說的真正的老師。

第五段舉證，連巫醫、樂師和各類工匠都「不恥相師」，而士大夫之族卻訕笑傳道的老師，究竟準則何在，未免令人感到困惑。

第六段論證「聖人無常師」的道理，孔子要學習不同的知識，自然會請教多方面的老師。同時也帶出不斷學習、終身學習的觀念。

第七段說明本文的寫作動機，就是為十七歲的李蟠而寫，他有兩項優點，一是「不拘於時」，二是「能行古道」，深感學習的需要，移風易俗，自然也是年輕人的榜樣了。

大抵前四段以建設「師道」的理論為主，而後三段則從不同角度闡發論證，包括古代的孔子、當代的李蟠，以及各行各業的工匠等，都有從師的必要。

【想一想】

教育是甚麼？老師不只是一份職業，而是可以提升到更高的教學層次，傳承道理。老師的職責，主要有心傳、指示和口說三項作用，就是傳授道理，指示路向，解釋疑惑。由孔子到現代教育，老師的工作都離不開這三項基本特點，而傳授道理尤為重要，值得學者注意。

【強化訓練】

一、 解釋下列句中着色的字詞：

（1） 是故聖益聖，愚益愚：______________

（2） 巫醫、樂師、百工之人，君子不齒：______________

（3） 聞道有先後，術業有專攻：______________

（4） 作師說以貽之：______________

二、 試回答以下問題：

（1） 為甚麼唐代的士大夫「恥學於師」呢？

____

____

____

（2） 為甚麼韓愈會為十七歲的李蟠申明〈師說〉的大道理呢？

____

____

____

【文章語譯】

古代的讀書人一定有老師的。老師就是傳授道理，指示路向以及解釋疑難的人。人不會一生下來就懂事，誰能夠沒有疑惑呢？有了疑惑而不去請教老師，他的疑惑，就永遠不能解決了。

出生在我之前的，他聽聞道理，一定比我早，我就要跟他學習。出生在我之後的，他聽聞道理，也比我早的，我也要跟他學習。我學習的是道理，哪裏需要知道他的年齡是生在我的前面還是後面呢？因此不管他是尊貴的、卑賤的、年長的、年輕的，道理所在之處，老師也就在那裏了。

唉！尊師重道的風氣不流傳已很久了，想叫人沒有疑惑也很難。古代的聖人，超出常人很多，他們還要跟從老師提出疑問。現在的一般人，跟聖人的距離已經很遠了，可是卻恥於向老師學習。所以聖人就更加聖明，愚人就更加愚昧了。聖人之所以聖明，愚人之所以愚昧，原因都出在這裏嗎？

愛惜自己的兒子，就會選擇老師來教導他們，可是對於自己，卻恥於向老師學習，這就令人奇怪了。那些童子的老師，指導他們認字書寫，學習書中的斷句和停頓，這並不就是我所說的給他傳授道理，給他解釋疑難的老師。有的人不懂得斷句和停頓，有的人不明白疑難，不明白斷句停頓的人請教老師，不明白疑難的人卻不肯請教老師，學習微細之處卻遺忘了大道理，我不覺得他們是明智的。

巫醫、樂師和各類工匠，不會羞於相互學習。士大夫的階層，有些稱老師、稱學生的，就會有很多人圍起來取笑他了。問他們原因何在，就會說：「他跟他年齡差不多大，道德修養也很相近啊。拜地位低的人做老師令人感到羞愧，拜地位高的就顯得諂媚奉承。」唉！尊重老師的風氣相信很難再恢復了。巫醫、樂師和各類工匠，君子不屑於跟他們站在一起，現在君子的智慧才識反而比不上這些人士，真是太奇怪了。

聖人沒有固定的老師。孔子曾經師從郯子、萇弘、師襄、老聃。郯子這些人，他們的賢德比不上孔子。孔子說：「三個人走在一起，一定會有值得我學習的老師。」所以說學生不一定比不上老師，老師也不見得比學生好。聽聞道理各有先後，技藝事業各有專長，大概就是這個樣子吧。

李家有一位兒子叫蟠的，十七歲，喜歡古文。六經的經文和傳注，他全都讀明白了。他不受時下風氣的影響，要來跟我學習。我讚賞他能夠遵承古道，就作了〈師說〉送給他。

捕蛇者說　柳宗元

【寫作背景】

柳宗元（773－819），字子厚，河東（山西運城市解州鎮）人，生於長安。德宗貞元九年（793）進士及第。著《柳河東集》，與韓愈倡導古文運動，並稱韓柳，唐宋八大家之一。〈捕蛇者說〉是柳宗元貶官永州期間（806－814）的作品，跟孔子「苛政猛於虎」的立意相同，謂當時賦斂毒民，慘烈如是，可謂「賦斂毒於蛇」了。

【主旨】

永州的毒蛇有藥用功效，而朝廷亦以免稅手段來鼓勵人民捕蛇。其中蔣氏一家三代捕蛇，祖父及父親都被毒蛇咬死，境況悲慘。作者身為地方官員，建議免去蔣氏捕蛇的職務，恢復交稅，卻遭受蔣氏強力的反對，原來賦稅沉重，容易令人破產，反而他捕蛇養蛇，生活更為優遊，可見賦稅比毒蛇可怕。

【原文】

永州之野產異蛇，黑質而白章[1]，觸草木盡死。以齧人[2]，無禦之者。然得而腊之以為餌[3]，可以已大風、攣踠、瘻、癘[4]，去死肌[5]，殺三蟲[6]。其始太醫以王命聚之，歲賦其二，募有能捕之者，當其租入[7]，永之人爭奔走焉。

有蔣氏者，專其利三世矣。問之，則曰：「吾祖死於是，吾父死於是，今吾嗣為之十二年，幾死者數矣[8]。」言之，貌若甚戚者[9]。余悲之，且曰：「若毒之乎[10]？余將告於蒞事者，更若役，復若賦，則何如？」蔣氏大戚，汪然出涕曰：「君將哀而生之乎？則吾斯役之不幸，未若復吾賦不幸之甚也。嚮吾不為斯役，則久已病矣。自吾氏三世居是鄉，積於今六十歲矣，而鄉鄰之生日蹙[11]。殫其地之出[12]，竭其廬之

---

① **黑質而白章**：黑體白花紋。章，文也，采也；即紋。

② **齧人**：齧（粵 jit3 謁；普 niè），咬。

③ **腊之以為餌**：腊（粵 sik1 昔；普 xī），乾肉；腊之即曬成乾肉。

④ **大風**：惡疾也。《素問》：「骨節腫，鬚眉落，名曰大風。」俗稱大痲瘋。**攣踠**：攣（粵 lyun4 聯；普 luán）踠（粵 wun2 碗；普 wǎn），手腳彎曲不能伸直。**瘻**：瘻（粵 lau6 漏；普 lòu），頸腫病。**癘**：惡瘡。

⑤ **去死肌**：去，除去；死肌，如癰疽之腐爛者。

⑥ **殺三蟲**：謂三尸蟲也，道家把人的腦、胸、腹三部稱為三尸，泛指人體內的寄生蟲。

⑦ **當其租入**：當（粵 dong3 檔；普 dòng），抵也。當作應交的賦稅。

⑧ **數矣**：數（粵 sok3 索；普 shuò），多次。

⑨ **貌若甚戚者**：若，好像，動詞。

⑩ **若毒之乎**：若，你。代詞。下文「更若役」「復若賦」的用法亦同。

⑪ **而鄉鄰之生日蹙**：蹙，窘迫，窮困。

⑫ **殫**：殫（粵 daan1 丹；普 dān），盡也。

入，號呼而轉徙，飢渴而頓踣[13]，觸風雨，犯寒暑，呼噓毒癘[14]，往往而死者相藉也[15]。曩與吾祖居者[16]，今其室十無一焉；與吾父居者，今其室十無二三焉；與吾居十二年者，今其室十無四五焉，非死即徙爾，而吾以捕蛇獨存。悍吏之來吾鄉，叫囂乎東西，隳突乎南北[17]，譁然而駭者，雖雞狗不得寧焉。吾恂恂而起[18]，視其缶，而吾蛇尚存，則弛然而臥[19]。謹食之[20]，時而獻焉。退而甘食其土之有，以盡吾齒。蓋一歲之犯死者二焉，其餘則熙熙而樂，豈若吾鄉鄰之旦旦有是哉！今雖死乎此，比吾鄉鄰之死則已後矣，又安敢毒耶？」

余聞而愈悲。孔子曰：「**苛政猛於虎也**[21]。」吾嘗疑乎是，今以蔣氏觀之，猶信。嗚呼！**孰知賦斂之毒，有甚是蛇者乎！**故為之說，以俟夫觀人風者得焉[22]。

---

⑬ **頓踣**：頓，頓躓，謂行路顛蹶。踣（粵 baak6 白；普 bó），同「仆」，向前仆倒，引申僵也，斃也。頓踣就是累得倒下來了。

⑭ **呼噓毒癘**：出氣急曰呼，緩曰噓，猶言呼吸。毒癘，瘴氣也。

⑮ **相藉**：藉（粵 ze6 謝；普 jiè），墊在下面；相藉即枕藉，互相壓着。

⑯ **曩**：曩（粵 nong5 攮；普 nǎng），過去。

⑰ **隳突**：隳（粵 fai1 揮；普 huī），毀也；突，突入民家，擊毀器物。隳突，橫衝直撞，猶騷擾也。

⑱ **恂恂**：恂恂（粵 seon1 荀；普 xún），小心謹慎地，恭敬誠實貌。

⑲ **弛然**：弛（粵 ci2 此；普 chí）然，放心的樣子。

⑳ **食之**：食（粵 zi6 飼；普 sì），飼養；食之即養蛇。

㉑ **苛政猛於虎**：語見《禮記．檀弓下》。苛索無盡的政令比老虎還要兇猛。

㉒ **觀人風者**：人風，即民風，避唐太宗諱改字。謂採風問俗之人，指考察民情的官員。

【賞析與點評】

柳宗元貶官到了永州，有機會接觸到基層的農民，切身了解農民一直以來所承受的財稅重擔，每到要交納賦稅的時候，很多農民就會被壓垮。

本文分三大段：首段介紹永州的毒蛇有很大的藥用功效，而朝廷亦以免稅手段來鼓勵人民捕蛇。次段蔣氏自述家庭的悲慘遭遇，但捕蛇者還能夠自食其力，而一般農村的老百姓反而民不聊生。當作者一提到「復若賦」的主張，蔣氏就馬上拒絕了，他對賦稅怕得要命。末段以「苛政猛於虎」帶出本文的主旨，提出「孰知賦斂之毒，有甚是蛇者乎！」的觀點，抨擊現實，發人深省。

【想一想】

文中描寫永州農民逃亡的情況，由十室無一存者到四空五空的都有，差不多走掉一半以上，這是一幅描繪中唐南方鄉鎮的末日圖景。生計已乏保障，悍吏的苛索無盡，人民「非死即徙」，根本沒有選擇。

至於永州蔣氏則是永州養蛇的專業戶，毒蛇養活他們三代，他們甚至更由捕蛇而改為養蛇，等待上繳。雖然蔣氏的祖父和父親先後被蛇咬死，但他已經安度十二年了，很多時還是過着「熙熙而樂」的日子，可見毒蛇不毒，反而「復若賦」的建議就更毒了。由「苛政猛於虎」到「賦斂之毒，有甚是蛇」，幾千年過去了，低下層老百姓的生活幾乎沒有改變，而悲劇也一再出現，說來也令人沮喪。

【強化訓練】

一、 解釋下列句中着色的字詞：

（1） 歲賦其二：________________

（2） 嚮吾不為斯役：________________

（3） 譁然而駭者：________________

（4） 其餘則熙熙而樂：________________

二、 試回答以下問題：

（1） 文中寫養蛇戶跟要交稅的農民鄰居比較，生活有何不同？用了甚麼修辭手法？

____

____

____

（2） 比較孔子「苛政猛於虎」跟本文「孰知賦斂之毒，有甚是蛇者乎」的觀點，哪一項更毒呢？

____

____

____

【文章語譯】

永州的郊野出產一種特異的蛇，蛇身黑色而有白花紋，草木碰到了都會枯死，讓牠咬了的人就無藥可醫了。要是捉到這種毒蛇，把牠曬成乾肉製作藥材，可以治好痲瘋、手腳彎曲、脖子腫痛和惡瘡等疾病，還可以除去腐爛的肌肉，並殺死寄生人體的三尸之蟲。過去御醫請皇上下旨徵集這種毒蛇，每年上繳兩次，朝廷招募能夠捕捉這種毒蛇的人，捕來這種蛇當作他所支付的租稅。永州的人都爭着要捕捉這種毒蛇。

這裏有戶姓蔣的人家，享有這種專利已經三代了。我問他有關捕蛇的情況，他回答說：「我的祖父死於捕蛇，我的父親死於捕蛇，現在我接替這項工作十二年，幾乎被蛇咬死的都好幾次了。」他說話時表情好像非常悲傷。我很同情他，就說：「你怨恨做這項工作嗎？我打算告訴主管官員，更換你的差役，恢復徵收你的賦稅，你看怎麼樣？」蔣氏更加悲傷，眼淚汪汪地說：「您是哀憐我，要讓我活下去嗎？我做這項工作所遭受的不幸，卻比不上恢復徵稅。當初我不做這項工作，可能早就完蛋了。自從我家三代以來住進這個村子，到現在已經六十年了。鄰居們的生活愈來愈窮困，他們耗盡了田地裏的出產，挖空了家裏的收入，大聲哭喊着輾轉遷徙，又餓又渴，累得都倒下來了。他們頂着風吹雨打，冒着嚴寒酷暑，呼吸着有毒的瘴氣，往往就這樣死去，以致積屍成堆。從前跟我的祖父同住在這兒的人，現在十家中剩不了一家；跟我父親同住的人，現在十家中只有不到兩三家；跟我同住了十二年的人，現在十家中只有不到四五家。不是死了就是搬走，而我就靠捕蛇單獨活下來了。兇悍的差役來到我們的村子，由東到西到處呼叫吵鬧，又由南到北橫衝直撞，一片喧鬧，相當嚇人的樣子，連雞犬都得不到安寧啊！我小心謹慎地起牀，看看大缸子，我養的蛇還在，就可以放心地睡覺了。平日認真地飼養毒蛇，適當時候呈獻上去，回家後就可以津津有味吃我田地裏的出產，有望安享天年了。大概一年中冒生命危險的只有兩次，其餘的時間都是開心快樂的，哪裏會像我的鄰居天天都在提心弔膽中生活呢！現在就算因捕蛇而死，比起我們村子裏的鄰居已經算是死得晚了，又怎麼敢心懷怨恨呢？」

我聽了這番話心裏更加悲酸。孔子說：「暴虐的政令比老虎還要兇猛。」我曾經懷疑過這句話，現在看了蔣家的遭遇，才相信了。唉！誰想到賦稅的毒害，竟然比這些毒蛇還要厲害呢！所以我寫了這篇論說文，以便給那些要考察民情風俗的在位者作參考。

種樹郭橐駝傳　柳宗元

【寫作背景】

〈種樹郭橐駝傳〉表面上是一篇傳記，但讀來卻更像是寓言小說，說明種樹之道，帶出「能順木之天以致其性焉爾」的主張，就是順其自然，希望統治者關懷社會民生，減少對百姓的干擾，說明養人之術，具有政論色彩，跟陶淵明〈桃花源記〉的立意相似。本文可能是貞元十九年至二十一年（803－805）的作品，在永貞革新前兩年，柳宗元升任監察御史里行（見習監察御史），到各地考察巡視，因有所見而作。

【主旨】

本文寫作者由養樹之術而悟得養民之術。郭橐駝住長安西豐樂鄉，是一位種樹賣果的專業戶。他有很豐富的種樹經驗，通過一次訪談，由種樹問題談到治國體驗，以小見大，因微知著，原來兩者的道理是相通的，就是順着天性，不要扭曲植物的生機；引申來說就是為政者要減少煩瑣的政令，避免擾民，否則只能造成反效果，大家都得不到安樂。

【原文】

郭橐駝[1]，不知始何名。病僂[2]，隆然伏行[3]，有類橐駝者，故鄉人號之駝。駝聞之，曰：「甚善，名我固當。」因捨其名，亦自謂橐駝云。

其鄉曰豐樂鄉，在長安西。駝業種樹，凡長安豪家富人為觀遊及賣果者[4]，皆爭迎取養[5]。視駝所種樹，或遷徙，無不活，且碩茂，蚤實以蕃[6]。他植者雖窺伺傚慕，莫能如也[7]。

有問之，對曰：「橐駝非能使木壽且孳也[8]，能順木之天以致其性焉爾。凡植木之性，其本欲舒[9]，其培欲平[10]，其土欲故[11]，其築欲密[12]。既然已，勿動勿慮，去不復顧。其蒔也若子[13]，其置也若棄，則其天者全，而其性得矣。**故吾不害其**

---

① **橐駝**：橐（粵 tok3 托；普 tuó）駝，即駱駝，背部隆起。

② **病僂**：僂（粵 leoi5 呂；普 lǚ），脊背彎曲，即駝子。

③ **隆然伏行**：隆然，脊背高高突起；伏行，低頭走路。

④ **為觀遊**：為，修建；指修建觀賞遊覽的園林。

⑤ **爭迎取養**：搶着接到家中僱用他。

⑥ **蚤**：蚤，早也。下文「蚤繅而緒，蚤織而縷」句同。

⑦ **莫**：沒有一個人，指示代詞。

⑧ **孳**：孳（粵 zi1 滋；普 zī），生長快速茂盛。

⑨ **其本欲舒**：本，根部；舒，舒展。

⑩ **其培欲平**：培，培植；平，均勻。

⑪ **其土欲故**：故，原來的泥土。

⑫ **其築欲密**：築，搗土；密，堅實。

⑬ **蒔**：蒔（粵 si6 士；普 shì），種植，移栽。

長而已，非有能碩茂之也；不抑耗其實而已[14]**，非有能蚤而蕃之也。**他植者則不然，根拳而土易[15]，其培之也，若不過焉則不及。苟有能反是者，則又愛之太殷，憂之太勤，旦視而暮撫，已去而復顧，甚者爪其膚以驗其生枯，搖其本以觀其疏密，而木之性日以離矣。**雖曰愛之，其實害之；雖曰憂之，其實讎之**[16]。故不我若也[17]，吾又何能為哉！」

問者曰：「以子之道，移之官理[18]，可乎？」駝曰：「我知種樹而已，官理非吾業也。然吾居鄉，見長人者[19]，好煩其令，若甚憐焉，而卒以禍。旦暮吏來而呼曰：『官命促爾耕，勗爾植[20]，督爾穫，蚤繅而緒[21]，蚤織而縷[22]，字而幼孩[23]，遂而雞豚[24]。』鳴鼓而聚之，擊木而召之[25]。吾小人輟飧饔以

---

⑭ **抑耗**：抑，抑制，壓制；耗，消減，損害。

⑮ **根拳而土易**：拳，彎曲而不舒；土易，換上新的泥土。

⑯ **其實讎之**：讎，同「仇」，即仇視，傷害。

⑰ **不我若**：即不若我，不如我也；介詞結構，將賓語「我」放在介詞之前，古今語序不同。

⑱ **官理**：為官治民之道。

⑲ **長人者**：為人之長官，指地方長官。

⑳ **勗**：勗（粵 juk1 煜；普 xù），勉勵。

㉑ **蚤繅而緒**：繅（粵 sou1 蘇；普 sāo），作「繅」。緒，絲也，即煮繭抽絲。而，通「爾」，你也，人稱代詞。下三句同。

㉒ **縷**：線，這裏指紡線織布。

㉓ **字**：養育，動詞。

㉔ **遂而雞豚**：遂，飼養。而，你，代詞。豚，小豬，泛指豬。

㉕ **擊木而召之**：敲打着木梆之類，召集群眾。

勞吏者[26]，且不得暇，又何以蕃吾生而安吾性邪[27]？故病且怠[28]。若是，則與吾業者，其亦有類乎？」問者嘻曰:「不亦善夫[29]！**吾問養樹，得養人術**[30]。」傳其事以為官戒也。

㉖ **飧饔：**飧（粵 syun1 孫；普 sūn），晚飯；饔（粵 jung1 翁；普 yōng），早飯。**勞吏：**勞，慰勞，接待。

㉗ **邪：**一本作「耶」。

㉘ **故病且怠：**病，困苦；怠，疲乏。

㉙ **不亦善夫：**夫（粵 fu4 乎；普 fú），同「乎」，文言助詞。

㉚ **養人：**人，即「民」；唐人避太宗諱，改「民」為「人」。

【賞析與點評】

全文分四段：首段寫郭橐駝得名的原因，他因為患了駝背，也就欣然接受這個別號了。

第二段寫他以善於種樹而聲名卓著，其他人望塵莫及，連模仿都學不來。

第三段談他的種樹經驗，其實只是順其自然而已，做好了就懂得放手，沒有任何祕密可言。

第四段由種樹經驗談到治民之道，郭橐駝批評當時的官吏「好煩其令」，干擾百姓的工作，令大家疲於奔命。結語「傳其事以為官戒也」，即揭出作意，將養樹和養民的道理結合起來，意蘊深長。《古文觀止》選編者吳楚材、吳調侯論云：「一篇精神命脈，直注末句結出，語極冷峭。」指出柳文冷峭的基本風格，跟韓文的雄健相互輝映，各有千秋。

【想一想】

〈種樹郭橐駝傳〉由種樹問題談到治國體驗，兩者的關係是甚麼？種樹者要順應樹木的天性，不能扭曲植物自然的生長機理；如果注入太多的機心，戾橫折曲，則愛之適足以害之，可能就有反效果了。而治民者也要減少煩瑣的政令，不要干擾民眾的工作，與民休息，始能創造更大的經濟動力。

【強化訓練】

一、 解釋下列句中着色的字詞：

（1） 蚤實以蕃：________________

（2） 則又愛之太殷：________________

（3） 搖其本以觀其疎密：________________

（4） 若甚憐焉：________________

二、 試回答以下問題：

（1） 郭橐駝有甚麼獨特的種樹經驗嗎？

____

____

____

（2） 郭橐駝認為官府最易犯的錯誤是甚麼？

____

____

____

（3） 本文有兩段設問，先是「有問之」，其次「問者曰」，郭橐駝對以上兩者的回應有何不同？有何修辭意義？

____

____

____

【文章語譯】

郭橐駝，不知道他原來叫甚麼名字。他患了駝背病，脊背隆起，低頭走路，就像駱駝的樣子，所以鄉里的人給他取了一個外號，叫橐駝。橐駝聽到這個外號說：「很好！用這個名字叫我很恰當。」於是捨棄了原來的名字，自稱為橐駝了。

他住在豐樂鄉，就在長安的西邊。駝子以種樹為業，凡是長安城裏的富貴人家要修建園林觀賞遊覽的，以及賣水果的，都搶着接到家中款待他。看他所種的樹，即使是移植過來，也沒有不存活下來的，而且長得高大茂盛，結出的果實又快又多。其他種樹的人，就算暗地裏偷窺模仿，就是沒有一個人能比得上他。

有人問他種樹的經驗，他回答說：「駝子並不能使樹木活得長久、長得繁茂，只是順應樹木的自然規律，使之按照自己的本性成長。凡是要種的樹木，根部要舒展，培植要均勻，泥土用原有的，搗土要踩得結實。一切都弄好了，就不要再動它，也不用擔心它，離開後就不要回頭再看了。種樹時要像照顧子女一樣細心，種好了就把它擱在一邊，丟棄不管，那麼樹木的天性就可以保全，而本性亦獲得發展了。所以我只是不妨害它的生長罷了，並沒有能力使它高大茂盛啊；只是不抑制、不損害它結果子罷了，卻沒有能力使它的果實結得又快又多啊。其他種樹的人可就不是這樣了，樹根彎曲並且換上了新土，培土不是過多就是不足。如果有人不這樣做，那就是愛它太深，擔心得有點過分。早上看看，晚上摸摸，走開了還要回頭再看，嚴重的甚至用指甲抓破樹皮，檢驗它是死的活的，搖動樹根，看看泥土是鬆的還是實的，這樣樹木的本性一天天地消散了。雖說是愛它，其實是害了它；雖說是擔心它，其實是敵視它，所以都比不上我，我又哪有特別的本領呢？」

提問的人說：「把您的種樹經驗，應用到當官治民方面，行嗎？」駝子說：「我只懂得種樹吧，當官治民同我的專業無關。但我住在鄉下，看到長官往往發出很多命令，好像很愛護百姓似的，結果帶來了災禍。早晚都有差吏來喊叫：『官府下令催促你們種田，勉勵你們栽種，督促你們收割，早點煮繭抽絲，早點紡紗織布，養育好你們的小孩，飼養好你們的雞和豬。』有時擊鼓召喚百姓，敲打梆子召集鄉民。我們做小百姓的，就是停吃晚飯和早餐，都要來慰勞官員，何況大家都忙不過來，又怎能增加我們的生產，並使生活安頓呢？所以困苦而又疲累。像這種情形，就跟我種樹的專業，大概都是同一類事吧？」提問的人高興地說：「這不是很好嗎！我問種樹的問題，卻得到了養民的方法。」然後就把這件事傳播出去，作為官吏的戒條參考。

始得西山宴遊記　柳宗元

【寫作背景】

本文是《永州八記》的第一篇，寫於元和四年（809）九月二十八日。柳宗元於順宗永貞元年（805）九月因王叔文事件貶為邵州（湖南邵陽市）刺史，十一月再貶永州（湖南永州市寧陵區）司馬。在永州住了四年，地處荒僻，惟刻苦讀書，或到處遊山玩水。當年柳宗元修建法華寺西亭，得鈷鉧潭，買西小丘，無意中發現了西山之美，寫下《永州八記》諸作。本文題目中的「始得」，即有驚異之感。

【主旨】

作者坐在法華西亭，忽然被西山的景色所吸引。本文即敍寫一日的遊興，歷盡艱危，爬上山頂眺望，尺幅千里，遠近諸峰盡收眼底，即有無盡空闊之感，與天地冥合。於是明白過去還沒有真正的遊歷過，今日才是遊歷的開始，喚起心靈的霎然感動。全文的重點即在於刻畫一個「始」字，寫出發現新大陸的喜悅之情。而這一年就是元和四年。

【原文】

自余為僇人[1]，居是州，恆惴慄[2]。其隟也[3]，則施施而行[4]，漫漫而遊。日與其徒上高山，入深林，窮迴溪，幽泉怪石，無遠不到。到則披草而坐[5]，傾壺而醉。醉則更相枕以卧，卧而夢。意有所極[6]，夢亦同趣[7]。覺而起，起而歸。以為凡是州之山水有異態者，皆我有也，而未始知西山之怪特[8]。

今年九月二十八日，因坐法華西亭[9]，望西山，始指異之[10]。遂命僕人過湘江[11]，緣染溪[12]，斫榛莽[13]，焚茅茷[14]，窮山之

---

① **自余為僇人**：僇（粵 luk6 六；普 lù），同「戮」。僇人指受侮辱、受迫害的人。柳宗元以獲罪貶謫為永州司馬，故自稱僇人。

② **恆惴慄**：恆，常也。惴（粵 zeoi3 最；普 zhuì），惴慄就是恐懼戰慄，憂心不安的樣子。

③ **隟**：同「隙」，指閒暇之時。

④ **施施**：施（粵 ji6 二；普 yì），訓蔓延、延及，慢步走的樣子。

⑤ **披草**：披，撥開。陶淵明〈歸園田居〉詩五首之二：「時復墟曲中，披草共來往。」披草就是撥開了長得很高的雜草。

⑥ **極**：至也。

⑦ **趣**：同「趨」，去也，往也。

⑧ **怪特**：奇怪特別。

⑨ **法華西亭**：法華寺在零陵縣城東山，西亭為柳宗元所建。

⑩ **始指異之**：始，方才，副詞。之，代詞，西山。方才指出這座山的獨特之處。

⑪ **湘江**：源出廣西興安縣，入湖南省境，匯合瀟水，經長沙市注入洞庭湖。

⑫ **染溪**：即冉溪，在零陵區西南，瀟水的支流。

⑬ **斫榛莽**：斫（粵 zoek3 爵；普 zhuó），用刀斧砍削。榛（粵 zeon1 津；普 zhēn）莽，叢生的草木。

⑭ **茅茷**：茅草，茷（粵 fat6 伐；普 fá），草木茂盛的樣子。

高而止。攀援而登[15]，箕踞而遨[16]，則凡數州之土壤，皆在衽席之下[17]。其高下之勢，岈然洼然[18]，若垤若穴[19]，尺寸千里，攢蹙累積[20]，莫得遯隱[21]。縈青繚白[22]，外與天際，四望如一。然後知是山之特立，不與培塿為類[23]，**悠悠乎與灝氣俱[24]，而莫得其涯；洋洋乎與造物者遊，而不知其所窮。引觴滿酌[25]，頹然就醉，不知日之入。**蒼然暮色，自遠而至，至無所見，而猶不欲歸。心凝形釋，與萬化冥合。然後知吾嚮之未始遊，遊於是乎始，故為之文以志。是歲，元和四年也。

---

⑮ **攀援而登**：攀爬而上。

⑯ **箕踞而遨**：兩腿伸直岔開而坐，形如簸箕。

⑰ **衽席**：坐席。衽又指臥席。

⑱ **岈然洼然**：岈（粵 haa1 哈；普 yá）然，形容山體深邃。洼然，形容山谷低凹。

⑲ **若垤若穴**：垤（粵 dit6 秩；普 dié），螞蟻窠外的小土堆。

⑳ **攢蹙**：攢（粵 cyun4 全；普 cuán），聚集。蹙（粵 cuk1 促；普 cù），緊縮。形容景物都聚攏在眼前。

㉑ **遯隱**：躲避隱匿。

㉒ **縈青繚白**：縈，繚，都是圍繞。青指山，白指水。

㉓ **培塿**：培（粵 pau5「剖」低上調；普 pǒu）塿（粵 lau5 柳；普 lǒu），小山丘。古漢語連綿詞，都讀上聲。

㉔ **灝氣**：灝（粵 hou6 浩；普 hào），同「浩」，自然之氣。

㉕ **引觴滿酌**：觴，酒杯。

【賞析與點評】

柳宗元喜歡旅遊，但過去的都只是山水的賞玩，是外觀的。此次西山之遊，才突然觸發心靈的震撼，跟宇宙萬物合而為一，在「至無所見」中達至「心凝形釋」的境界，表現出驀然回首，燈火闌珊的觸動，同時也是柳暗花明的悟道之作。

本文分兩段，表現對比心態，寫出兩種截然不同的感覺。首段寫獲罪被貶後心情抑鬱，時常感到恐懼不安。因此有機會時都會四出遊歷山水，頗有避世之意，在深山窮谷中自得其樂，同時也得到心靈上的滿足，「而未始知西山之怪特」。第二段忽然發現西山之美，「然後知是山之特立」，與其他眾山不同。作者經歷了一段艱危的旅途，爬上山頂，登高望遠，即有悟道之意，泯除了一切人天界限，而人間的憂患也就完全釋然了，可以說是得到了心靈的解放，從抑鬱之情到放開懷抱。這是心靈上的飛躍，自然值得記錄下來。所以作者還珍而重之的，開頭先寫下日期，末尾再追記年份。這是一種再生的喜悅，脫胎換骨。從這一天開始，柳宗元告別了過去的自己，煥然一新了。

【想一想】

《永州八記》專寫柳宗元對永州的認識，也是人生自我的發現。而〈始得西山宴遊記〉則是諸記中的第一篇，流露出激動之情。作者永遠執着「僇人」的身份，遊山玩水可能也只是逃避現實的手段，得不到真正的解脫。如果放開懷抱，與天地合一，長在長存，則人世的是非得失就像過眼雲煙一樣，不值一哂。西山的發現在乎一念之間，題目中「始」得之「始」，意為初遇，代表思想上的改變，一種悟道後的喜悅，甚至將過去的遊歷體驗一筆勾消了。

【強化訓練】

一、把下列文字語譯為白話文：

(1) 到則披草而坐，傾壺而醉。

(2) 洋洋乎與造物者遊，而不知其所窮。

二、試回答以下問題：

(1) 本文哪幾句採用了「頂真」的修辭方式？

(2) 本文的「始」字是一篇的主腦，而詞性各異，諸句的「始」字在語法及釋義方面有甚麼不同嗎？

(3) 本文寫柳宗元發現西山之美，美在哪裏？

【文章語譯】

自從我成了深受羞辱的罪人，住在這個州郡，時常擔憂害怕。遇上閒暇之時，就會緩慢地散步而行，沒有目標地到處遊賞。每天跟同伴登上高山，穿越濃密的樹林，探索曲折的溪流。幽隱的泉水和怪異的石頭，無論多遠，都不會去不到的。到了之後撥開草地坐下來，倒出壺中的酒，喝個大醉。醉了之後，大家就互相靠在他人的身上睡覺了。睡着了就做夢，心中想去的地方，做夢時都可以到達。醒了就起來，起來就回去。我以為這個州裏的山水有特殊形態的，我幾乎都看過了，可是我從不知道原來還有西山奇異獨特的景色。

今年九月二十八日，因為坐在法華寺西亭，眺望西山，方才指出這座山的獨特之處。於是吩咐僕人渡過湘江，沿着染溪，砍伐叢生的草木，焚燒茂密的茅草，一直朝着山的高處進發。我們攀爬着上去，伸開兩腿隨意坐下來，這就看到附近幾個州郡的土地，都在我們的坐席之下。那高低不平的地勢，有些山體深邃，有些山谷低凹，像隆起的小土堆，又像深陷的蟻洞，在那方寸小塊的地方，竟然看到千里之遙的景物，全都聚集緊縮聚攏在眼前，沒有東西能躲避隱藏起來。周圍青山白雲相互繚繞，伸延到遙遠的天邊連成一氣，從四方眺望都一樣。然後才發現這座山特別出眾，跟一般的小山丘不同，悠然自適地融入自然之氣，完全沒有任何涯岸，洋洋自得地與天地同在，永遠看不到盡頭。我們舉杯斟滿了酒，喝到醉醺醺地就倒下來了，連太陽下山都不知道。昏暗的夜色，從遠處籠罩過來，到甚麼都看不見時，可是還不想回去。心神凝聚，形體放鬆，與萬物融為一體。這時候才明白我過去都沒有這種遊歷的境界，真正的遊歷還是從這一趟旅程開始的，所以寫下文章記錄這一刻的感動。這一年，就是元和四年。

宋明

唐代韓、柳之後，古文運動漸趨沒落，名家不多，難以為繼。駢文重新振起，晚唐李商隱、温庭筠、段成式以四六體寫章奏等公文，而三人均在家庭中排行第十六，時號三十六體。北宋真宗、仁宗時代，楊億、劉筠等倡西崑體，號為時文，更是當世文風的典範，能者取科第，擅名聲，大家競相仿效。在這種情況下，穆修、石介、尹洙等則極力提倡古文，反對西崑體。其後歐陽修出，提倡學習韓文，嘉祐二年（1057）主持禮部貢舉考試，呼籲改革文風，斥退險怪奇澀之文，並藉以識拔曾鞏、蘇軾、蘇轍三位青年才俊，加上王安石、蘇洵二人的響應，於是古文運動重新振作起來，聲勢浩大，波瀾壯闊，文采風流，影響深遠。

在唐宋八大家的組合當中，唐人只佔二家，而宋人卻奪得了六席，成就尤為顯赫。宋代的古文運動在寫作上注重兩大課題：一是文章必須明道，要有充實的思想內容，能有益於政治教化，洞察事物的變化，辨明是非得失。二是要求文風樸素，平易暢達，學習韓愈「文從字順」的風格，而不學他的「奇崛」方面，表情達意，出於自然。北宋古文六家之作各有風采，影響後世甚大。現在選錄范仲淹、歐陽修、蘇洵、蘇軾、蘇轍、王安石六家之作，都是不朽的名篇，精光四射，騰譽古今。

明代散文流派極多，早期以宋濂、劉基為大家，而上層文人則習用雍容華貴的台閣體。中葉，前後七子提倡復古運動，主張「文必秦漢，詩必盛唐」，擬古之風籠罩整個文壇，他們重視形式上的摹擬，文章內容比較空疏，引起當時文人的不滿。其後歸有光等主張繼承唐宋古文的傳統，而茅坤評選《唐宋八大家文鈔》，對韓愈尤為推崇，給初學者指示門徑，幾百年來盛行不衰，而「唐宋八大家」之名遂成定論。又有公安派、竟陵派等，主張為文要有「性靈」，寫出真性情，不拘於舊法，反對模擬等，晚明文學大放異彩，尤為出色。本書選錄劉基、王世貞、袁宏道各一篇，劉文寓意深刻，王文爽朗俊逸，袁文悲壯淋漓。

→

‖岳陽樓記‖ 范仲淹

【寫作背景】

范仲淹（989－1052），字希文，蘇州吳縣（江蘇蘇州市吳中區）人。真宗大中祥符八年（1015）進士。寶元三年（1040）以龍圖閣直學士經略陝西，守邊數年，號令嚴明，羌人呼為「龍圖老子」，西夏人亦不敢犯境。慶曆三年（1043）拜樞密副使，參知政事，倡導新政，大事整飭吏治，裁減閒冗。著《范文正公集》。

岳陽樓建於唐初，宋代滕宗諒（991－1047）於慶曆五年（1045）重修岳陽樓，六月十五日致函范仲淹〈求書記〉云：「謹以〈洞庭秋晚圖〉一本隨書贄獻，涉毫之際，或有所助。」請求撰文為記。本文寫於慶曆六年（1046）九月十五日，范仲淹在鄧州知州（河南鄧州市）任上，他沒有到過岳陽，只是看圖撰文，卻寫下這篇千古的傑作。

【主旨】

本文敘寫岳陽樓的山川風貌及人文景觀，刻畫細緻。尤其是在兩種不同天氣下的登樓觀感，一是「霪雨霏霏」的陰暗狀態，帶出「感極而悲」的悲苦痛楚；一是「春和景明」的明媚風光，注滿「其喜洋洋」的歡樂氣氛。兩相比對，造成很大反差。從而揭出作者「先天下之憂而憂，後天下之樂而樂」嚴正律己的博大襟懷，同時也指出地方官員所必須具備的憂國憂民的奉獻精神，「政通人和，百廢具興」，切實為人民做事。

【原文】

慶曆四年春，滕子京謫守巴陵郡[1]。越明年，政通人和，百廢具興，乃重修岳陽樓，增其舊制，刻唐賢今人詩賦於其上；屬予作文以記之。

予觀夫巴陵勝狀，在洞庭一湖。銜遠山，吞長江，浩浩湯湯[2]，橫無際涯；朝暉夕陰，氣象萬千；此則岳陽樓之大觀也，前人之述備矣。然則北通巫峽，南極瀟湘，遷客騷人，多會於此，覽物之情，得無異乎？

若夫霪雨霏霏[3]，連月不開；陰風怒號，濁浪排空；日星隱曜，山岳潛形；商旅不行，檣傾楫摧[4]；薄暮冥冥，虎嘯猿啼；登斯樓也，則有去國懷鄉[5]，憂讒畏譏，滿目蕭然，感極而悲者矣。

至若春和景明，波瀾不驚，上下天光，一碧萬頃；沙鷗翔集，錦鱗游泳，岸芷汀蘭[6]，郁郁青青[7]。而或長煙一空，皓月千里，浮光躍金，靜影沉璧，漁歌互答，此樂何極！登

---

① **滕子京**：名宗諒，河南人。范仲淹同年進士，曾知涇州，也是抵抗西夏的戰友。慶曆中以司諫獲罪，謫為巴陵守。為人尚氣，倜儻自任，好施予，及卒，無餘財。**巴陵**：即岳州（湖南岳陽市）。

② **湯湯**：湯湯（粵 soeng1 商；普 shāng），水勢浩大的樣子。

③ **霪雨**：下了很久的雨。

④ **檣傾楫摧**：檣（粵 coeng4 牆；普 qiáng），帆柱；楫（粵 zip3 接；普 jí），船槳。

⑤ **去國**：去，離開；國，京師，即汴京（河南開封市）。

⑥ **岸芷汀蘭**：芷，白芷，傘形科；開白花，複傘形花序。蘭，蘭草，澤蘭，菊科；秋末開花，紫莖素枝，赤節綠葉。俱生水旁下濕地，嫩時並可採而佩之。跟蘭花所屬蘭科不同。汀，小洲，水邊平地。

⑦ **郁郁**：香氣濃郁。

斯樓也，則有心曠神怡，寵辱偕忘，把酒臨風，其喜洋洋者矣。

嗟夫！予嘗求古仁人之心，或異二者之為，何哉？**不以物喜，不以己悲。居廟堂之高**[8]**，則憂其民；處江湖之遠，則憂其君**。是進亦憂，退亦憂；然則何時而樂耶？其必曰：**先天下之憂而憂，後天下之樂而樂歟**！噫！微斯人，吾誰與歸！

---

⑧ **廟堂**：這裏指朝廷。

【賞析與點評】

文章分五段：首段交代重修岳陽樓的經過，主要靠「謫守」二字點題。作者有意替滕宗諒鳴不平，而「政通人和，百廢具興」更是對巴陵郡守政績的肯定。

第二段寫景，湖光山色，畫面壯闊，但作者卻特別拈出「遷客騷人」的傷離情緒，刻畫滕宗諒的苦心，所謂「覽物之情，得無異乎」，自然就不同於一般遊山玩水的情懷了。

第三、四段分別摹寫湖上的陰晴變幻，其實都是隨着個人心境而變換的，因而帶出「感極而悲」及「其喜洋洋」兩種對立的情緒，憂樂各得其所。末段超脫於個人情緒的悲喜之上，說明了為官之道及服務精神。指出修建岳陽樓絕無半點享樂之私，反而更是藉此強調一種憂患精神。

全文結構嚴謹，照應嚴密，范仲淹跟滕宗諒交往密切，當時都貶謫在外，自然都懷有「憂讒畏譏」的心態，因此在寫這篇文章時就得特別小心了。本文以議論為主，「憂」是全篇的主線，幾乎無所不憂，反而敍事寫景中的「樂」事只是陪襯角色，甚至還放在一個很不重要的地位。因此〈岳陽樓記〉所表達的純是想像的世界，情理交融，峰迴路轉，讓讀者知所抉擇，恰到好處。

【想一想】

〈岳陽樓記〉是古文中膾炙人口的名篇，摹寫洞庭湖的景色，煙波浩瀚，氣象萬千。其實更重要的還是范仲淹借題發揮，寫出了仁人志士的懷抱，不會計較個人的得失，而是時常保持着憂患的狀態，憂民憂君，進退皆憂，以服務國家社會為職志，立志做一位負責任的公務員，尊重工作，其實這也就是擔任公職者的基本理念。

【強化訓練】

一、 在（　　）內寫出下列句子運用了的修辭技巧：

（1）（　　　　　）
「銜遠山，吞長江。」

（2）（　　　　　）
「日星隱曜，山岳潛形。」

（3）（　　　　　）
「岸芷汀蘭，郁郁青青。」

（4）（　　　　　）
「是進亦憂，退亦憂。」

（5）（　　　　　）
「浮光躍金，靜影沉璧。」

（6）（　　　　　）
「不以物喜，不以己悲。」

二、 以下的字詞一字多義，試寫出下列各句中着色的字的不同含義：

（1） 通

（i） 政通人和　　　義：__________________

（ii）北通巫峽　　　義：__________________

（2） 極

（i） 南極瀟湘　　　義：__________________

（ii）此樂何極　　　義：__________________

（3） 國

（i） 去國懷鄉 義：＿＿＿＿＿＿＿＿＿＿

（ii） 出則無敵國外患者 義：＿＿＿＿＿＿＿＿＿＿

（4） 或

（i） 而或長煙一空 義：＿＿＿＿＿＿＿＿＿＿

（ii） 或異二者之為 義：＿＿＿＿＿＿＿＿＿＿

【文章語譯】

慶曆四年的春天，滕宗諒被貶為巴陵郡太守。到了第二年，政務推行順利，百姓安居樂業，很多荒廢了的工作都重新興辦起來。於是再次修葺岳陽樓，擴展舊有的規模，刻上了唐代名流和當代的詩賦作品，囑咐我撰文來記述這件事。

我看巴陵郡最優美的景色，全都聚焦在洞庭湖上。銜接着遠方的山巒，吞吐着長江的流水，水勢浩大波濤洶湧，周圍茫茫一片沒有盡頭。早晚湖上的明暗不同，有着萬千種景象的變化。這就是岳陽樓最壯麗的景觀，前人的描述十分詳盡。而且北面通往巫峽，南面直達瀟水湘水，調遷的官員和善感的詩人，很多都來過這裏，他們觀覽景物時的心情，大概會有所不同吧？

有時下雨多時連綿不斷，好幾個月都不放晴；陰冷的寒風呼呼怒吼，混濁的波浪拍打天空；太陽和星星匿藏了光芒，山嶺隱沒於陰霾之中；商人和旅客無法通行，桅杆吹倒，船槳折斷；傍晚時分湖上一片昏黑，就像猛虎的呼嘯和猿猴的悲啼似的。登上了這座高樓遠眺，就會產生遠離京師懷念家鄉的思緒，擔心遭到誹謗又怕被人譏笑，眼前一片蕭瑟的景象，感受很深，不禁悲傷起來了。

到了春光和煦景色明媚的時候，湖面波平如鏡，天光和湖水交相輝映，一片深碧，廣闊無垠，沙鷗迴旋飛舞聚在一起，美麗的魚兒游來游去，岸邊的白芷和小洲上的澤蘭，香氣濃郁顏色青蒼。有時空濛的煙霞完全消散，皎潔的月光照臨千里，波光浮動閃爍金輝，月亮的倒影像是沉於水中的玉璧，漁船上的歌音相互唱答，快樂的感覺哪有窮盡！登上這座樓的時候，就會感到心情開朗精神舒暢，榮辱得失全都忘懷了，舉起酒杯迎風而飲，心中一片快樂。

唉！我曾經探究過古代仁人志士的用心，或許跟上面所說悲、喜二者情況不同，這是甚麼原因呢？不因環境順心而高興，也不因為個人失意而悲傷。在朝廷做官的高踞上位，就得為百姓的生計操心；退居江湖偏遠的地方，也得替君主分憂。這樣進入朝廷會有所擔憂，退居民間也有所擔憂。那麼甚麼時候才可以快樂呢？那一定要說：「在天下人擔憂之前已先行擔憂，在天下人享樂之後才會享樂啊！」唉！沒有這樣的人物，我還可以和哪些人走下去呢？

醉翁亭記　歐陽修

【寫作背景】

歐陽修（1007－1072），字永叔，號醉翁，晚號六一居士，吉州廬陵（江西吉安市）人。四歲喪父，家貧，母鄭氏以荻畫地教子讀書。天聖八年（1030）進士。卒謚文忠。歐陽修主張文章明道致用，反對華美綺靡的文風；積極培養後進，是北宋古文運動的領袖，其他五家或出於門下，或交往密切。著《歐陽文忠公集》《新五代史》，又與宋祁（998－1061）合撰《新唐書》等。

歐陽修在慶曆五年（1045）因言事獲罪，貶謫為知滁州（安徽滁州市）軍州事。翌年（1046）依山傍水，疏鑿水泉，並闢地修建豐樂亭，後來為瑯琊山僧智仙所修築的亭子命名為醉翁亭。〈醉翁亭記〉作於慶曆六年（1046），作者四十歲。慶曆八年（1048）由滁州徙知揚州。現在醉翁亭尚存，其中歐陽修手植梅為全國四大梅壽星之一，蘇軾手書〈醉翁亭記〉碑堪稱稀世至寶。醉翁亭被譽為「天下第一亭」，亦為四大名亭之首。

【主旨】

本文通過摹寫滁州醉翁亭周圍秀麗的景色、四季早晚變幻迷離的風光，以及滁人遊山之樂、賓客飲酒作樂的情景，抒發作者寄情山水、其樂無窮、忘懷得失，與民同樂、自得其樂的主題。「人知從太守遊而樂，而不知太守之樂其樂也」，拈出官民共享、禽鳥共融、天下大治的理念，完全是內心自然的流露。

【原文】

環滁皆山也[1]。其西南諸峰，林壑尤美。望之蔚然而深秀者，瑯琊也[2]。山行六七里，漸聞水聲潺潺，而瀉出於兩峰之間者，釀泉也[3]。峰回路轉，有亭翼然臨於泉上者[4]，醉翁亭也。作亭者誰？山之僧智仙也。名之者誰？太守自謂也[5]。太守與客來飲於此，飲少輒醉，而年又最高，故自號曰醉翁也。**醉翁之意不在酒，在乎山水之間也**。山水之樂，得之心而寓之酒也。

若夫日出而林霏開[6]，雲歸而巖穴暝，晦明變化者，山間之朝暮也。野芳發而幽香，佳木秀而繁陰，風霜高潔，水落而石出者，山間之四時也。朝而往，暮而歸，四時之景不同，而樂亦無窮也。

至於負者歌於途，行者休於樹，前者呼，後者應，傴僂提攜[7]，往來而不絕者，滁人遊也。臨溪而漁，溪深而魚肥；釀泉為酒，泉香而酒洌；山肴野蔌[8]，雜然而前陳者，

---

① **環滁皆山也**：滁州處於江淮平原之中，只有西南面的瑯琊山，作者用的是誇張寫法，嚴格來說並不準確。

② **瑯琊**：瑯（粵 long4 郎；普 láng）琊（粵 je4 耶；普 yá）山，在安徽滁州市西南。

③ **釀泉**：瑯琊溪源頭之一，又名醴泉；水清可以釀酒，故名。

④ **翼然**：展翅伸張之貌，形容亭子高翥的飛簷。

⑤ **太守**：秦置郡守，漢改為太守。歐陽修任滁州知州，行文中乃藉以自稱。

⑥ **林霏**：林間的霧氣。

⑦ **傴僂提攜**：傴（粵 jyu2 瘀；普 yǔ）僂（粵 leoi5 呂；普 lǚ），脊樑彎曲，指長者；提攜，牽引照顧，指幼童。意即扶老攜幼。

⑧ **山肴野蔌**：肴，熟肉；蔌（粵 cuk1 速；普 sù），蔬菜。指山野間的佳肴野菜。

太守宴也。宴酣之樂，非絲非竹[9]，射者中[10]，弈者勝[11]，觥籌交錯[12]，起坐而諠譁者，眾賓懽也[13]。蒼顏白髮，頹乎其中者[14]，太守醉也。

已而夕陽在山，人影散亂，太守歸而賓客從也。樹林陰翳，鳴聲上下，遊人去而禽鳥樂也。**然而禽鳥知山林之樂，而不知人之樂；人知從太守遊而樂，而不知太守之樂其樂也**。醉能同其樂，醒能述以文者，太守也。太守謂誰？廬陵歐陽修也。

---

⑨ **絲竹**：絲，弦樂器；竹，管樂器。泛指音樂。

⑩ **射**：投壺。

⑪ **奕**：圍棋。

⑫ **觥籌交錯**：觥（粵 gwang1 轟；普 gōng），酒杯；籌，算籌，指行酒令時計算勝負的籌碼；交錯，往來雜亂之意。

⑬ **懽**：同「歡」。

⑭ **頹乎其中者**：或作「頹然乎其間者」。頹，醉倒。

【賞析與點評】

〈醉翁亭記〉是一篇遊戲文章。所謂遊戲文章，是因為本文有些特點過去都很少看到。例如文中結句地方，往往都用上了一個「也」字，連用了二十一個，有判斷的語氣，並不感到累贅，所以在譯文中用了一個現代的「了」字，以作對應，結果文句都很通達順暢，當然有些地方還可以換上「啊」字，看來也未嘗不可。

此外，山僧智仙請歐陽修為亭子命名，他身為滁州州官，也就當仁不讓的，以自己的別號「醉翁」來給亭子命名。因為有了這篇好文章作襯托，寫出了滁州人民幸福美好的生活感覺，因此大家也就樂於接受，千百年來沒有任何異議，可見歐陽修是一位深得民心的父母官。

在文章的結尾，作者更老實不客氣地標記了「廬陵歐陽修也」的籍里和大名，相當充滿自信。而且更厲害的，就是末段說的「醉能同其樂，醒能述以文者，太守也」，那更是敢於以文章自負了。這真是一篇充滿奇趣的遊戲文章，行雲流水，無心為文，就是在半醉半醒之間，去感受一個最真實的、無所拘束的，甚至官民共享、禽鳥共融的那種「太守之樂其樂」的心靈境界，還帶出了象徵「北宋風流」的一個盛世。

全文分四段：首段介紹瑯琊山的環境、建亭始末及命名為「醉翁亭」的含意，而所醉者就是山水之樂了。次段摹寫朝暮及四季的景色，變幻特多。第三段與民同樂，可能比山水之樂更為迷人，意在宣揚一種天下大治的理念。末段結語指出「太守之樂」的特點，跟「山林之樂」「人之樂」有所不同，逐步提升，即禽鳥與人民都能和諧共融的相處，帶出了作者所嚮往的人生境界。本文在分段時都用了關聯詞語「若夫」「至於」「已而」作提起的標誌，脈絡尤為清晰。

【想一想】

面對人生的逆境時，歐陽修怎樣面對呢？他豪邁豁達，沒有將逆境放在心上，即使在貶謫之中，還是從容面對，放情山水，與民同樂。他雖以「醉翁」為號，究竟是醉呢，還是醒呢？讀者心中自有判斷。

【強化訓練】

一、 試把下列文字語譯為白話文：

（1） 人知從太守遊而樂，而不知太守之樂其樂也。

____

____

（2） 醉能同其樂，醒能述以文者，太守也。

____

____

二、 在（　　）內寫出下列句子運用了的修辭技巧：

（1） （　　　　）

「作亭者誰？山之僧曰智仙也。」

（2） （　　　　）

「然而禽鳥知山林之樂，而不知人之樂；人知從太守遊而樂，而不知太守之樂其樂也。」

（3） （　　　　）

「臨溪而漁，溪深而魚肥；釀泉為酒，泉香而酒洌。」

（4） （　　　　）

「佝僂提攜，往來而不絕者。」

【文章語譯】

環繞着滁州城的都是山。城西南面那幾個山峰，樹林和山谷更為優美。遠望草樹茂密而又幽深秀麗的，就是瑯琊山了。沿着山路走六七里，漸漸聽到水聲潺潺，從兩座山峰之間流瀉出來的，就是釀泉了。山勢迴環轉過路口，有一座亭子簷角伸張像鳥兒展翅般高踞在泉水上的，就是醉翁亭了。修建亭子的人是誰？就是山中的智仙和尚了。替亭子命名的人是誰？就是州官用自己的別號給它命名。州官和客人來這裏喝酒，喝一點就醉了，而且年齡又最大，所以就自號為醉翁。醉翁的寄意並不在於喝酒，而在於山水之間。山水中的樂趣，在心中自有領會而藉酒來表現。

就像太陽出來時樹林中的霧氣消散，雲霧聚攏時巖扉洞穴就變得昏暗，陰暗明朗交替變化，這就是山間的清晨和傍晚了。野花盛開散發出清幽的香氣，樹木枝葉繁茂形成濃密的綠蔭，天氣高爽霜露潔白，水位低落而溪石顯露出來，這就是山間的四季了。早晨往山中走去，傍晚返回城中，四季的景色不同，而樂趣也是無窮無盡。

至於挑擔的人在路上唱歌，過路的人在樹下休息，前面的人呼喚，後面的人應答，大家扶老攜幼，往來不停的，就是滁州人出遊了。在溪邊捕魚，溪水很深魚兒肥美；取釀泉水來釀酒，泉水香甜酒色清澈；山中的佳肴野菜，交錯擺在面前，這是州官在舉行宴會。宴會時盡情享樂，沒有甚麼弦樂管樂，投壺的人中了，圍棋的人贏了，酒杯和籌碼交互錯雜，站起來大聲喧嚷，所有賓客都很開懷盡情。容顏蒼老、頭髮花白、頹然醉倒於賓客之間的，是州官喝醉了。

不久夕陽落山，人影縱橫散亂，州官打道回府而賓客也跟着離開了。這時樹林裏濃蔭昏暗，鳥兒到處鳴叫，遊人離開後禽鳥都快樂了。可是禽鳥只能理解山林中的樂趣，卻不理解人間的樂趣；很多人只知道跟隨州官遊玩的樂趣，卻不知道州官在享受自己的樂趣。喝醉了能夠與眾同樂，醒過來能夠寫成文章的人，就是州官了。州官是誰呀？就是廬陵人歐陽修了。

秋聲賦　歐陽修

【寫作背景】

〈秋聲賦〉作於仁宗嘉祐四年（1059 年）秋，歐陽修五十三歲。二月，免權知開封府，轉給事中同提舉在京諸司庫務，充御試進士詳定官。四月，兼充群牧判官。同年歐陽修有致王素書簡二函，流露出頹唐的心境。當時歐陽修雖身居高位，然有感於宦海沉浮，政治改革屢遇挫折，乃以「秋聲」為題，抒發人生的無奈與感慨。

【主旨】

本文寫作者夜讀之際，心煩意亂，突然從心中湧出一片雜亂的聲音，但四顧安詳，星月皎潔，周圍沒有任何的聲息，只有樹林傳來的聲音。於是悟出秋聲的凜冽，歲序催人，無影無蹤，而生命也就垂垂老矣。所謂「百憂感其心，萬事勞其形」「奈何以非金石之質，欲與草木而爭榮」，個人的力量實在微薄，一切只得順其自然，安心睡覺了。

【原文】

歐陽子方夜讀書，聞有聲自西南來者，悚然而聽之[1]，曰：「異哉！」初淅瀝以瀟颯[2]，忽奔騰而砰湃；如波濤夜驚，風雨驟至。其觸於物也，鏦鏦錚錚[3]，金鐵皆鳴。又如赴敵之兵，銜枚疾走[4]，不聞號令，但聞人馬之行聲。予謂童子：「此何聲也？汝出視之。」童子曰：「星月皎潔，明河在天。四無人聲，聲在樹間。」

予曰：「噫嘻，悲哉！此秋聲也，胡為乎來哉？蓋夫秋之為狀也，其色慘淡，煙霏雲斂[5]；其容清明，天高日晶；其氣慄冽[6]，砭人肌骨[7]；其意蕭條，山川寂寥。故其為聲也，淒淒切切，呼號憤發。豐草綠縟而爭茂[8]，佳木葱蘢而可悅[9]；草拂之而色變，木遭之而葉脫。其所以摧敗零落者，乃其一氣之餘烈。

---

① 悚然：悚（粵 sung2 聳；普 sǒng），驚恐的樣子。

② 初淅瀝以瀟颯：淅瀝，落葉的聲音。以，同「而」字，連詞。瀟颯（粵 saap3 霎；普 sà），風聲。

③ 鏦鏦錚錚：鏦（粵 cung1 充；普 cōng）錚（粵 caang1 撐；普 zhēng），金屬器物撞擊的聲音。

④ 銜枚：古代行軍襲敵時，令士卒把筷子狀的小木塊橫銜在口中，以繩繫於頸後，以防喧嘩。

⑤ 煙霏：煙氣飄散。

⑥ 慄冽：凜冽，寒冷。

⑦ 砭：砭（粵 bin1 鞭；普 biān），刺也。

⑧ 綠縟：碧綠稠密。

⑨ 葱蘢：青翠茂密。

夫秋，刑官也[10]，於時為陰[11]；又兵象也[12]，於行為金[13]。是謂天地之義氣[14]，常以肅殺而為心。天之於物，春生秋實。故其在樂也，商聲主西方之音[15]，夷則為七月之律[16]。商，傷也，物既老而悲傷；夷，戮也，物過盛而當殺。

嗟夫！草木無情，有時飄零。人為動物，惟物之靈。百憂感其心，萬事勞其形。有動乎中[17]，必搖其精[18]。而況思其力之所不及，憂其智之所不能。宜其渥然丹者為槁木[19]，黟然黑者為星星[20]。**奈何以非金石之質[21]，欲與草木而爭榮？**念

---

⑩ **刑官**：周禮分六官，秋官司寇掌刑法邦禁之事，亦即刑官。

⑪ **於時為陰**：秋、冬二季屬於陰氣主導的季節。

⑫ **兵象**：用兵的象徵。古代征伐多在秋天，引發戰爭。

⑬ **於行為金**：行，五行；《漢書．五行志》：「金，西方，萬物既成，殺氣之始也。」

⑭ **天地之義氣**：秋天主肅殺之氣，伸張正義，又稱義氣。《禮記．鄉飲酒義》：「天地嚴凝之氣，始於西南而盛於西北，此天地之尊嚴氣也，此天地之義氣也。」

⑮ **商聲主西方之音**：五音和四時相配，商聲屬秋，西方之位。

⑯ **夷則為七月之律**：夷則乃十二律之一，配應七月。《史記．律書》：「七月也，律中夷則。夷則，言陰氣之賊萬物也。」

⑰ **有動乎中**：中，內心；指內心受到觸動。

⑱ **必搖其精**：搖，耗損；精，精神。

⑲ **渥然丹者為槁木**：渥（粵 ak1 厄；普 wò）然，沾潤；槁（粵 gou2 稿；普 gǎo）木，枯樹，指衰老。

⑳ **黟然**：黟（粵 ji1 衣；普 yī），黑色。**星星**：頭髮斑白。

㉑ **奈何以非金石之質**：金石，質地堅固；質，肉體。

誰為之戕賊[22]，亦何恨乎秋聲！」童子莫對，垂頭而睡。但聞四壁蟲聲唧唧[23]，如助予之歎息。

㉒ **戕賊**：戕（粵 coeng4 場；普 qiāng）。戕賊指摧殘傷害。

㉓ **唧唧**：蟲鳴的聲音。

【賞析與點評】

本文以「秋聲」為題，所以文中也就洋溢着各種不同的聲音。加上又是賦體，採用跟童子對話的形式，語句叶韻，對仗亦多，或駢或散，流動自然，情景交融，有聲有色。

〈秋聲賦〉大約可以分為四段：首段千軍萬馬，觸緒紛繁，但通過對話，由童子所回應的「四無人聲，聲在樹間」，點出了秋聲所在的地方。次段摹寫秋聲的狀態，分寫其色、其容、其氣、其意四項，使本來美好的豐草佳木變得摧敗零落，自是秋天寒氣的餘威所致。第三段解釋秋天肅殺的原因，所謂「物既老而悲傷」「物過盛而當殺」，說來還是自然現象，不是個人的力量所能改變的。末段擺脫不了生命的局限，在無盡的消耗之外，只好坦然面對了。結尾以童子入睡情節回應上文，首尾呼應，結構完整。

〈秋聲賦〉一文全是歐陽修自說自話，自我消解愁緒。聰明的童子心無芥蒂，垂頭而睡。童子只說了四句話，卻是本文的重點所在，同時也是很巧妙的情節安排。

【想一想】

古今文人總愛傷春悲秋，為甚麼秋聲令歐陽修如此感慨呢？原來作者藉描寫秋聲肅殺的氣氛，反映其政治生涯中深沉的感慨，以及個人年老體衰的無力感覺。作者認為面對如此遭遇，應該順應自然的安排，坦然面對，這種豁達及積極的胸懷從「亦何恨乎秋聲」一句點出。因此〈秋聲賦〉所寫的，其實是藉悲秋流露作者思想的歷程，並透過浮光掠影，浮想聯翩，化解哀傷之情。「星月皎潔，明河在天」，即使秋天氣氛肅然令人傷感，但秋夜還是如此明亮。可見作者即使面對如斯景況，還是對人生充滿希望。

【強化訓練】

一、 解釋下列句中着色的字詞：

(1) 明河在天：______________

(2) 煙霏雲斂：______________

(3) 山川寂寥：______________

(4) 物過盛而當殺：______________

二、 試回答以下問題：

本文以秋聲為題，作者有哪些字句是具體描繪秋聲呢？

____

____

____

____

【文章語譯】

歐陽先生晚上剛要開始讀書，聽到有聲音從西南傳來，他驚恐地聽着，說：「奇怪啊！」初時就像落葉的聲響伴着颯颯的風聲，忽然變成奔騰而又澎湃的聲響，好像晚上波濤洶湧而起，風雨突然來到。當它碰到物體的時候，就鏦鏦錚錚，好像金屬器物撞擊；又好像開往前線的軍隊，口裏含着小木塊迅速地奔走，聽不到號令，只聽到人馬疾走的聲音。我問書童：「這是甚麼聲音呢？你出去看看。」書童說：「星月明亮潔白，銀河橫在天空，周圍都沒有人聲，聲音從林間傳來。」

我說：「唉，悲哀啊！這是一種秋聲，為甚麼要來呢？大抵是秋天的形狀了，它的顏色暗淡，煙氣飄散，雲霞收斂；它的容貌清新明亮，天空高曠，陽光燦照；它的寒氣凜冽，刺入人體的肌骨；它的意象蕭瑟冷寂，大地一片寂靜空蕩。所以它發出的聲音淒涼悲切，叫呼激憤。豐盛的青草碧綠稠密，爭繁競盛，美好的樹木青翠茂密，悅目可觀；可是青草遇到它就變了顏色，樹木遇到它也就葉片脫落了。草木之所以衰敗凋零，都是秋天寒氣的餘威所致。

秋天，屬於刑官，在季節上由陰氣所主導；又是用兵的象徵，在五行中屬金。這是天地嚴凝的義氣，常常帶有摧殘毀滅的意味。上天對待萬物，春天生長，秋天結實。所以在音樂方面，商聲就跟西方的音調相配，夷則校正是七月的音律。商，就是悲傷，萬物衰老之後會感到悲傷。夷，就是殺戮，萬物過盛就應該減退了。

唉！草木沒有感情，時候一到自會零落。人是一種動物，是萬物中最有靈性的。各種憂慮感動他的心靈，各種事務勞損他的身軀。心中有所感動，就會損耗他的精神。何況還要思慮他能力所無法達成的，擔憂他智慧所不能解決的。自然而然那紅潤的容顏會變得衰老，烏黑的頭髮會變得花白。怎麼以並不是質地堅固的肉體，跟草木爭妍鬥麗呢？想想究竟是誰來摧殘我們？又何必怨恨秋聲呢！」書童沒有回應，倒頭就睡着了。只聽得周圍的唧唧蟲聲，就好像附和我的歎息。

六國論 蘇洵

【寫作背景】

蘇洵（1009 - 1066），字明允，號老泉。眉州眉山（四川眉山市）人。嘉祐元年（1056）攜同二子來到汴京，得到歐陽修的推譽，以文章顯名於世。嘉祐五年（1060）任祕書省校書郎、後為霸州文安縣（河北廊坊市文安縣）主簿，與姚闢同修禮書《太常因革禮》一百卷。著《嘉祐集》。蘇洵與其子蘇軾、蘇轍合稱三蘇，在唐宋八大家中佔了三席。

〈六國論〉出於蘇洵《權書》十篇之八，原題〈六國〉。〈六國論〉探討六國敗亡的主因，在於不能協力抗秦，反而不斷賂秦，終難滿足暴秦的欲壑，只能自取滅亡。文末影射朝廷不斷厚賂契丹、西夏以求和，損耗國力，可能也是失策了。

【主旨】

本文是一篇議論文，也就是作者的讀史心得。蘇洵認為六國破滅的主因是「弊在賂秦」，不斷用割地手段來滿足秦國，到了割無可割，也就是自取滅亡了。此外蘇洵又假設歷史改寫，齊國支援其他五國抗秦，燕太子丹不派荊軻行刺秦王，趙國沒有殺害名將李牧，可能六國就不會滅亡了。蘇洵主張禮賢下士，尊重天下的奇才，培養國力，未必亡國。同時也告誡世人，如果不懂得從歷史中汲取經驗教訓，與六國相較，喪亡之禍逼於眉睫，可能更是下策之下了。

【原文】

六國破滅，非兵不利[1]**，戰不善，弊在賂秦**[2]。賂秦而力虧，破滅之道也。或曰：「六國互喪，率賂秦邪？[3]」曰：「不賂者以賂者喪。蓋失強援，不能獨完。故曰弊在賂秦也。」

秦以攻取之外[4]，小則獲邑，大則得城。較秦之所得，與戰勝而得者，其實百倍；諸侯之所亡[5]，與戰敗而亡者，其實亦百倍。則秦之所大欲，諸侯之所大患，固不在戰矣。思厥先祖父[6]，暴霜露，斬荊棘，以有尺寸之地。子孫視之不甚惜，舉以予人，如棄草芥。今日割五城，明日割十城，然後得一夕安寢。起視四境，而秦兵又至矣！然則諸侯之地有限，暴秦之欲無厭[7]，奉之彌繁，侵之愈急，故不戰而強弱勝負已判矣。至於顛覆，理固宜然。古人云[8]：「**以地事秦，猶抱薪救火，薪不盡，火不滅。**」此言得之。

---

① **兵**：武器。

② **弊在賂秦**：賂（粵 lou6 路；普 lù），賄賂，用財物買通別人。弊病在於賄賂秦國。

③ **率賂秦耶**：率（粵 seot1 恤；普 shuài），大都是，大概。

④ **秦以攻取之外**：以，通過。攻取指戰爭手段。之外意指賄賂所得。

⑤ **所亡**：指失地。

⑥ **思厥先祖父**：思，發語詞，文章虛詞，無義。厥，其，指六國，代詞。

⑦ **暴秦之欲無厭**：厭（粵 jim4 炎；普 yàn），同「饜」，滿足。

⑧ **古人云**：古人指蘇代，引文見《史記．魏世家》。又《戰國策．魏策》所載孫臣游說魏王也用了這個譬喻。

齊人未嘗賂秦，終繼五國遷滅，何哉？與嬴而不助五國也[9]。五國既喪，齊亦不免矣。燕、趙之君，始有遠略，能守其土，義不賂秦。是故燕雖小國而後亡，斯用兵之效也[10]。至丹以荊卿為計[11]，始速禍焉[12]。趙嘗五戰於秦，二敗而三勝[13]。後秦擊趙者再，李牧連卻之[14]。洎牧以讒誅，邯鄲為郡[15]，惜其用武而不終也。且燕、趙處秦革滅殆盡之際[16]，可謂智力孤危，戰敗而亡，誠不得已。向使三國各愛其地[17]，齊人勿附於秦[18]，刺客不行，良將猶在[19]，則勝負之數，存亡之理，與秦相較[20]，或未易量。

---

⑨ **與嬴而不助五國也**：與，相與，交好。嬴，指秦國。秦之先伯翳，佐舜調訓鳥獸，舜賜嬴氏。

⑩ **斯用兵之效也**：斯，此也，指示代詞。這是用戰爭手段對抗敵人的成效。

⑪ **至丹以荊卿為計**：丹，指燕太子丹。以荊卿為計，荊卿，即荊軻。指燕太子丹密遣荊軻刺秦之事。

⑫ **速禍**：加速了燕國滅亡的禍患。

⑬ **趙嘗五戰於秦，二敗而三勝**：蘇秦將為合縱，北說燕文侯曰：「秦、趙五戰，秦再勝而趙三勝。」參《戰國策．燕策一》。這只是一種約略的說法，秦、趙交兵不只五次，但在大戰役中，趙國確有三次擊敗秦軍的紀錄。

⑭ **李牧連卻之**：李牧，趙末名將。連，多次。之，代詞。卻之，擊退秦軍。

⑮ **洎牧以讒誅，邯鄲為郡**：洎（粵 gei6 伎；普 jì），及，等到。秦以黃金賄買趙王寵臣郭開，誣陷李牧意圖謀反。李牧遇害之後，王翦進擊趙國，公元前228年將邯鄲納入版圖，編為秦國的郡縣。

⑯ **革滅殆盡**：革，革除；滅，消滅。殆，幾乎，副詞。

⑰ **向使**：假使，如果。**三國**：指韓、魏、楚，與秦國接壤的國家。

⑱ **附**：親附。

⑲ **刺客不行，良將猶在**：刺客指荊軻，良將指李牧。

⑳ **較**：較量，競爭。

嗚呼！以賂秦之地，封天下之謀臣；以事秦之心，禮天下之奇才；并力西嚮[21]，則吾恐秦人食之不得下咽也。悲夫！有如此之勢，而為秦人積威之所劫[22]，日削月割，以趨於亡。為國者無使為積威之所劫哉！

夫六國與秦皆諸侯，其勢弱於秦，而猶有可以不賂而勝之之勢。**苟以天下之大[23]，下而從六國滅亡之故事，是又在六國下矣！**

㉑ **并力**：并（粵 bing3 进；普 bìng），一齊。并力，合力。

㉒ **劫**：威脅，控制。

㉓ **天下之大**：指當時北宋的疆域。

【賞析與點評】

嘉祐初年，歐陽修把蘇洵的著作《几策》《權書》《衡論》二十二篇上獻仁宗。〈六國論〉結構縝密，雄辯恣肆，情繫家國的安危，充滿憂患意識，影射宋朝跟契丹、西夏議和，繳納大量歲幣、絹、茶的國策，自有濃厚的議政意味。

本文約可分為五段。首段破題，指出六國敗亡的主因，「弊在賂秦」，精悍有力，簡潔明快。

第二段指出諸侯畏秦，以為獻出土地可以換取和平，而秦國貪得無厭，不斷苛索榨取，結果從威嚇中取得的土地比在戰爭中所佔領的還多百倍。厚賂政策就像抱薪救火一樣，永遠救不完，只能等待滅亡。

第三段評論六國各自為政的局面，齊國與秦國結盟，不援助五國，實在失策。燕國派刺客，加速了滅亡。趙國跟秦國的戰事互有勝負，可惜誤信讒言，誅殺了名將李牧，最後只能戰敗而亡了。其他三國與秦國接壤，割地求和，都難以獨力抗秦。

第四段建議六國整合各方力量，將賂秦的資源禮待天下的賢臣和奇才，協力西向，自然就不會被秦國所脅持了。跟着作者一再喊出「為國者無使為積威之所劫哉」，就是呼籲當政者振作、自重。

末段借題發揮，影射現實朝政，指出忍辱求和，賂敵苟安所招致的悲劇結局。六國的破亡已是很大的歷史教訓，可是靖康元年（1126），金兵攻陷汴京，擄二帝，北宋覆亡，人民流離失所，才是更可怕的災難。當時上距〈六國論〉的問世，大約七十年左右。

【想一想】

蘇洵〈六國論〉認為六國聯合抗秦，可以自保，「而猶有可以不賂而勝之之勢」，因為「不賂」保存自己的國力，更免於養虎為患，這自然是最好的建議。後來蘇轍〈六國論〉亦主張聯合抗秦，父子聚焦的角度不同，但觀點基本還是一致的。其實蘇秦合縱之說就是持這樣的觀點，而且也一度接近成功，秦兵不敢闚函谷關者十五年。

可是後來為甚麼又解盟呢？畢竟六國各自為政，結盟只是一個鬆散的政治組織，並非統一的國家，經歷一段苟安的日子之後，人心思變，相互之間猜測防範，結果還是被秦國逐一擊破了。六國同心，談何容易呢！

【強化訓練】

一、 在（　　）內寫出下列句子運用了的修辭技巧：

（1）（　　　　　）
「諸侯之地有限，暴秦之欲無厭。」

（2）（　　　　　）
「以地事秦，猶抱薪救火，薪不盡，火不滅。」

（3）（　　　　　）
「今日割五城，明日割十城，然後得一夕安寢。」

（4）（　　　　　）
「刺客不行，良將猶在。」

二、　試回答以下問題：

（1）　蘇洵怎樣論證「六國破滅，非兵不利，戰不善，弊在賂秦」？

（2）　蘇洵認為六國聯合抗秦，有「可以不賂而勝之之勢」，他的見解怎樣？

【文章語譯】

六國破敗滅亡，不是武器不夠鋒利，軍事戰略欠妥善，弊病在於賄賂秦國。賄賂秦國削弱了自己的實力，這是走向滅亡的道路。有人問：「六國先後滅亡，大概都是賄賂之故嗎？」我回答說：「不賄賂的由於別人的賄賂而滅亡，主要是失去了強大的援助，不能獨立生存。所以說弊病在於賄賂秦國了。」

秦國靠攻戰之外的脅迫手段，小則得到鄉邑，大則得到城鎮。秦國所獲得的土地，與打勝仗所佔領的土地相比，實際數目可達百倍；六國所失去的土地，較之戰敗而失去的土地，實際上也有百倍。那麼秦國最大的欲望，六國最大的禍患，根本不在於戰爭問題啊！至於六國的先人祖輩父輩，冒着風霜雨露，披荊斬棘，才擁有這一點點的土地。子孫們對待這些土地不懂得珍惜，拿來送給別人，如同拋棄小草一樣。今天割讓五座城鎮，明天割讓十座城鎮，然後才換得一晚的安睡。醒來看見四周的邊境，原來秦軍又攻進來了。可是六國的土地有限，強暴的秦國貪欲不會滿足，送上的土地愈多，侵略就更加頻繁，所以不用作戰而強弱勝敗的形勢都已經清楚分明了。甚至到了覆滅，都是理所當然的。古人說：「用土地來滿足秦國，就像抱着木柴去救火，木柴燒不完，火也不滅。」這話說對了。

齊國未曾賄賂秦國，後來還是隨着五國滅亡了，為甚麼呢？就是結交秦國而不協助五國啊！五國喪亡之後，齊國也逃不了。燕國、趙國的君主，開始還有遠大的謀略，能夠守護他們的國土，堅持正義不肯賄賂秦國。因此燕國雖然是小國家最後才滅亡，這是備戰抗敵的功效。到了燕太子丹，用了荊軻的計策，才加快了災禍的出現。趙國曾經五次和秦國交戰，兩次戰敗三次戰勝。後來秦國一再攻打趙國，李牧接連擊退他們。等到李牧由於讒言而被殺，邯鄲成了秦國的郡治，可惜就是使用武力卻不能堅持到底。況且燕國和趙國處於秦國掃清各國快將完成的時刻，可以說是謀略和軍力孤單薄弱，戰敗而滅亡，實在是不得已的。如果當初韓、魏、楚三國愛惜自己的國土，齊國不肯依附秦國，刺客沒有出發，良將依然在生，那麼勝負的命運，存亡的理據，直接跟秦國比較，可能就不容易計算清楚了。

唉！用賄賂秦國的土地來封賞天下的謀士，以事奉秦國的心思來禮待天下的奇才，合力西進，那麼我恐怕秦人連吃飯都吞不下去了。可悲啊！有這樣的勢力，卻被秦國長久積累下來的威勢所脅迫，一天天削弱，一月月割地，以至走向滅亡。治理國家的人真不該被長久積累下來的威勢所脅迫啊！

六國和秦國原來都是諸侯國，他們的勢力比不上秦國，但還是有不用賄賂而可以戰勝秦國的勢力。如果政府以天下之大，還是採用六國破敗滅亡的舊手段，這般見識又在六國之下了。

前赤壁賦 蘇軾

【寫作背景】

蘇軾（1037－1101），字子瞻，號東坡居士。眉州眉山（四川眉山市）人。嘉祐二年（1057）進士，深受主考歐陽修賞識，擢置於第二。曾任杭州、密州（山東諸城市）、徐州（江蘇徐州市）、湖州（浙江湖州市）的地方官，體恤民情，改革邑政。元豐二年（1079）以作詩「謗訕朝廷」罪繫於御史台監獄，又稱「烏台詩案」，其後責貶黃州（湖北黃岡市）團練副使。後又回京任中書舍人翰林學士知制誥等，官至禮部尚書。紹聖元年（1094）貶謫海南，徽宗即位時始奉命內遷，病卒於常州（江蘇常州市）。

蘇軾〈前赤壁賦〉作於元豐五年（1082）壬戌之秋的八月十六日，是責貶黃州後的第三年，與友人李委、楊世昌泛舟遊於黃州赤壁之下。

【主旨】

本文寫作者與友人在中秋後翌日泛舟遊於黃州赤壁的賞月之作，頗有遺世獨立、飄飄欲仙之意。蘇軾在遊玩時發表議論，先以曹操為例指出人生須臾，跟着談天地之間變與不變的哲理，忘懷得失。最後明確指出只有江上的清風與山間的明月是可以取之無盡的，建議友人把握當下，好好享受眼前的美景。

【原文】

壬戌之秋，七月既望[1]，蘇子與客泛舟遊於赤壁之下[2]。清風徐來，水波不興，舉酒屬客[3]，誦明月之詩，歌窈窕之章[4]。少焉，月出於東山之上，徘徊於斗牛之間[5]。白露橫江，水光接天。縱一葦之所如[6]，凌萬頃之茫然[7]。浩浩乎如馮虛御風[8]，而不知其所止；飄飄乎如遺世獨立[9]，羽化而登仙[10]。

於是飲酒樂甚，扣舷而歌之[11]。歌曰：「桂棹兮蘭槳[12]，擊

---

① **既望**：農曆每月十五日，叫做望日；既，已也，既望即十六日。

② **赤壁**：山名，湖北境內稱赤壁者約有四處，此指黃岡市外的赤鼻磯，為東坡所遊之處。

③ **屬**：屬（粵 zuk1 祝；普 zhǔ），勸酒。

④ **誦明月之詩，歌窈窕之章**：窈（粵 miu5 渺；普 yǎo）窕（粵 tiu5；普 tiǎo）。二句指《詩經．陳風．月出》首章：「月出皎兮，佼人僚兮。舒窈糾兮，勞心悄兮。」

⑤ **斗牛**：二十八星宿中的南斗和牽牛。

⑥ **縱一葦之所如**：一葦，比喻小舟，《詩經．衛風．河廣》云：「誰謂河廣，一葦杭之。」如，往也，動詞；所如，要去的地方。

⑦ **凌**：飄浮，越過。

⑧ **馮虛御風**：馮，即「憑」。虛，太空。御風，乘風。在空中乘風馳走。《莊子．逍遙遊》：「夫列子御風而行。」

⑨ **遺世而獨立**：遠離俗世塵囂，自由自在。

⑩ **羽化而登仙**：身輕羽化，飛往仙境。

⑪ **舷**：船邊。

⑫ **桂棹兮蘭槳**：棹（粵 zaau6 驟；普 zhào）、槳，行船撥水之具，棹在船尾，槳在船邊。以桂木為棹，以木蘭為槳，均為香木。

空明兮泝流光[13]。渺渺兮予懷，望美人兮天一方[14]。」客有吹洞簫者[15]，倚歌而和之，其聲嗚嗚然。如怨如慕，如泣如訴。餘音嫋嫋[16]，不絕如縷。舞幽壑之潛蛟[17]，泣孤舟之嫠婦[18]。

蘇子愀然[19]，正襟危坐，而問客曰：「何為其然也？」客曰：「『月明星稀，烏鵲南飛』[20]，此非曹孟德之詩乎[21]？西望夏口，東望武昌[22]。山川相繆[23]，鬱乎蒼蒼。此非孟德之困於周郎者乎[24]？方其破荊州[25]，下江陵[26]，順流而東也。舳艫千

---

⑬ **擊空明兮泝流光**：擊，指搖槳。空明，指月光映照下澄明的江水。泝，同「溯」，衝着水流。流光，波光粼粼。

⑭ **美人**：理想人物，或喻在朝的賢人君子。

⑮ **客有吹洞簫者**：客指楊世昌，字子京，綿竹（四川綿竹市）武都山道士。

⑯ **嫋嫋**：嫋（粵 niu5 鳥；普 niǎo），形容聲音輕盈柔揚貌。

⑰ **潛蛟**：潛藏在水底的蛟龍。

⑱ **嫠婦**：嫠（粵 lei4 離；普 lí），寡婦。

⑲ **愀然**：神色憂愁的樣子。

⑳ **月明星稀，烏鵲南飛**：曹操〈短歌行〉首章的詩句。

㉑ **曹孟德**：曹操（155 – 220），字孟德，東漢末為丞相，進封魏王，挾獻帝（劉協，181 – 234）以號令天下。

㉒ **西望夏口，東望武昌**：夏口，古城名，在今湖北武漢市黃鵠山上；武昌，今湖北鄂州市。

㉓ **繆**：繆（粵 liu5 了；普 liǎo），同「繚」，纏繞，繚繞。

㉔ **孟德之困於周郎**：周郎，周瑜（175 – 210）。建安十三年（208），曹操揮軍由荊州沿江而下，孫權（182 – 252）使周瑜與劉備（161 – 223）合力破之，大敗曹軍於赤壁（湖北嘉魚縣東北）。

㉕ **破荊州**：荊州（湖北襄樊市）轄南陽、江夏等七郡，相當於今湖北、湖南一帶。

㉖ **江陵**：今湖北江陵縣。

里[27]，旌旗蔽空，釃酒臨江[28]，橫槊賦詩[29]。固一世之雄也，而今安在哉！況吾與子漁樵於江渚之上，侶魚蝦而友麋鹿。駕一葉之扁舟，舉匏樽以相屬[30]。**寄蜉蝣於天地**[31]**，渺滄海之一粟。哀吾生之須臾，羨長江之無窮。**挾飛仙以遨遊，抱明月而長終。知不可乎驟得，託遺響於悲風[32]。」

蘇子曰:「客亦知夫水與月乎？逝者如斯[33]，而未嘗往也。盈虛者如彼[34]，而卒莫消長也。**蓋將自其變者而觀之，則天地曾不能以一瞬。自其不變者而觀之，則物與我皆無盡也。**而又何羨乎？且夫天地之間，物各有主。**苟非吾之所有，雖一毫而莫取。**惟江上之清風，與山間之明月，耳得之而為聲，目遇之而成色。取之無禁，用之不竭。是造物者之無盡藏也，而吾與子之所共適[35]。」客喜而笑，洗盞更酌[36]。肴核既盡[37]，杯盤狼籍。相與枕藉乎舟中[38]，不知東方之既白。

㉗ **舳艫千里**：舳，船尾；艫，船頭。指船首、船尾相連，綿延千里。

㉘ **釃酒**：釃（粵 si1 司；普 shī），濾酒，斟酒。

㉙ **槊**：長矛。

㉚ **匏樽**：匏（粵 paau4 刨；普 páo），葫蘆。匏樽，以葫蘆外殼製成的酒器，泛指酒杯。

㉛ **寄蜉蝣於天地**：蜉蝣，蟲名，朝生暮死。比喻人生短暫。

㉜ **遺響**：餘音。**悲風**：悲涼的秋風。

㉝ **逝者如斯**：《論語．子罕》云：「子在川上曰：逝者如斯夫！不舍晝夜。」斯，指河水，代詞；比喻時光的消逝如同河水般日夜不停地流去。

㉞ **盈虛**：指月圓月缺。

㉟ **適**：欣賞，享用。

㊱ **洗盞更酌**：洗盞，洗乾淨酒杯；更酌即換酒。

㊲ **肴核**：熟肉為肴，水果為核。

㊳ **枕藉**：藉，墊在下面；枕藉指枕着靠着交橫而臥。

【賞析與點評】

〈前赤壁賦〉可分四段：首段月下泛舟，飲酒唱歌，浮在一片茫茫的月色和波光之間，自由自在，自有遺世獨立、羽化登仙的感覺。

次段蘇軾放歌，從歌詞中抒發懷抱，表現樂觀；但從友人伴奏的洞簫聲中，卻帶出了哀傷的感覺。

第三段寫友人談論哀傷的原因，由曹操「橫槊賦詩，固一世之雄也」的故事，因而帶出了「寄蜉蝣於天地，渺滄海之一粟。哀吾生之須臾，羨長江之無窮」的感慨，面對蒼莽的千古江山，寫出了個人渺小無助的感覺。

第四段蘇軾回應友人的觀點，化悲為喜，以水、月為喻，說明生命中「變」與「不變」的道理。蘇軾〈赤壁賦〉有意無意之間也是想寫給宋神宗（趙頊，1048－1085）看的，「渺渺兮予懷，望美人兮天一方」，就像屈原一樣，冀君王之一悟，自明心跡，但又不便明言，只能用暗示的手法，因此也就寫得特別含蓄隱約、似有還無了。

【想一想】

蘇軾的友人因感到生命無常而悲哀，而蘇軾則以水和月作喻，從「變」的角度，指出人與天地萬物一樣不能長存；從「不變」的角度，指出人與天地萬物一樣都是無窮無盡的。他的這個比喻告訴我們要保持豁達樂觀的心態，即使面對逆境悲傷也能夠欣然面對，只有把握當下的清風明月，善養靈根，一切的橫逆自能消解於無形了。這種生命的智慧，成為很多後代讀者的指路明燈。

【強化訓練】

一、 解釋下列句中着色的字詞：

（1） 固一世之雄也：＿＿＿＿＿＿＿＿＿＿

（2） 舉匏樽以相屬：＿＿＿＿＿＿＿＿＿＿

（3） 哀吾生之須臾：＿＿＿＿＿＿＿＿＿＿

（4） 是造物者之無盡藏也：＿＿＿＿＿＿＿＿

二、 試回答以下問題：

（1） 蘇軾〈赤壁賦〉中「水」和「月」的比喻有甚麼意義呢？

＿＿＿＿＿＿＿＿＿＿＿＿＿＿＿＿＿＿＿＿

＿＿＿＿＿＿＿＿＿＿＿＿＿＿＿＿＿＿＿＿

（2） 蘇軾歌曰：「望美人兮天一方。」美人指誰呢？

＿＿＿＿＿＿＿＿＿＿＿＿＿＿＿＿＿＿＿＿

＿＿＿＿＿＿＿＿＿＿＿＿＿＿＿＿＿＿＿＿

（3） 在現存蘇軾的書法墨寶中，蘇軾嘗於元豐六年（1083）親書〈赤壁賦〉與傅堯俞（1024－1091），末尾有一段跋文。〈與欽之一首〉云：

軾去歲作此賦，未嘗輕出以示人，見者蓋一二人而已。欽之有使至，求近文，遂親書以寄。多難畏事，欽之愛我，必深藏之不出也。又有〈後赤壁賦〉，筆倦未能寫，當俟後信。軾白。

試想，對於這篇作品，蘇軾為甚麼不敢輕易示人呢？

＿＿＿＿＿＿＿＿＿＿＿＿＿＿＿＿＿＿＿＿

＿＿＿＿＿＿＿＿＿＿＿＿＿＿＿＿＿＿＿＿

＿＿＿＿＿＿＿＿＿＿＿＿＿＿＿＿＿＿＿＿

【文章語譯】

壬戌年秋天，七月十六日，蘇先生與友人在赤壁下泛舟遊賞。清風陣陣吹來，水面波瀾不起。舉起酒杯向友人敬酒，吟誦〈月出〉的詩篇，高唱着「窈窕」的樂章。過了一會兒，月亮從東邊的山上升起，在南斗和牽牛兩個星座之間緩緩移動。白茫茫的露珠鋪滿江面，水光與天色連成一片。任小船隨水流去，飄浮於萬頃蒼茫的江面之上。浩浩蕩蕩地在空中乘風馳走，不知道要到哪裏才會停止。飄飄然像是遠離了俗世塵囂，自由自在，身輕羽化似的飛往仙境。

這時候大家喝酒喝得十分高興，用手拍打着船舷應聲高歌。歌詞說：「桂木船棹啊木蘭船槳，搖曳着江面澄明的月色啊；逆流而上，水流泛起粼粼的波光。我的情懷啊幽渺悠遠，想望伊人啊天各一方。」友人吹奏洞簫，按着節奏與歌聲相和，洞簫的聲音嗚嗚作響，像是憂怨像是傾慕，像是啜泣像是傾訴，餘音迴旋繚繞，絲絲縷縷的沒有停頓。深谷中的潛龍為之起舞，孤舟上的孀婦也忍不住哭起來了。

蘇先生神色憂傷，整理衣襟端坐着問友人：「為甚麼會這麼哀怨呢？」友人說：「『月明星稀，烏鵲南飛』，這不是曹孟德的詩句麼？向西望向夏口，向東望到武昌，山水繚繞交錯，草木青蒼深黑暗淡。這不就是曹操被周瑜所圍困的地方嗎？當初曹操攻陷荊州，佔領了江陵，沿長江順流東下，戰船頭尾相接綿延千里，旗幟飄揚遮蔽了天空，在江上斟酒而飲，握着長矛吟詩作賦的，自然是一代英雄人物，現在又在哪裏呢？何況我與你在江邊的沙洲上打漁砍柴，跟魚蝦作伴，與麋鹿為友，駕着一條小船，舉起葫蘆酒杯相互敬酒，就像蜉蝣置身於天地之中，渺小得像滄海中的一粒粟米。哀歎我們生命的短暫，羨慕長江的無窮無盡。與仙人攜手暢遊，擁抱着明月長在長存。明知道這些都不可能平白得到，只好把餘音寄託於悲涼的秋風了。」

蘇先生說：「你知道這流水和月亮的關係嗎？流逝着的像這流水，其實並沒有真正逝去；時圓時缺的就像這月亮，最後既沒有減少也沒有增長。大抵從事物變化的角度來看，天地沒有一瞬間不發生變化的；而從事物不變的角度來看，萬物與我的生命同樣是無窮無盡的，又有甚麼值得羨慕呢？何況天地之間，事物各有歸屬。如果不是自己應該擁有的，就絲毫不該取得。只有江上的清風，以及山間的明月，耳朵聽到了就是音樂，眼睛碰上了就成了景色，想要的沒有人禁止，要用的也不會用完。這是大自然無窮無盡的寶藏，而我與你都可以一起享用。」友人高興地笑了，洗淨酒杯重新倒酒。菜肴果品吃完以後，杯子盤子散亂。大家互相枕着靠着睡在船上，不知不覺東方已經發白了。

‖ 後赤壁賦 ‖ 蘇軾

【寫作背景】

蘇軾〈後赤壁賦〉寫於元豐五年（1082）十月十五日，距離前賦剛好三個月。《施注蘇詩》卷二十〈次韻孔毅父久旱已而甚雨三首〉注引蘇軾為楊道士書一帖云：「十月十五日夜，與楊道士泛舟赤壁，飲醉。夜半，有一鶴自江南來，翅如車輪，嘎然長鳴，掠余舟而西，不知其為何祥也，聊復記云。」輯入《蘇軾文集》附《佚文彙編》。楊道士即楊世昌。

【主旨】

蘇軾〈後赤壁賦〉乃重遊赤壁之作。本文乃興到之作，只是寫出作者重遊赤壁的一些不同的片段，純任想像飛馳，可能心中有些鬱結，而作者也沒有明確的指出主題所在。

此次在泛舟途中，蘇軾突然興起，月夜獨自攀崖，登山呼嘯，行動魯莽，氣氛恐怖，而兩位友人只能在舟中等他回到船上。其後他們任由船隻漫無目的隨意奔流，也不知停在哪裏去了。半夜時分望見孤鶴東來，掠舟而西飛了過去。睡夢中見到一位道士，問蘇軾赤壁之遊是否盡興，蘇軾突然明白到道士與飛鶴實為一體，道士笑而不答。蘇軾醒過來的時候，一切的影像全失，甚麼都沒有了。

【原文】

是歲十月之望，步自雪堂[1]，將歸於臨臯[2]。二客從予，過黃泥之坂[3]。霜露既降，木葉盡脫。人影在地，仰見明月。顧而樂之，行歌相答。已而歎曰：「有客無酒，有酒無肴，月白風清，如此良夜何？」客曰：「今者薄暮，舉網得魚。巨口細鱗，狀似松江之鱸[4]。顧安所得酒乎？」歸而謀諸婦[5]。婦曰：「我有斗酒，藏之久矣，以待子不時之需。」於是攜酒與魚，復遊於赤壁之下。

江流有聲，斷岸千尺。山高月小，水落石出。**曾日月之幾何，而江山不可復識矣！**予乃攝衣而上，履巉巖，披蒙茸[6]。踞虎豹[7]，登虬龍[8]。攀栖鶻之危巢[9]，俯馮夷之幽

---

① **雪堂**：蘇軾在黃州築室五間，乃在大雪天落成，四壁又畫有雪景，自書「東坡雪堂」，因以雪堂為名，並自稱東坡居士。在今黃岡市東。

② **臨臯**：蘇軾至黃州，初居定惠禪寺，後移居臨臯亭。在今黃岡市南的長江邊上。

③ **坂**：或作「阪」，斜坡。從雪堂至臨臯的斜坡地帶。

④ **松江之鱸**：松江，即今吳淞江，下游為蘇州河，流經江蘇及上海市一帶，盛產四鰓鱸魚。長五、六寸，冬至前後，最為肥美。

⑤ **謀諸婦**：謀，商量。諸，之於。婦指蘇軾的繼室王閏之（1048－1093），小名二十七娘。二十一歲嫁給蘇軾，生下蘇迨及蘇過，善盡母職，深明大義，是一位很賢慧的妻子。

⑥ **披蒙茸**：披，分開；蒙茸，雜草。

⑦ **踞虎豹**：踞，蹲坐；虎豹，指猙獰的怪石。

⑧ **登虬龍**：虬（粵 kau4 求；普 qiú）龍，有角的小龍，這裏指盤曲的樹木。

⑨ **栖鶻之危巢**：栖，同「棲」；鶻（粵 wat6 屈；普 hú），隼也，鷹屬，猛禽。飛行輕捷迅速，兇猛有力，常馴以捕捉鳥兔。危巢，高險的鳥窩。

宮[10]。蓋二客不能從焉。劃然長嘯[11]，草木震動。山鳴谷應，風起水湧。予亦悄然而悲，肅然而恐。凜乎其不可留也[12]！反而登舟，放乎中流，聽其所止而休焉。

時夜將半，四顧寂寥。適有孤鶴，橫江東來。翅如車輪，玄裳縞衣[13]。戛然長鳴[14]，掠予舟而西也。須臾客去，予亦就睡。夢一道士，羽衣翩躚[15]，過臨皋之下，揖予而言曰[16]：「赤壁之遊樂乎？」問其姓名，俯而不答。嗚呼噫嘻！我知之矣，疇昔之夜[17]，飛鳴而過我者，非子也耶？道士顧笑，予亦驚悟。開戶視之，不見其處。

---

⑩ **馮夷**：馮（粵 pang4 憑；普 píng）夷，水神名，即河伯。

⑪ **劃然**：突然分開，形容長嘯的聲音。

⑫ **凜乎**：淒清。

⑬ **玄裳縞衣**：玄裳，黑色裙子；縞（粵 gou2 稿；普 gǎo），白綢上衣。鶴身白而尾黑，如人之白衣黑裳。

⑭ **戛然**：戛（粵 git3 結；普 jiá），形容鶴聲的尖利。

⑮ **羽衣翩躚**：羽衣，鳥羽所製之衣，道家之服。翩躚，輕快的樣子。

⑯ **揖**：拱手為禮。

⑰ **疇昔**：疇，語首助詞，無義。昔指昨天，昔日。

【賞析與點評】

〈後赤壁賦〉的作意比較複雜，情節由實而虛，心情則由平靜而趨於激動，最後化為孤鶴飛去，天地之間復歸於寂滅空無。

全文分為三段：首段紀事，同時也表現出對妻子王閏之無盡的感激之情。蘇軾在黃州時帶罪在身，生活貧困，縱使無酒無魚，東坡一樣可以行歌自樂。不過，如果有酒有魚，當然更可以給寫作添加動力，轉為美談。王閏之能為東坡備酒，而東坡也懂得回家向妻子要酒，其中自有無盡的默契和理解了。

次段寫蘇軾獨自摸黑登山的情節，氣氛詭祕，抒發悲憤激動的情緒，是一段刻骨銘心的心靈歷程。此段可以賦予讀者無限的想像空間，而蘇軾心中看來也必然有一段絕大的隱痛，必須傾力發泄出來，始得舒暢。後來冷靜過來，他忽然感受到現場的恐怖氣氛，不可久留，匆匆返回朋友的舟中。

至於末段的孤鶴情節，掠舟西去。夢中化身為一位道士，可謂神來之筆，最後在顧笑中隱去，一無所有。

全文有意無意之間，充滿懸疑效果。「孤鶴」意象乃是從《莊子．齊物論》「莊周夢為蝴蝶」的故事中化出，物我一體，體現了真正的自我，顯現出一種超越自由的意趣。

【想一想】

關於賦中「變」與「不變」的哲學命題及文章詭祕的氣氛，其實牽涉了深層的問題，可能都跟時局有關，但為了遠禍，又不得不隱約其辭，所以作者的感情十分複雜。

蘇軾〈赤壁賦〉二篇寫於宋、夏兩次戰役前後。元豐四年（1081）八月宋軍五路伐夏失敗，〈前赤壁賦〉中所寫的赤壁之戰乃是影射宋、夏之戰，曹操困於周郎也就是暗喻宋、遼、夏三分之勢已成，一時難以逆轉。翌年元豐五年（1082）九月徐禧（1043－1082）築永樂城（陝西米脂縣西），為西夏所攻陷，死難者蕃漢官兵二十餘萬。

〈後赤壁賦〉寫於第二次伐夏戰敗的消息傳來之後，蘇軾不禁嗟歎「曾日月之幾何，而江山不可復識矣」，時局委靡不振，奸臣誤國，因而情緒激動。最後蘇軾孤鶴西飛，由現實柴米油鹽復歸於太虛幻境，徜徉於仙凡之間，盡情發泄。甚至隨着道士遁去，割棄塵緣，相忘於江湖，意境高逸。國家未能知人善任，當然也顯出罪臣的無力感了。

【強化訓練】

一、 解釋下列句中着色的字詞：

（1） 顧安所得酒乎：________________

（2） 登虯龍：________________

（3） 反而登舟：________________

（4） 掠予舟而西也：________________

二、 試回答以下問題：

（1） 蘇軾前後兩篇〈赤壁賦〉的文意有何不同？

____

____

（2） 在〈後赤壁賦〉中，蘇軾怎樣描寫自己的妻子？

____

____

【文章語譯】

這年十月十五日，我從雪堂出來，準備回到臨臯亭。兩位友人跟着我走過了黃泥坂。節氣過了霜降，樹葉完全脫落，身影倒映在地上，抬頭就看見明月，大家看着十分開心，一路上邊走邊唱着歌，互相應和。過了一會兒我歎氣說：「有朋友可沒有酒，有了酒卻又沒有菜；月光皎潔，金風清爽，這麼好的晚上該怎樣度過呢？」友人說：「今天傍晚，張網抓到了一條魚，大嘴巴，幼細的鱗片，看樣子就像松江的鱸魚。可是怎樣才能弄到酒呢？」回家跟妻子商量，妻子說：「我有一斗酒，貯藏了很久，就是準備給你有需要的時候用的。」於是帶着酒和魚，再到赤壁下遊玩。

江濤發出了聲響，峭壁陡峭挺立千尺，山峰高聳，月亮顯得小，水位退落，石頭都露出來了。沒隔多少日子，而江山景色幾乎再也認不出來了！我撩起衣服登岸上去，踩着險峻的山崖，撥開了茂密的雜草，蹲在像虎豹一樣的怪石上，登上虬龍般蟠曲的樹枝上，攀上了住着鷹隼的高巢，俯瞰着水神馮夷幽邃的宮殿。兩位客人無法跟隨上來。突然傳來劃破夜空的長嘯，草木都為之震動，山谷鳴響回聲相應，夜風吹過，水流洶湧。我隱約感到了悲傷，很害怕，生出了恐懼之心，毛骨悚然，覺得不可以再留下來了。回到船上，把船划到了江心，任它漂往哪裏就到哪裏休息。

那時差不多快到半夜了，四面看看，周圍寂靜無聲。恰好有一隻孤鶴，從東邊橫掠江面飛來。翅膀像車輪，身上像穿着黑裙白衣，尖利地長鳴一聲，掠過我的船向西飛去。不久友人回家去了，我也睡覺了。夢裏看見一位道士，披着羽毛織製的氅衣，飄逸輕盈，經過臨臯亭下，向我作揖說：「赤壁的旅程，玩得開心嗎？」問他的姓名，低頭不答。啊！啊！我知道了。昨天晚上，飛着叫着經過我的船上，不就是您嗎？道士看着我笑，我也就驚醒了。開門去看，也看不到他的所在了。

六國論 蘇轍

【寫作背景】

蘇轍（1039－1112），字子由，一字同叔，晚號潁濱遺老。眉州眉山（四川眉山市）人。嘉祐二年（1057）進士，與兄蘇軾同時及第，名動京師，但跟蘇軾一樣牽涉黨爭事件，宦海浮沉，並被多次貶謫。徽宗即位後遇赦，最後寓居許昌（河南許昌市）潁水之濱，杜門謝客。後追復為端明殿學士，諡文定。著《欒城集》等。唐宋八大家之一。

信陵君（魏無忌，？－公元前243），魏昭王少子，安釐王之弟。他看出當時強秦壓境，魏、韓除了聯合抗秦之外，別無他法，更不能自相殘殺。其後魏安釐王二十年（公元前257），「秦圍邯鄲，信陵君無忌矯奪將軍晉鄙兵以救趙，趙得全。無忌因留趙。」又安釐王三十年（公元前247），「無忌歸魏，率五國兵攻秦，敗之河外，走蒙驁。」這就是六國聯軍戰勝強秦的實例。蘇轍主張六國聯合抗秦，其實也就是信陵君的戰略觀點。

【主旨】

蘇轍探討六國滅亡的原因，主要是「慮患之疎，而見利之淺」。認為六國跟秦國決戰的地方是「韓、魏之郊」，具有屏蔽後方的重要作用。因而提出「厚韓親魏以擯秦」的主張，期望六國合作抗秦，可惜諸國各自為政，而秦國就有機會逐個擊破了。

【原文】

嘗讀六國世家[1]，竊怪天下之諸侯，以五倍之地，十倍之眾，發憤西向，以攻山西千里之秦[2]，而不免於滅亡，常為之深思遠慮，以為必有可以自安之計。**蓋未嘗不咎其當時之士，慮患之疎，而見利之淺，且不知天下之勢也。**

夫秦之所與諸侯爭天下者，不在齊、楚、燕、趙也，而在韓、魏之郊；諸侯之所與秦爭天下者，不在齊、楚、燕、趙也，而在韓、魏之野。秦之有韓、魏，譬如人之有腹心之疾也[3]。韓、魏塞秦之衝，而蔽山東之諸侯，故夫天下之所重者，莫如韓、魏也。

昔者范雎用於秦而收韓[4]，商鞅用於秦而收魏[5]，昭王未得韓、魏之心[6]，而出兵以攻齊之剛壽[7]，而范雎以為憂。然則秦之所忌者可見矣。秦之用兵於燕、趙，秦之危事也。

---

① **嘗讀六國世家**：六國，戰國時代秦嶺以東之韓、魏、齊、楚、燕、趙六國。世家，記諸侯王世系的史傳，本文特指《史記》所載六國世家，綜論天下大勢。

② **山西千里之秦**：山，指殽山(河南陝縣東)。秦國在殽山以西，據有關中之地，沃野千里，最為富庶。

③ **腹心之疾**：猶言心腹之患，都是人體的要害所在，比喻形勢險要。

④ **范雎**：范雎（粵 zeoi1 追；普 jū）（？－公元前 255），戰國魏人，秦昭王相，提出遠交近攻的策略，封應（河南平頂山市寶豐縣西南）侯。

⑤ **商鞅**：商鞅（粵 joeng2 快；普 yāng，舊音 yáng）（？－公元前 338），衛人，亦稱衛鞅、公孫鞅。秦孝公相，定變法之令，改賦稅之法，重農抑商，濫用酷刑。因在河西之戰中立功，獲封之於(河南內鄉縣)、商(陝西商洛市)十五邑，號為商君。

⑥ **昭王**：秦昭王（稷，公元前 325－前 251），在位五十六年。

⑦ **剛壽**：今山東聊城市陽谷縣南壽張鎮，與河南台前縣僅一堤之隔。

越韓過魏而攻人之國都，燕、趙拒之於前，而韓、魏乘之於後，此危道也。而秦之攻燕、趙，未嘗有韓、魏之憂，則韓、魏之附秦故也。夫韓、魏諸侯之障，而使秦人得出入於其間[8]，此豈知天下之勢耶？委區區之韓、魏，以當強虎狼之秦，彼安得不折而入於秦哉？韓、魏折而入於秦，然後秦人得通其兵於東諸侯，而使天下徧受其禍。

夫韓、魏不能獨當秦，而天下之諸侯，藉之以蔽其西，故莫如厚韓親魏以擯秦[9]。秦人不敢逾韓、魏以窺齊、楚、燕、趙之國，而齊、楚、燕、趙之國，因得以自完於其間矣。以四無事之國，佐當寇之韓、魏，使韓、魏無東顧之憂，而為天下出身以當秦兵[10]。以二國委秦[11]，而四國休息於內，以陰助其急，若此，可以應夫無窮[12]。彼秦者將何為哉？不知出此，而乃貪疆埸尺寸之利[13]，背盟敗約[14]，以自相屠滅，秦兵未出，而天下諸侯已自困矣。至於秦人得伺其隙，以取其國，可不悲哉！

---

⑧ **而使秦人得出入於其間**：間（粵 gaan1 艱；普 jiān），一本作「間」，音義相同。下文「因得以自完於其間矣」，亦同。

⑨ **擯**：擯（粵 ban3 鬢；普 bìn），屏棄，排斥。

⑩ **出身**：挺身而出。

⑪ **委**：對付。

⑫ **應夫無窮**：長期運作下去。

⑬ **疆埸**：埸（粵 jik6 亦；普 yì），舊作「場」，誤。疆埸，邊境。

⑭ **背盟敗約**：周顯王三十六年（公元前 333），蘇秦（？－公元前 284）游說六國，結成合縱之約以抗秦，秦兵不敢闚函谷關者十五年。秦使張儀（？－公元前 309）倡連橫之說，分化齊、楚，脅誘韓、趙、魏。周赧王二年（公元前 313），楚、齊絕交，縱約乃解。

【賞析與點評】

蘇轍〈六國論〉主張聯合抗秦，跟蘇秦合縱之說相近，而析論天下大勢，亦見準確。當然，蘇轍只是從後代的角度回望歷史，有點書生論政、紙上談兵的意味，對整個形勢和發展，自然掌握得比較透徹。

而蘇秦處身六國的政治漩渦之中，諸侯國大家各懷鬼胎，見利忘義，互不信任，又怎能統一指揮抗秦呢？六國中如有能脫穎而出的，例如齊、楚乘時崛起，恐怕只是另一個強秦而已，強勢的諸侯一樣會殲滅其他各國的，可不慎哉！蘇秦的失敗，應該是意料中事。後來信陵君救趙及率五國之兵以攻秦，果然取得成功，看來合作抗秦真是最好的出路了。蘇轍倡導諸國合作，他特別看重韓、魏之郊的重地，這是抗秦的最前線，也是歷史的正確選擇。

本文分四段：首段設論，蘇轍認為六國加起來的國力比秦國大，而最後相繼亡國，其中最主要的原因就是「慮患之疎，而見利之淺」。第二段提出六國跟秦國決戰的地方是「韓、魏之郊」，具有屏蔽後方的重要作用。第三段通過歷史的發展來證明秦國的國策一直都以對付韓、魏為主，而東方各國亦以跟韓、魏合作而獲得安全保障。末段蘇轍提出「厚韓親魏以擯秦」的主張，期望諸國合作抗秦，可惜諸國「背盟敗約，以自相屠滅」，簡直就是自取滅亡。

【想一想】

蘇轍在本文中表現出少年的銳氣，暢論天下大勢，合作之道，自然也是讀書有得了。可惜人心險惡，見利忘義，國際關係也只是利益分配而已，六國之間要推心置腹，相互信任，協力抗秦，真的是談何容易呢！

【強化訓練】

一、 解釋下列句中着色的字詞：

（1） 蓋未嘗不咎其當時之士：________________

（2） 而使秦人得出入於其間：________________

（3） 彼安得不折而入於秦哉：________________

（4） 至於秦人得伺其隙：________________

二、 試回答以下問題：

蘇轍認為六國跟秦國決戰的地方是「韓、魏之郊」，文中主張「以二國委秦，而四國休息於內，以陰助其急」，其說可行否？

____

____

____

____

【文章語譯】

過去讀《史記》的六國世家，心裏覺得疑惑，當時天下諸侯國，以五倍於秦國的土地，十倍於秦國的軍隊，決心振作向西部發展，攻打殽山以西關中千里的秦國，卻免不了一一亡國。我常常為這件事深入思考，相信一定會有可以自保的計策。因此不得不責備當時的謀士，考慮禍患的過於疏略，而貪圖利益的就失之膚淺，而且不知道天下大勢的發展。

秦國有能力跟諸侯國爭奪天下的重地，不在於齊國、楚國、燕國、趙國等，而在於韓國、魏國的邊境。諸侯國有能力跟秦國爭奪天下的重地，不在於齊國、楚國、燕國、趙國等，而在於韓國、魏國的邊境。秦國面對着韓國、魏國，就好像人有腹心的疾病一樣。韓國、魏國堵住了秦國東侵的要道，掩護殽山以東的諸侯國，所以當時天下的重地，沒有比得上韓國、魏國的。

從前范雎得到秦國的重用，就近收服韓國；商鞅得到秦國的重用，也去收服魏國。秦昭王沒得到韓國、魏國的認可，就出兵攻佔齊國的剛壽，范雎就為此而擔憂。那麼秦國所顧忌的，就清楚可見了。秦國要攻打燕國、趙國，這是秦國的危險舉動。越過韓國、魏國攻打他國的國都，燕國、趙國在前線抗敵，韓國、魏國乘機在後方發動攻擊，這就是危險的舉動了。然而秦國攻打燕國、趙國，卻不必擔心韓國、魏國的襲擊，那是因為韓國、魏國已經歸附秦國了。韓國、魏國一直都是諸侯的屏障，卻讓秦國人能夠自由出入於國境之中，這哪裏算是了解天下的大勢呢？任由小小的韓國、魏國，去抵抗強如虎狼一般的秦國，他們怎能不屈服而投向秦國呢？韓、魏屈服了而倒向秦國，然後秦國人就可以派兵通過他們的國境攻打東方的諸侯國，使天下人到處都遭受秦國的禍害。

韓國、魏國不能單獨抵擋秦國，而天下的諸侯國，藉着他們掩護西方的邊境，這樣就不如厚待韓國、魏國來抵抗秦國。秦國人不敢跨越韓國、魏國來窺伺齊國、楚國、燕國、趙國等，而齊國、楚國、燕國、趙國等，就可以保存自我實力了。以四個沒有兵患的國家，輔助面臨強敵的韓國、魏國，使韓國、魏國不用擔心東方的威脅，就為天下人挺身而出抵擋秦兵。以韓國、魏國來對付秦國，其餘四國在後方休養生息，暗中援助他們的急難，這樣長期運作下去，那秦國還有甚麼作為呢？不知道用這計謀，卻貪圖邊境上尺寸土地的小利，違背盟誓，破壞條約，甚至自相殘殺。秦國還沒派兵出來，而天下諸侯都各自陷入困境了。直到秦國人能夠把握時機，殲滅他們的國家，這不是很悲哀嗎？

讀孟嘗君傳　王安石

【寫作背景】

王安石（1021－1086），字介甫，號半山，撫州臨川（江西撫州市）人。慶曆二年（1042）進士，重視地方建設，推行政務改革，具有豐富的行政經驗。王安石主張改革政治，後來拜相，推行新法，但因遭到反對，新法推行受阻，並於熙寧七年（1074）罷相。熙寧八年再相，熙寧九年再辭，退居江寧（江蘇南京市），封荊國公。卒謚文。著《臨川集》等。唐宋八大家之一。

孟嘗君，姓田名文，齊靖郭君田嬰之子。襲父封爵，封於薛（山東滕州市東南），養賢士食客數千人，戰國四公子之一。齊湣王二十五年（公元前299）入秦，秦昭王請孟嘗君為丞相。其後聽信讒言，囚孟嘗君，欲殺之。賴食客中有能為雞鳴狗盜者相救，得免於難。翌年脫歸為齊相。

【主旨】

本文專論孟嘗君得士的問題。作者認為雞鳴狗盜之徒並不能算作士，只有安邦治國的人才是真正的士。士恥與雞鳴狗盜之徒為伍，兩者必須有所區別，不宜混為一談。

【原文】

世皆稱孟嘗君能得士，士以故歸之；而卒賴其力，以脫於虎豹之秦[1]。嗟乎！孟嘗君特雞鳴狗盜之雄耳[2]，豈足以言得士？不然，擅齊之強，得一士焉，宜可以南面而制秦[3]，尚何取雞鳴狗盜之力哉？**夫雞鳴狗盜之出其門，此士之所以不至也。**

① **虎豹**：形容兇暴。當時秦國最強，六國都懼怕秦國。

② **雞鳴狗盜之雄**：雞鳴狗盜，言學雞鳴，為狗作盜，指為宵小之徒，擅於某種卑下技能的人。雄，首領。

③ **南面**：君臨天下。古代人君聽政之位居北，朝向南方，引申為帝位。

【賞析與點評】

〈讀孟嘗君傳〉快人快語，議論獨到。全文共四句：首句立意案，建立議題，點出世人所謂「得士」之說，可以在強秦的威逼下脫險回國。第二句破除「得士」之說，反而指出孟嘗君只是「雞鳴狗盜之雄」，領導宵小狗偷之輩，並非真正的英雄人物。第三句筆鋒一轉，指出當時的大業就是要制服強秦，只要得到一位真正的人才，配合齊的國力，就可以建功立業，永垂不朽。第四句結論，就是因為雞鳴狗盜之徒出入於孟嘗君的門下，真正的人才便不會來了。

本文四句，句句都提到「得士」或「士」；末三句都提到「雞鳴狗盜」，而孟嘗君則是這些人的領袖，其身不正。「士」與「雞鳴狗盜」彼此對立，其實就是君子與小人之辨，同聲相應，物以類聚，兩者根本就不可能混在一起的。歐陽修〈朋黨論〉：「大凡君子與君子，以同道為朋；小人與小人，以同利為朋。」說的也是這個道理。

【想一想】

王安石推行新法，照理來說需要很多人才的支持，可是歷史告訴我們，王安石的失敗主要就在於用人不當，他以勢利小人組成骨幹，卻與歐陽修、蘇軾等正人君子對立。那麼，誰是「雞鳴狗盜」之徒？誰是真正的「士」呢？

當然，「士」的語義非常複雜，王安石所指的「士」，必然具有經邦濟世的雄才大略，是一流的人才，可惜這並不多見。此外，凡具有一技之長的，能夠在適當時候發揮作用，例如雞鳴狗盜之徒剛好救回孟嘗君一命，這也是「不拘一格」的人才了。所以才與不才之間，有時是很難辨認的。

其實，王安石如果真能吸取孟嘗君的經驗教訓，還是不能聚集人才，那麼問題就可能出在自己身上了。

【強化訓練】

一、 試把下列文字語譯為白話文：

（1） 而卒賴其力，以脫於虎豹之秦。

（2） 宜可以南面而制秦。

二、 試回答以下問題：

何謂「士」？何謂「雞鳴狗盜」？王安石變法有沒有得到「士」的參與和支持呢？

【文章語譯】

世人都稱讚孟嘗君能夠羅致人才，士人因此而投靠他的門下；而後來也是憑他們的力量，從虎豹一般兇暴的秦國逃脫出來。唉！孟嘗君只不過是那些扮雞啼叫、學狗作盜等人的首領而已，哪裏說得上能夠羅致人才呢？要不是這樣，憑着齊國強大的力量，只要得到一個真正的士人，就應該可以君臨天下降服秦國了，哪裏還要靠雞鳴狗盜的伎倆來幫忙呢？連雞鳴狗盜之徒都在他的家門出入，這就是士人不去投靠他的原因了。

賣柑者言 劉基

【寫作背景】

劉基（1311－1375），字伯温，處州青田（浙江青田縣）人。元順帝元統元年（1333）舉進士，曾任朱元璋的謀臣，輔助明朝開國，北伐中原，統一天下。洪武四年（1371）辭官，後被胡惟庸構陷，憂憤而卒。謚文成。劉基性情剛直，著《誠意伯文集》《郁離子》《覆瓿集》等。詩文亦足為一代宗匠，尤精於天文曆算，能知過去未來，民間流傳的〈燒餅歌〉相傳也是他的作品。

本篇為寓言文體，選自《誠意伯文集》卷七。劉基生活於元末社會，貪污腐敗，千瘡百孔，亂局已成，其實也沒有甚麼好說的。本文借題發揮，藉一個爛柑隱喻腐敗的社會，文臣武將都虛有其表，貪財瀆職，導致社會大亂，風氣敗壞。作者藉一個小販之口說出官場的異化及社會的亂局，尤能發人深省，大快人心。

【主旨】

本文藉賣柑者之口批評社會貪污腐化、弄虛作假的亂象，因而帶出「金玉其外，敗絮其中」的主題，託物言志，有益於世道人心。

【原文】

杭有賣果者，善藏柑，涉寒暑不潰，出之燁然[1]，玉質而金色；置於市，賈十倍，人爭鬻之[2]。予貿得其一，剖之，如有煙撲口鼻；視其中，則乾若敗絮[3]。予怪而問之曰：「若所市於人者，將以實籩豆[4]、奉祭祀、供賓客乎？將衒外以惑愚瞽乎[5]？甚矣哉，為欺也。」

賣者笑曰：「吾業是有年矣。吾賴是以食吾軀[6]。吾售之，人取之，未聞有言，而獨不足子所乎？世之為欺者不寡矣，而獨我也乎？吾子未之思也。今夫佩虎符、坐皋比者[7]，洸洸乎干城之具也[8]，果能授孫、吳之略耶[9]？峨大冠、拖長紳者[10]，昂昂乎廟堂之器也[11]，果能建伊、皋之業耶[12]？盜起而不

---

① **燁然**：燁（粵 jip6 葉；普 yè），色澤光鮮。

② **人爭鬻之**：鬻（粵 juk6 玉；普 yù），買也。

③ **敗絮**：爛棉花。

④ **實籩豆**：實，裝滿。籩是竹簍子，盛載果品；豆是木碗，盛載肉食物品。籩豆都是祭祀用的禮器。

⑤ **將衒外以惑愚瞽乎**：衒（粵 jyun6 願；普 xuàn），誇耀。瞽，瞎子。

⑥ **吾賴是以食吾軀**：食（粵 zi6 飼；普 sì），解為供養、養活自己，動詞的使動用法。

⑦ **虎符**：虎形的兵符，古代領兵的憑證。**皋比**：比（粵 pei4 皮；普 pí），通作「皮」。皋比就是虎皮褥子，指武將的座席。

⑧ **洸洸乎干城之具也**：洸洸（粵 gwong1 光；普 guāng），勇武貌。干，盾也；城，城郭，干城都有捍衛的作用。干城之具指保衛國家的將才。

⑨ **孫、吳之略**：指孫武、吳起的兵法韜略。

⑩ **長紳**：腰間的大帶。

⑪ **廟堂**：天子的宗廟，比喻朝廷。

⑫ **伊、皋**：指伊尹、皋陶。伊尹是商湯的賢相，皋陶相傳是舜時的刑官。

知禦，民困而不知救，吏奸而不知禁，法斁而不知理[13]，坐糜廩粟而不知恥[14]；觀其坐高堂，騎大馬，醉醇醴而飫肥鮮者[15]，孰不巍巍乎可畏[16]，赫赫乎可象也？又何往而不**金玉其外，敗絮其中**也哉？今子是之不察，而以察吾柑！」

予默默無以應。退而思其言，類東方生滑稽之流[17]。豈其忿世嫉邪者耶？而託於柑以諷耶？

---

⑬ **斁**：斁（粵 dou3 到；普 dù），敗壞。

⑭ **糜廩**：糜（粵 mei4 眉；普 mí），損失，耗費。廩，糧倉。

⑮ **醉醇醴而飫肥鮮者**：醇醴，醇醪美酒。飫（粵 jyu3 嫗；普 yù），飽食。

⑯ **巍巍**：高聳巍峨。

⑰ **東方生**：東方朔，本姓張，字曼倩，平原厭次（山東德州市陵縣神頭鎮）人。漢武帝時為太中大夫，善辭賦，性詼諧，常以滑稽的說話進行諷諫。漢武帝把他當俳優看待，不予重用。**滑稽**：滑（粵 gwat1 骨；普 gǔ），荒誕，詼諧，搞笑。

【賞析與點評】

本文借物言志，託喻以諷，作者買了一個爛柑子，竟然氣沖沖地跑回去要跟果販理論，指責對方貨不對辦。可是果販比作者更厲害，他沒有因為賣了爛柑子而怯場認錯，反而更理直氣壯的指斥滿朝的文武大員原來都在欺世盜名，都是大騙子。他們外表峨冠長紳，高大威猛，裝模作樣，看起來一表人才，卻都是窩囊廢般的貪婪無恥之徒，只是不斷耗費國家的儲糧，做不了甚麼事。兩相對比，果販騙的只是小錢，而高官們的所作所為才真的是惡行。柑子爛了是小事，而國家破敗、社會病了才是大問題啊！

本文的結語「今子是之不察，而以察吾柑」，果販用了反詰語調，冷峻健銳，作出了有力的反擊，並簡單直接地揭示出社會不公義的所在。

【想一想】

從維護消費者權益來說，作者買柑貨不對辦要討回公道，完全是正確的，不能說錯。到了今天的現實社會還是該這樣做的，不然可真的做了冤大頭，甘於被騙了。面對社會的不公義或官員貨不對辦，市民應該怎樣做呢？跟政府討回公道、表達訴求嗎？還是就像文章中的人民，所有人都認為這是正常的社會現象，沒有甚麼問題，大家寧願一起麻木，一起沉淪，都不想首先出聲，帶頭反抗？賣柑者及作者或許已給了我們答案。

【強化訓練】

一、 在（　　）內寫出下列句子運用了的修辭技巧：

（1）（　　　　　）

「將以實籩豆、奉祭祀、供賓客乎？將衒外以惑愚瞽乎？」

（2）（　　　　　）

「今夫佩虎符、坐皋比者。」

（3）（　　　　　）

「昂昂乎廟堂之器也，果能建伊、皋之業耶？」

（4）（　　　　　）

「盜起而不知禦，民困而不知救，吏奸而不知禁，法斁而不知理，坐糜廩粟而不知恥。」

二、 試回答以下問題：

（1） 解釋「金玉其外，敗絮其中」的含義。

____

____

____

（2） 解釋「今子是之不察」一句中「是」的語法意義。

____

____

____

【文章語譯】

杭州有個賣水果的人，善於保藏柑子，柑子經過寒暑季節都不會變壞，拿出來還很光鮮，現出玉質的堅實和金色的光澤。擺在市場上，叫價十倍，大家都搶着買。我買到一個，剖開之後，好像有股煙味嗆人口鼻；再看柑子裏面，乾枯得像爛棉花。我感到奇怪，問他：「你賣給人的柑子，是打算用竹簍子盛着，用來拜祭先人，或招待客人呢，還是外表打扮漂亮以迷惑愚鈍盲目的人？你太過分了，這樣欺騙人啊。」

賣柑的人笑着說：「這份工作我做了好幾年，就靠它來養活自己。我賣柑子，別人買柑子，都沒聽到有意見，就只有你感到不合乎期望嗎？世上騙子不算少了，難道只有我嗎？你對這個問題好像從來都沒有想過。現在握着兵符、坐在虎皮褥子上、樣子威武的，應該都是保家衞國的將才，他們能像孫武、吳起般展示出兵法謀略嗎？那些戴着高大的官帽、拖着一條長腰帶、高高在上的朝廷大臣，又真能像伊尹、皋陶般有所建樹嗎？盜賊蜂起不懂得防備，人民生活艱難不懂得救助，官吏作惡不懂得禁止，法制敗壞不懂得處理，不斷耗費國庫的米糧都不知道羞恥，就是這些人。看他們坐在大廳裏面，或騎着高大的馬匹，或醉飲醇醪美酒而又飽嘗佳肴美食，哪一位不是高大威猛看起來嚇人、顯赫亮麗具有美好的形象呢？他們的作為又何嘗不是外表裝扮得很漂亮，而內裏塞滿了爛棉花啊！現在你不去檢舉他們的惡行，卻來查驗我的柑子嗎？」

我靜默了，沒有反應，離開之後思考他的話，看來他有點像東方朔詼諧滑稽之類的人物，難道他是不滿現實憎厭邪惡的人，因而借用柑子的故事來諷勸世人嗎？

藺相如完璧歸趙論　王世貞

【寫作背景】

王世貞（1526－1590），字元美，號鳳洲、弇州山人。南直隸太倉（江蘇太倉市）人。嘉靖二十六年（1547）進士。初任刑部主事，歷員外郎、郎中，為官正直，不肯阿附權貴。官至南京刑部尚書。王世貞乃後七子之首，自李攀龍（1514－1570）死後，即獨力主持文壇風氣二十年，詩賦散文，都負盛名，高唱「文必西漢，詩必盛唐，大曆以後書勿讀」，與標榜唐宋派者持論不同。晚年主張漸趨平和，能採唐宋勝處，行文雖然模周仿漢，而不失爽朗俊逸。撰有《弇州山人四部稿》《弇山堂別集》《藝苑卮言》等。

「完璧歸趙」故事發生於趙惠文王十六年（公元前 283），藺相如睥睨秦王，威震諸侯，前人多稱藺相如機智。太史公讚揚藺相如的氣勢，將生死置之度外，智勇兼備，推許甚高。但王世貞卻提出了與眾不同的見解，也可以說是翻案文章。

【主旨】

本文旨在提出作者對藺相如完璧之事的獨特見解，認為故事情節過於神妙，不相信完璧之事，藺相如大概是得到上天的厚待而已。

【原文】

藺相如之完璧[1]，人皆稱之。予未敢以為信也。夫秦以十五城之空名，詐趙而脅其璧[2]。是時言取璧者情，非欲以窺趙也。趙得其情則弗予，不得其情則予；得其情而畏之則予，得其情而弗畏之則弗予。此兩言決耳，奈之何既畏而復挑其怒也！

且夫秦欲璧，趙弗予璧，兩無所曲直也[3]。入璧而秦弗予城，曲在秦。秦出城而璧歸，曲在趙。欲使曲在秦，則莫如棄璧；畏棄璧，則莫如弗予。夫秦王既按圖以予城，又設九賓[4]，齋而受璧，其勢不得不予城。璧入而城弗予，相如則前請曰：「臣固知大王之弗予城也。夫璧非趙璧乎？而十五城秦寶也。今使大王以璧故，而亡其十五城，十五城之子弟，皆厚怨大王以棄我如草芥也。大王弗與城，而紿趙璧[5]，以一璧故而失信於天下，臣請就死於國，以明大王之失信。」秦王未必不返璧也。今奈何使舍人懷而逃之[6]，而歸直於秦？

---

① **藺相如**：藺（粵 leon6 論；普 lìn）相如（公元前 329－前 259），趙人，為趙宦者令繆賢的舍人。完璧歸趙後拜為上大夫。

② **璧**：邊大孔小，圓環狀的美玉，指和氏璧。楚卞和發現美玉於荊山，先後獻之於厲王、武王，被誣為欺君之罪，遭受刖刑，削去膝蓋，雙足皆廢，哭於荊山之下。文王剖而出之，琢為和氏璧，乃天下貴重的寶物。

③ **曲直**：是非。

④ **九賓**：周天子接見萬邦、使臣朝聘最高級別的禮儀。晚周諸侯橫恣，紛紛僭用天子的禮儀。

⑤ **紿**：紿（粵 toi5 怠；普 dài），欺哄，欺騙。

⑥ **舍人**：親近左右的通稱。

是時秦意未欲與趙絕耳。令秦王怒，而僇相如於市[7]，武安君十萬眾壓邯鄲[8]，而責璧與信[9]，一勝而相如族[10]，再勝而璧終入秦矣。吾故曰：**蘭相如之獲全於璧也，天也。若其勁澠池[11]，柔廉頗[12]，則愈出而愈妙於用。所以能完趙者，天固曲全之哉！**

---

⑦ **僇相如於市**：僇，殺戮。僇於市，公開執行死刑。

⑧ **武安君**：秦將白起兵威振天下，號武安君。其後長平一役坑殺趙卒四十萬人。**邯鄲**：趙國國都，今河北邯鄲市。

⑨ **責**：責問。

⑩ **族**：族人牽連受誅，連家人一起殺害。

⑪ **勁澠池**：趙惠文王二十年（公元前 279），趙惠文王與秦昭王欲為好，會於西河外澠池，秦王令趙王鼓瑟，藺相如則脅迫秦王擊缻，保存趙國的體面，秦亦不敢妄攻趙國。勁指表現威武。澠池在今河南黃河南岸，洛陽與三門峽之間。

⑫ **柔廉頗**：柔，柔服。廉頗（粵 po1 陂；普 pō）（公元前 327－前 243?）乃趙國名將，不服藺相如的地位在自己上面，想公開羞辱藺相如，藺相如多次避見，不欲兩虎相鬥，曰：「以先國家之急而後私讎也。」其後廉頗負荊請罪，二人結為好友。

【賞析與點評】

本文是一篇史論之作，專論完璧歸趙的故事。此事《史記》已有詳載，刻畫藺相如的形象，智勇雙全，剛柔並濟。由於珠玉在前，如果觀點差不多，王世貞就完全不必寫了。明乎此，王世貞之所以評論此事，必然要帶出獨特的見解，或是石破天驚的偉論，才能讓人耳目一新，讀得痛快。

本文分為三段。首段聲明自己並不相信藺相如完璧之事，而作者認為秦王對和氏璧志在必得，趙國朝廷在「予」與「弗予」之間能選擇的空間不多，自應量力而為，作出適當的回應。簡單地說就是「此兩言決耳，奈之何既畏而復挑其怒也」，不早作決定而反覆無常，可能自招其禍。

次段專論是非曲直的問題，看誰失信在先。王世貞假設秦王取璧後不肯交出十五城，然後藺相如就上前指責秦王「以一璧故而失信於天下」，甚至以死明志，也許秦王願意交回和氏璧。現在叫舍人偷偷地把玉璧帶走，那麼就錯在趙國，而秦國就站在正義的一面了。

第三段專從藺相如犯錯的角度立論。王世貞認為當時秦國仍然想跟趙國維持正常的關係，萬一秦王發怒了，不但殺了藺相如，甚至大軍壓境，和氏璧也保不住。因此，最後推論出因為天意的安排，藺相如只是僥倖完成任務而已。王世貞甚至更進一步指出後來的澠池會、負荊請罪的情節都過於神妙，因而得出「天固曲全之哉」的結論。

【想一想】

王世貞翻空立說，只能說是書生之見，缺乏實戰經驗。其實秦王擺明欺負趙國，滅趙乃是早晚的事。索取和氏璧只是一個藉口，趙國給與不給都是一道難題，不會像王世貞說的這麼簡單。

根據《史記》的記載，藺相如就是憑着一股銳氣把秦王壓住了，秦王固然可以殺死藺相如，但於事無補。沒有藺相如的膽色和必死的決心，試問又怎能完成任務呢？王世貞說是天意，倒不如說是個人的氣質更重要。秦王識英雄重英雄，不殺藺相如還是對的，否則便貽笑於天下了。最後做不成交易，秦國還是沒有損失。

秦國在隨後的兩三年都發動了對趙國的戰爭，那麼索取和氏璧的動機不就昭然若揭了嗎？所以，藺相如對當時的形勢判斷正確，完璧就是保存國家的形象，反而王世貞以天意為說，可能就不夠踏實了。

【強化訓練】

一、　把下列文字語譯為白話文：

（1）　趙得其情則弗予，不得其情則予。

（2）　奈之何既畏而復挑其怒也！

（3）　欲使曲在秦，則莫如棄璧。

二、　試回答以下問題：

王世貞說：「趙得其情則弗予，不得其情則予；得其情而畏之則予，得其情而弗畏之則弗予。此兩言決耳，奈之何既畏而復挑其怒也！」那麼，藺相如就不必奉璧入秦，作這一場的表演了。你認為對嗎？

【文章語譯】

藺相如保護和氏璧安然歸國，人人都稱讚他，我就不敢相信這是真事。秦國以十五城的虛假名義，欺騙趙國，脅迫交出和氏璧，當時想取得和氏璧倒是真的，並不是想藉此攻佔趙國。趙國明白秦國真正的動機就不必給他，不明白秦國真正的動機就給他。明白秦國的動機又怕秦國就給他，明白秦國的動機而不怕秦國就不必給他了。這是兩句話就決定得了的，為甚麼既害怕秦國又挑起對方的怒火呢？

而且秦國想得到和氏璧，趙國不肯給，兩方面都沒有對錯可言。奉上了璧而秦國不肯給十五城，這是秦國不對。秦國如果給了城池而和氏璧又回到了趙國，那麼趙國就不對了。想使秦國不對，不如放棄和氏璧；怕失去和氏璧，不如不給。現在秦王已答應按圖交出城池，又舉行最隆重的九賓之禮，齋戒之後才接受和氏璧，看形勢不可能不交出城池。獻上了和氏璧，而對方不交出城池，藺相如就可上前請求說：「我當然知道大王是不會交出城池的。和氏璧並不是趙國的寶物，而十五城則是秦國珍貴的寶物。現在大王為了和氏璧而失去了十五城，十五城的百姓都會埋怨大王把人民看作雜草一樣丟棄。大王不肯交出城池而騙取趙國的玉璧，就是為了一塊玉璧而失去了天下人對秦國的信任。我希望現在就死於秦國，以證明大王失信。」秦王未必不肯交回和氏璧，為甚麼叫舍人抱着和氏璧逃回趙國，反而使秦國得直了。

當時秦國還不想跟趙國翻臉。假如秦王發怒，將藺相如公開處決了，白起又帶領十萬軍隊威壓邯鄲，以求取和氏璧和承諾。一戰得勝，藺相如就會族誅，再勝之後和氏璧就會送到秦國了。所以我說：「藺相如能將和氏璧保存完好，自是天意安排。」至於在澠池之會中表現出強硬，在與廉頗爭位中表現出柔順，愈來愈神乎其技。趙國之所以能夠保全完好，看來是天意儘量成全他了！

徐文長傳 袁宏道

【寫作背景】

袁宏道（1568－1610），字中郎，號石公，湖廣公安（湖北公安縣）人，萬曆二十年（1592）進士及第。袁宏道與兄袁宗道（1560－1600）、弟袁中道（1575－1626）並有才名，時稱三袁，為公安派的創始者。強調要抒寫性靈，不拘格套，重視民歌小說及通俗文學。推動晚明文學的解放思潮，使整個文學空氣活躍起來，貢獻甚大。著《袁中郎全集》四十卷。

袁宏道小時候讀過《四聲猿》雜劇、署名天池生、田水月的書畫作品，及《闕編》的詩集，深為欽佩，知道這些都是徐渭（1521－1593）的作品。於是積極搜集徐渭的生平資料，萬曆二十七年（1599）春在北京寫成了〈徐文長傳〉。

徐渭多才多藝，可惜鄉試落第，仕途不順，但依然倔強如初。因此，袁宏道在文中將徐渭一代奇才的事跡彰顯於世，情真意切，感同身受，並以「奇」字作一篇文章的骨幹，貫通前後。

【主旨】

本文專為徐渭立傳，而刻意摹寫徐渭的「奇」態。先是他的出身和表現，有奇才、奇計，彷似一顆耀眼的新星，令人矚目。可是科場失意，晚年更患了狂躁病，然終以不遇於時，鬱鬱以終。作者寫出徐渭一生坎坷的遭遇，深負狂名，卻成就卓絕，也就無所不奇了。

【原文】

徐渭，字文長，為山陰諸生[1]，聲名藉甚[2]。薛公蕙校越時[3]，奇其才，有國士之目[4]。然數奇[5]，屢試輒蹶。中丞胡公宗憲聞之[6]，客諸幕[7]。文長每見，則葛衣烏巾，縱談天下事，胡公大喜。是時公督數邊兵，威鎮東南，介胄之士[8]，膝語蛇行，不敢舉頭；而文長以部下一諸生傲之。議者方之劉真長、杜少陵云[9]。會得白鹿[10]，屬文長作表[11]。表上，

---

① **山陰**：浙江紹興市。**諸生**：科舉縣試及格，稱為童生。童生經過考試，錄取為府州縣學的生員，則稱為諸生，俗稱秀才。

② **聲名藉甚**：藉，訓為雜亂，盛多，指聲名遠播。

③ **薛公蕙校越**：薛蕙(1489－1539)，字君采，安徽亳州人。正德九年(1514)進士，授刑部主事，累官吏部考功司郎中，嘉靖中獲罪解職。校，通「較」，即考拔人才之意。案當時提拔徐渭的當為薛應旂（1500－1575)，嘗任浙江學使，或因同姓致誤。

④ **國士**：國中傑出的人物，德業品格，都可作國人典範。

⑤ **數奇**：數，命運、際遇。奇（粵gei1 基；普jī），訓矛盾、抵觸、不順之意，本文最後一句「斯無之而不奇也」音同。數奇即命運坎坷。

⑥ **中丞胡公宗憲**：胡宗憲（1512－1565)，字汝貞，號梅林，安徽績溪人。曾任浙江巡撫，俗稱中丞。嘉靖三十五年（1556）任總督大臣，剿滅倭寇，屢建軍功。後因嚴嵩父子案牽連入獄，自殺而死。著《籌海圖編》十三卷，明確標註了釣魚台的位置。

⑦ **客諸幕**：客，禮聘。諸，之於，之指徐渭。幕指幕府，在政府建制之外另聘人才，作為特別顧問及襄助政務。徐渭入幕在世宗嘉靖三十六年冬（1557)，參與設計誘捕倭寇的頭目徐海、陳東、麻葉、汪直等，並將他們治罪。

⑧ **介胄**：介，甲也；胄，頭盔。代指軍人。

⑨ **劉真長**：名惔，東晉沛國相人，善清談，曾入會稽王導幕中，活躍於晉穆帝永和年間，三十六歲卒。**杜少陵**：杜甫(712－770)，曾任劍南節度使嚴武幕僚。

⑩ **白鹿**：嘉靖三十七年(1558)，胡宗憲得白鹿舟山，上獻朝廷，視作祥瑞之物。

⑪ **屬**：屬，通作「囑」，吩咐。

永陵喜[12]。公以是益奇之，一切疏計[13]，皆出其手。文長自負才略，好奇計，談兵多中，視一世事無可當意者，然竟不偶。

文長既已不得志於有司，遂乃放浪麴糵[14]，恣情山水，走齊魯燕趙之地，窮覽朔漠。其所見山奔海立，沙起雲行，風鳴樹偃[15]，幽谷大都，人物魚鳥，一切可驚可愕之狀，一一皆達之於詩。其胸中又有勃然不可磨滅之氣，英雄失路托足無門之悲；故其為詩，如嗔如笑，如水鳴峽，如種出土，如寡婦之夜哭，羈人之寒起。雖其體格時有卑者，然匠心獨出，有王者氣，非彼巾幗而事人者所敢望也[16]。文有卓識，氣沉而法嚴，不以模擬損才，不以議論傷格，韓、曾之流亞也[17]。文長既雅不與時調合[18]，當時所謂騷壇主盟者[19]，文長皆叱而怒之[20]，故其名不出於越。悲夫！

---

⑫ **永陵**：明世宗朱厚熜，年號嘉靖，在位四十五年，葬永陵。

⑬ **疏計**：計，或作「記」，指奏章報表。

⑭ **麴糵**：麴（粵 kuk1 曲；普 qū）糵（粵 jit6 熱；普 niè），釀酒的發酵物，又稱酒母。此處指酒。

⑮ **樹偃**：偃（粵 jin2 演；普 yǎn），倒下。

⑯ **彼巾幗而事人者**：巾，頭巾；幗，髮飾。指婦女服飾。此句意謂以女性般柔媚姿態取悅有權勢者。古人以女子無才為尚，通達如袁宏道亦不免有此觀念。用現代的標準來看，即有性別歧視之嫌。

⑰ **韓、曾之流亞也**：韓，韓愈（768 – 824）；曾，曾鞏（1019 – 1083）。流亞，同一流人物。

⑱ **雅**：常也。

⑲ **騷壇**：詩壇，文壇。

⑳ **怒之**：怒，或作「奴」。怒指怒罵，而奴則有鄙視之意。

喜作書，筆意奔放如其詩，蒼勁中姿媚躍出；歐陽公所謂妖韶女，老自有餘態者也[21]。間以其餘，旁溢為花鳥，皆超逸有致。卒以疑殺其繼室[22]，下獄論死。張太史元忭力解[23]，乃得出。晚年憤益深，佯狂益甚；顯者至門，或拒不納。時攜錢至酒肆，呼下隸與飲。或自持斧，擊破其頭，血流被面，頭骨皆折，揉之有聲。或以利錐，錐其兩耳，深入寸餘，竟不得死。周望言晚歲詩文益奇[24]，無刻本，集藏於家。余同年有官越者[25]，托以鈔錄，今未至。余所見者，《徐文長集》《闕編》二種而已。然文長竟以不得志於時，抱憤而卒。

石公曰[26]：「先生數奇不已，遂為狂疾；狂疾不已，遂為囹圄[27]。古今文人，牢騷困苦，未有若先生者也！」雖然，胡公間世豪傑[28]，永陵英主，幕中禮數異等，是胡公知有先生

㉑ **歐陽公所謂妖韶女，老自有餘態者也**：歐陽修（1007－1072）〈水谷夜行寄子美聖俞〉詩云：「譬如妖韶女，老自有餘態。」妖韶嬌豔嫵媚，餘態指風韻猶存。

㉒ **卒以疑殺其繼室**：徐渭初娶潘氏，早卒。其後入贅王氏，不一年即離異。復續娶張氏，嘉靖四十五年（1566），文長四十六歲，因小故誤殺張氏，入獄七年。穆宗隆慶六年（1572）遇赦。

㉓ **張太史元忭**：張元忭（1538－1588），字子藎，山陰（浙江紹興市）人。隆慶五年（1571）狀元，授翰林院修撰。太史是中進士而授翰林者的美稱。

㉔ **周望**：陶望齡（1562－1609），字周望，號石簣。會稽（浙江紹興縣）人。萬曆十七年（1589）會試第一，廷試第三。授翰林院編修、國子監祭酒等，以講學著名。著《歇菴集》。

㉕ **同年**：同一年考中登科之人。

㉖ **石公**：袁宏道號石公，以號自稱。

㉗ **囹圄**：囹（粵 ling4 玲；普 líng）圄（粵 jyu5 羽；普 yǔ），牢獄。

㉘ **間世**：隔代，不常出現的。

矣。表上，人主悅，是人主知有先生矣，獨身未貴耳。先生詩文崛起，一掃近代蕪穢之習[29]；百世而下，自有定論，胡為不遇哉？梅客生嘗寄予書曰[30]：「文長吾老友，病奇於人，人奇於詩。」**余謂文長無之而不奇者也。無之而不奇，斯無之而不奇也。**悲夫！

㉙ **蕪穢**：雜草叢生，意即荒廢；這裏引申為蕪雜淺近。

㉚ **梅客生**：梅國楨（1542－1605），字客生，一字克生，號衡湘，湖北麻城人。能詩文，善騎射。萬曆十一年（1583）進士，官至兵部右侍郎總督宣府大同及山西軍務。著有《梅司馬遺文》《燕台集》《性理格言》等。

【賞析與點評】

〈徐文長傳〉以寫人記事為主，文筆生動，寫出徐渭狂放的精神境界，他目空一切，漠視社會的行為規範，盡情地露才揚己，同時也付出了一生的代價。

全文以「奇」字作主腦，首段「奇其才」「公以是益奇之」「好奇計」，這麼一位奇才，可是換來的卻是「然竟不偶」(不偶就是「數奇」，但音義不同)，考試落第，事業無成，甚至發為「狂疾」，也就是精神病，孤獨終老，而內心的痛苦也可想而知了。末段通過梅國楨與作者在通信中的對話，句句圍繞着兩個音義不同的「奇」字大作文章，真令人歎為觀止。

全文分四段，第一段寫徐渭的奇才和不遇。

第二段評述徐渭的詩風，生動雄放，感情強烈；而文章亦具卓識，法度完備。徐渭將一生的精力完全專注於詩文藝術之中，可惜盛名不彰，只有浙江的人知道，而文壇的評論亦不見得公允。

第三段寫徐渭的書畫成就，以及他變成精神病患者的經過，徐渭殺妻而又自殺，其中描寫自殺的情節，尤為可怖，自然更不是一般常人的行徑，袁宏道寄予很大的同情，最後通過詩集遺著帶出徐渭絕望的心聲。

第四段議論徐渭的「狂疾」，認為他在當代已經得到巡撫胡宗憲及皇上明世宗的賞識，以他詩文獨特的成就，後代必有知音。結語「胡為不遇哉」，可見一代奇人的成就是不能以俗世的得失來衡量的，彰顯對生命的哀痛之感，尤為奇崛。

【想一想】

徐渭在科場考試中是失敗的，但當時胡宗憲敢破格用人，招入幕府之中，甚至禮待徐渭。徐渭文武全才，他在抗倭鬥爭中出謀獻策，屢建戰功；而所上的奏章也討得當朝皇帝的歡心，這樣的人才竟然不遇於時。袁宏道想問的，究竟是徐渭出了問題呢？還是這樣的時代、社會和制度出了問題呢？

【強化訓練】

一、　試把下列文字語譯為白話文：

（1）　文長皆叱而怒之，故其名不出於越。

____

____

（2）　先生數奇不已，遂為狂疾；狂疾不已，遂為囹圄。

____

____

（3）　無之而不奇，斯無之而不奇也。

____

____

二、　試回答以下問題：

（1）　本文專用「奇」字立意，而「奇」字有兩組讀音，試寫出「奇」字的音義區別。

____

____

____

（2） 閱讀本文之後，你對徐渭的才情和行為表現有甚麼看法嗎？面對這樣的一位奇才和遭遇，袁宏道認為徐渭是「遇」還是「不遇」呢？

【文章語譯】

徐渭，字文長，是山陰的秀才，聲名很響亮。薛蕙〔薛應旂〕任浙江學使考拔人才，賞識徐渭的奇才，認為他是國中傑出之士，德業出眾。可惜徐渭際遇不順，多次應考鄉試都不成功。浙江巡撫胡宗憲聽到他的聲名，禮聘他當幕僚。文長每次見到胡公，都穿着葛布衣服，戴黑頭巾，暢談天下大勢，胡公十分欣賞他。當時胡公總督各地邊防，在東南一帶聲威卓著，將士們見到他，跪下稟告事項，匍匐在地像蛇一樣爬行，不敢抬頭平視，而文長只是部屬中的一名秀才，卻態度高傲，論者認為是劉惔、杜甫之類的人物。胡公有次捕獲白鹿，吩咐文長作表文，奏上朝廷，嘉靖皇帝見文十分高興。胡公因而特別看重他，一切奏章表疏，都出於他的手筆。文長自信具有才略，又多奇謀妙計，討論軍情大多數都很準確。他看世上的事情竟然完全沒有合意的地方，但最後還是遇不上好時機。

文長既然在科場上得不到考官的賞識，不能中舉，於是放浪形骸，恣意狂飲，盡情遊山玩水，歷遊山東、河北、河南等地，還到過北方考察大漠。他所看到的是山嶽的奔騰，海水的洶湧澎湃，胡沙漫天，雷霆千里，風雨交鳴，大樹傾頹，幽森的山谷，繁華的都會，種種人物和魚鳥之類，一切令人驚愕怪異的景象，全都在詩中呈現出來。而他心中又含有鬱悶不能磨滅的壯氣、英雄末路無地容身的悲哀，所以他所寫的詩，好像嗔怒，好像發笑，好像河水穿透峽谷奔騰的聲響，好像種子發芽冒出土地，好像寡婦在晚上哭泣，好像旅客在寒夜中披衣起來。雖然詩的體裁格調有些卑下，但總有他獨到的見解，不乏王者的氣派，不像那些婦女般以柔媚姿態討人喜歡的詩所能相比的。徐渭的文章有很高的見識，氣韻沉雄而法度嚴謹，不肯模擬別人來折損他的才情，不因議論激烈而影響文章的格調，應該就是韓愈、曾鞏之類的級數了。文長既然不願迎合俗世的標準，當時有所謂詩壇盟主之類，文長都一一叱罵，激怒他們，以致聲名不出於浙江之外。真的可悲啊！

徐渭喜歡書法，下筆奔放，就跟寫詩一樣，蒼勁之中帶有嫵媚的姿態，即歐陽修所謂妖豔的女子老了也會風韻猶存。有時會用他的餘力，向其他方面發展，畫些花卉禽鳥，也都超妙飄逸有韻味。最後因為疑心殺害了他續娶的妻子，被捕下獄，判了死刑，張元忭太史大力為他辯護，才遇赦放了出來。晚年更為憤世，就像狂人似的，貴人來到了門口，有時都不肯接見。有時會帶錢上酒店，招呼低下層的僕役跟他喝酒。又拿起斧頭砍破自己的頭顱，血流滿面，連頭骨都敲斷了，摸上去都有聲音。又以鋭利的錐子刺入兩隻耳朵，深入一寸多，竟然沒有死去。陶望齡說他晚年的詩文更為奇崛，但沒有刻本傳世，詩文集都藏在家中。與我同一年登科的人有在浙江做官的，託他抄錄一些，現在還沒有收到回覆。我只看到《徐文長集》《闕編》二種著作而已。但徐渭最終無法及時實踐抱負，懷着幽憤死了。

袁宏道說：「先生命運不順，遂患有狂妄病。狂妄病一直都不好，遂犯法坐牢。古往今來文人的抑鬱不安和貧困痛苦，再沒有能超過先生的。」儘管如此，仍有胡公這樣世上不多見的傑出人物、世宗這樣英明的皇帝賞識他。在幕府中以最高的規格禮待他，可見胡公已經很尊重先生了。奏上表章而皇上欣然接納，可見皇上已經賞識先生了，只是先生尚未躋身顯貴之列。先生詩文表現卓越，掃清了近代蕪雜淺近的習尚，在以後的世代中自然會有很高的評價，又怎算是不遇於時呢？梅國楨曾經寫信給我說：「徐渭是我的老友，他的毛病比別人奇怪，他的為人又比他的詩奇怪。」我認為徐渭沒有甚麼是不奇特的，因為沒有甚麼不奇特，所以他的遭遇就沒有一處不坎坷了。可悲啊！

附錄

名句索引

【一至三畫】

名句	頁碼
一之為甚，其可再乎？【宮之奇諫假道】	26
一鼓作氣，再而衰，三而竭。【曹劌論戰】	21
大隧之中，其樂也融融；大隧之外，其樂也洩洩。【鄭伯克段于鄢】	14

【四畫】

名句	頁碼
不以物喜，不以己悲。居廟堂之高，則憂其民；處江湖之遠，則憂其君。【岳陽樓記】	190
不足為外人道也。【桃花源記】	141
不戚戚於貧賤，不汲汲於富貴。【五柳先生傳】	148
仁義不施，而攻守之勢異也。【過秦論（上）】	117
六國破滅，非兵不利，戰不善，弊在賂秦。【六國論】（蘇洵）	211
天道無親，常與善人。【伯夷列傳】	102
夫民慮之于心，而宣之于口，成而行之，胡可壅也？【召公諫厲王止謗】	56
夫物不產於秦，可寶者多；士不產於秦，而願忠者眾。【諫逐客書】	86
夫雞鳴狗盜之出其門，此士之所以不至也。【讀孟嘗君傳】	241
父母之愛子，則為之計深遠。【觸讋說趙太后】	76

【五畫】

名句	頁碼
且夫玩好在耳目之前，而患在一國之後。【虞師晉師滅夏陽】	63
世有伯樂，然後有千里馬。千里馬常有，而伯樂不常有。【雜說四】	154
世溷濁而不清，蟬翼為重，千鈞為輕；黃鐘毀棄，瓦釜雷鳴；讒人高張，賢士無名。【卜居】	94
以地事秦，猶抱薪救火，薪不盡，火不滅。【六國論】（蘇洵）	211
以暴易暴兮，不知其非矣。【伯夷列傳】	102
用君之心，行君之意，龜筴誠不能知此事。【卜居】	94

【六畫】

名句	頁碼
先天下之憂而憂，後天下之樂而樂歟！【岳陽樓記】	190
同明相照，同類相求。【伯夷列傳】	104
因人之力而敝之，不仁。失其所與，不知。以亂易整，不武。【燭之武退秦師】	41
在德不在鼎。【王孫滿對楚子】	46
多行不義必自斃。【鄭伯克段于鄢】	12
好讀書，不求甚解；每有會意，便欣然忘食。【五柳先生傳】	148
此其近者禍及身，遠者及其子孫。【觸讋說趙太后】	76
肉食者鄙，未能遠謀。【曹劌論戰】	20
臣無祖母，無以至今日；祖母無臣，無以終餘年。【陳情表】	133

【七畫】

伯夷、叔齊雖賢，得夫子而名益彰；顏淵雖篤學，附驥尾而行益顯。【伯夷列傳】	104
余謂文長無之而不奇者也。無之而不奇，斯無之而不奇也。【徐文長傳】	262
吾妻之美我者，私我也；妾之美我者，畏我也；客之美我者，欲有求於我也。【鄒忌諷齊王納諫】	69
吾問養樹，得養人術。【種樹郭橐駝傳】	175
求仁得仁，又何怨乎？【伯夷列傳】	101
防民之口，甚於防川。【召公諫厲王止謗】	55

【八畫】

周德雖衰，天命未改。鼎之輕重，未可問也。【王孫滿對楚子】	47
奈何以非金石之質，欲與草木而爭榮？【秋聲賦】	204
明恥教戰，求殺敵也。【子魚論戰】	35
金玉其外，敗絮其中。【賣柑者言】	247

【九畫】

故吾不害其長而已，非有能碩茂之也；不抑耗其實而已，非有能蚤而蕃之也。【種樹郭橐駝傳】	173
是以泰山不讓土壤，故能成其大；河海不擇細流，故能就其深；王者不卻眾庶，故能明其德。【諫逐客書】	86
是故弟子不必不如師，師不必賢於弟子，聞道有先後，術業有專攻，如是而已。【師說】	160

名句	頁碼
為川者決之使導，為民者宣之使言。【召公諫厲王止謗】	55
苛政猛於虎也。【捕蛇者說】	167
苟全性命於亂世，不求聞達於諸侯。【前出師表】	125
苟非吾之所有，雖一毫而莫取。【前赤壁賦】	222
苟以天下之大，下而從六國滅亡之故事，是又在六國下矣！【六國論】（蘇洵）	213
神所馮依，將在德矣。【宮之奇諫假道】	27

【十畫及以上】

名句	頁碼
師者，所以傳道、受業、解惑也。【師說】	159
問今是何世，乃不知有漢，無論魏晉。【桃花源記】	140
國人莫敢言，道路以目。【召公諫厲王止謗】	55
孰知賦斂之毒，有甚是蛇者乎！【捕蛇者說】	167
寄蜉蝣於天地，渺滄海之一粟。哀吾生之須臾，羨長江之無窮。【前赤壁賦】	222
悠悠乎與灝氣俱，而莫得其涯；洋洋乎與造物者遊，而不知其所窮。引觴滿酌，頹然就醉，不知日之入。【始得西山宴遊記】	182
曾日月之幾何，而江山不可復識矣！【後赤壁賦】	228
然而禽鳥知山林之樂，而不知人之樂；人知從太守遊而樂，而不知太守之樂其樂也。【醉翁亭記】	198
煢煢孑立，形影相弔。【陳情表】	132
聖人無常師。【師說】	160
道不同不相為謀。【伯夷列傳】	103

蓋未嘗不咎其當時之士，慮患之疎，而見利之淺，且不知天下之勢也。【六國論】（蘇轍）	234
蓋將自其變者而觀之，則天地曾不能以一瞬。自其不變者而觀之，則物與我皆無盡也。【前赤壁賦】	222
輔車相依，唇亡齒寒。【宮之奇諫假道】	26
鄰之厚，君之薄也。【燭之武退秦師】	40
醉翁之意不在酒，在乎山水之間也。【醉翁亭記】	197
親以寵偪，猶尚害之，況以國乎？【宮之奇諫假道】	27
親賢臣，遠小人，此先漢所以興隆也；親小人，遠賢臣，此後漢所以傾頹也。【前出師表】	124
舉世混濁，清士乃見。【伯夷列傳】	103
雖曰愛之，其實害之；雖曰憂之，其實讎之。【種樹郭橐駝傳】	174
藺相如之獲全於璧也，天也。若其勁澠池，柔廉頗，則愈出而愈妙於用。所以能完趙者，天固曲全之哉！【藺相如完璧歸趙論】	253

常用成語一覽表

【一至三畫】

一鼓作氣	比喻趁勁頭大時，堅持不懈地一鼓作氣把事情做完。【曹劌論戰】
三顧草廬	再三到茅草房中去拜訪。比喻誠心誠意地一再邀請。【前出師表】

【四畫】

不求甚解	掌握基本的印象，不要求很深刻的理解。【五柳先生傳】
不食周粟	不吃周朝的糧食。比喻忠貞不屈，不事二主。【伯夷列傳】
不時之需	論不定甚麼時候需要。比喻先準備好，可能隨時需要。【後赤壁賦】
不絕如縷	像一根似斷未斷的細線連繫着。形容情勢十分危急，或聲音、氣息等細微而連綿不斷。【前赤壁賦】
引喻失義	引喻指引用類似的例證來說明道理。失義指說話不恰當，不合道理。【前出師表】
水落石出	水位降落下去，隱在水下的石頭顯露出來了。原形容景色清明，後比喻情況暴露，真相大白。【後赤壁賦】
日薄西山	太陽快要落山了。比喻事物接近衰亡或人近年老。【陳情表】

【五畫】

民不堪命	人民忍受不了苛虐的暴政。【召公諫厲王止謗】
以暴易暴	用暴虐替換暴虐。比喻統治者雖然改換了，但暴虐的統治還是相同的。【伯夷列傳】
正襟危坐	理好衣服端莊地坐着。比喻嚴肅或尊敬的樣子。【前赤壁賦】

【六畫】

羽化登仙	人得道飛升成仙。比喻飄灑脫俗，形同仙人。【前赤壁賦】
妄自菲薄	毫無道理地（無緣無故地）小看自己，形容過於自卑。【前出師表】
因利乘便	憑藉有利形勢，利用便利條件。把握機會達到目的。【過秦論（上）】
如泣如訴	好像在哭泣，又像在訴說。形容聲音悲切。【前赤壁賦】

【七至八畫】

求仁得仁	個人的理想得以達成，比喻如願以償。【伯夷列傳】
門庭若市	門前庭院裏像市集一樣。形容客人往來不斷，十分熱鬧。【鄒忌諷齊王納諫】
怡然自樂	怡然指喜悅的樣子，自樂指自己感到得意。形容高興而滿足。【桃花源記】
杯盤狼藉	形容餐宴後桌上的杯子、盤子亂七八糟，雜亂不堪。【前赤壁賦】
抱薪救火	抱着柴木救火，必然愈弄愈糟糕。【六國論】（蘇洵）

【九至十四畫】

唇亡齒寒	嘴唇沒了，牙齒會感到寒冷。比喻利害相依，關係密切。【宮之奇諫假道】
峰回路轉	原形容山峰迂迴，道路曲折，後多比喻事情經過曲折後，開始出現轉機，或故事情節曲折離奇。【醉翁亭記】
席捲天下	用席子把天下全捲了進去。形容勢力龐大，氣魄宏偉，攪動全世界。【過秦論（上）】
移風易俗	轉變風氣，改換習俗。形容改變不合時宜的社會風氣和生活習俗。【諫逐客書】
深思遠慮	指經過深入細緻地探索和反覆透徹地考慮。【六國論】（蘇轍）
朝不慮夕	早晨不能考慮晚上會是怎樣的。形容情勢危急，隨時都有可能發生變故。【陳情表】
滄海一粟	大海裏的一粒穀子。比喻非常渺小或微不足道。【前赤壁賦】

【十五畫及以上】

餘音嫋嫋	形容音樂悅耳動聽，令人沉醉。【前赤壁賦】
遺世獨立	遺棄世間之事，脫離社會獨立生活，不跟任何人往來。【前赤壁賦】
豁然開朗	原指狹窄忽然變得寬敞明亮。後用以形容原來不明白的，一下子領悟了。【桃花源記】
雞犬相聞	雞狗的叫聲此起彼落，指住所挨近。【桃花源記】
雞鳴狗盜	比喻微不足道的卑下本領。【讀孟嘗君傳】

‖常用詞語一覽表‖

【一至四畫】

巾幗	巾和幗是古代婦女戴的頭巾和髮飾，借指婦女。
不勝	1. 承擔不了，不能忍受。例:體力不勝、不勝其煩。 2. 表示不能做或做不完。例:防不勝防、數不勝數。 3. 非常，十分。例：不勝感激。
心曠神怡	心情舒暢，精神愉快。

【五畫至八畫】

夙夜	早晨和夜晚。泛指時時刻刻。
希冀	希望。
牢騷	煩悶不滿的情緒、說抱怨的話。
囹圄	監獄。

【九畫至十二畫】

亟請	急於請求。
殆盡	幾乎，差不多。
狼狽	傳說狽是一種獸，前腿特別短，走路時要趴在狼身上，沒有狼，牠就不能行動，所以用「狼狽」形容困苦或受窘的樣子。
草芥	小草。比喻輕賤不值得重視的東西。
恣情	縱情、任意。
問津	探詢渡口，比喻探問情況。

敗絮	一堆爛棉花。
須臾	片刻、暫時。
愀然	形容神色嚴肅或不愉快。
喧（諠）譁	聲音大而雜亂。

【十三畫至十六畫】

斟酌	考慮事情是否可行或文字表達是否適當。
滑稽	荒誕詼諧，搞笑。
毀謗	誹謗，說人壞話、惡意攻擊，引申有批評、詛咒之意。
僥倖	由於偶然的原因而得到成功或免去災害。
豪傑	才能出眾的人。
膏腴	肥沃。

【十七畫及以上】

糟糠	酒糟、米糠等粗劣食物，舊時窮人用來充飢。糟糠之妻指貧窮時共患難的妻子。
譁然	許多人吵吵嚷嚷。
儼然	1. 形容莊嚴。例：望之儼然。 2. 形容整齊。例：屋舍儼然。 3. 形容很像。例：這孩子說起話來儼然是個大人。
囊括	用袋子把全部東西裝在裏面。

‖ 強化訓練參考答案 ‖

‖ 左傳 ‖

【鄭伯克段于鄢】

一、（1）壞事做多了，一定會自討滅亡的。你慢慢看吧！

（2）國家不能長期聽從兩邊指令的，國君有甚麼打算嗎？

二、（1）因為姜氏做幼子段的內應及幫助他奪位，所以克段之後，莊公就把母親軟禁在城潁，並許下毒誓「不及黃泉，無相見也」。後來得賢大臣的化解，讓他們在地道相會，母子和好如初。

（2）現在新聞報導中都有很多這類的例子，例如弟弟為了索取金錢向母親動粗，哥哥為了保護母親，卻錯手殺了弟弟。之前香港法庭宣判哥哥自衞無罪，當庭釋放。如果碰上鄭莊公的例子，母親又縱容弟弟，長時間勸戒不成，可能要分開自保了。

【曹劌論戰】

一、（1）鄙薄，指淺陋的庸才

（2）不……之，合音詞，意即「不敢專之也」

（3）普遍、遍佈，引申為「取信」

（4）盡心負責

二、（1）排比、層遞　　（2）對偶

（3）借代（肉食者借代朝中高官）

【宮之奇諫假道】

一、（1）親族之間有了寵信的仍然感到逼迫的壓力，尚且還要殺害他們，何況別的國家呢？

（2）小臣聽到的是，鬼神不一定要親近哪一個人，只要有好德行的就會依從。

二、（1）這是晉國第二次的借路攻打虢國。第一次虞公沒事，還得到了厚禮，滿心歡喜。但宮之奇看到了形勢不妙，明顯是一個陷阱，向虞公進諫，不要借路，更不要心存僥倖。第一次已經做得不對了，對方怎會再給自己第二次的機會呢？

（2）這幾句引文都強調德治的重要，皇天親近修德之人，祭品以明德最為馨香，連百姓都堅持修德的理念，不可動移。無論天地人之間，一切皆以「德」為做人最高的準則。

很多人以為中國是一個封建迷信的國家，通過這幾句話，可以發現古代中國還是比較講求理性，重視德行的修養，甚至連皇天和神明都偏幫修德的君主。

【子魚論戰】

一、（1）赦免，脫身免禍　（2）大腿

（3）假借為「擒」、俘虜　（4）賞賜，賜與

二、宋、楚二軍在泓水對陣。宋襄公昧於戰場的形勢，以為自己是王者之師，戰無不勝，既未能掌握克敵制勝的先機，同時更為戰士訂下了嚴苛的規條，所謂「君子不重傷」「不禽二毛」「不以阻隘」「不鼓不成列」四條，自縛手腳，解除了軍隊的作戰

能力，結果大敗塗地，身邊的護衛全部戰死，自己也受了重創，第二年就去世了。宋襄公的四條戰術對敵人仁慈，放過了敵人，但在你死我亡的戰場上，這樣的行為等同自殺，還讓大量的部隊犧牲陪葬，愚不可及。

【燭之武退秦師】

一、（1）小臣壯年的時候，都比不上別人的才幹。現在年紀大了，大概也沒有甚麼作為了。

（2）如果亡鄭對秦國有利，就請你們的部隊動手吧。

（3）強鄰獲益愈多，那麼君王的利益就會愈少。

二、其實秦晉都想獨佔鄭國，壯大自己的勢力，可是又不願意看到對方成功，這就是燭之武平衡戰略的賣點。後來秦鄭結盟，秦國佔了便宜，暫時存鄭而又操控鄭國，晉國並沒有得到任何好處，晉文公對撤兵的解釋也是酸溜溜的，「微夫人之力不及此。因人之力而敝之，不仁。失其所與，不知。以亂易整，不武。吾其還也。」秦國收留過他，對他有恩；他情願跟秦國保持友好關係，也不想跟秦國決裂；至於關鍵的一句「以亂易整」，明知開戰必有損傷，為了保存實力，退兵自然是上策了。而晉文公最後得到的，只是「仁」「知」「勇」的良好感覺，一種精神勝利而已。可見秦晉不是不想滅鄭，只怕便宜了對方而已。他們勢均力敵，互相制衡，自然大家都不敢輕舉妄動。燭之武分析戰場的形勢，切中要害。

【王孫滿對楚子】

在「在德不在鼎」一句中，「德」象徵普世價值，周朝的權力地位仍然是舉世公認的。而「鼎」只能代表物質意義，普世價值自然超乎物質意義之上。至於「鼎之輕重」則代表一種權威，周朝仍然受到普世的尊重，楚子還沒有資格替代周室，更不會得到諸侯的認可，不容許挑戰權威，不必妄想。

‖周秦‖

【召公諫厲王止謗】

一、（1）沒有一個人　（2）他們，代詞
（3）規勸　（4）興起，說出來

二、（1）本文有很多名言金句，例如「民不堪命」「道路以目」「防民之口，甚於防川」「為川者決之使導，為民者宣之使言」「夫民慮之于心，而宣之于口，成而行之，胡可壅也」等，言淺意深，到現在還很管用。後二句更是早期的對仗句式，工整之中兼具流動之感。這些句子深化了大家對社會公義的認知，啟發讀者的思考。

（2）召公說：「口之宣言也，善敗於是乎興。行善而備敗，所以阜財用、衣食者也。」看來當時主要討論的是圍繞生產經濟的話題。加上前面一句「民不堪命矣！」可能是指賦稅太重，超過了大家所能負擔的能力。所以提出訴求，甚至反抗了。

【虞師晉師滅夏陽】

一、（1）如果收了我們的禮物而不借路給我們，那又怎辦呢？

（2）說話謙卑，禮物又很名貴，一定會對虞國圖謀不軌的。

二、（1）本文在故事中突出了兩位人物的形象。一是晉國的謀臣荀息，他懂得利用虞公的貪念，同時又掌握了宮之奇軟弱的個性，計劃周詳，慮事準確。另一位是虞國的大夫宮之奇，他盡心盡力的諫諍虞公，可是虞公財迷心竅，甚麼都聽不進去。宮之奇看到危機所在，感到國事不可為，也就舉家逃亡到曹國去了。

（2）因為虞公為了貪圖晉國的厚禮，竟然領先帶路，先後兩度讓晉國侵佔鄰國，結果也斷送了自己的國家。「且夫玩好在耳目之前，而患在一國之後」，做人要有憂患意識，不要耽於逸樂，自取滅亡。雖玩好在前，也要考慮國家的憂患所在，保持冷靜的頭腦。但虞公並不明白這個道理，他不聽宮之奇的勸諫，自取滅亡，自然是罪魁禍首，受到《春秋》的責難。

【鄒忌諷齊王納諫】

一、（1）哪一個，誰　（2）親愛，偏愛　（3）蒙蔽、欺瞞

二、（1）鄒忌不是謀臣，也沒有戰功，他只是一位表演者，竟然憑一則虛擬的故事游說齊威王納諫稱霸，富有戲劇效果，引人發笑。這可以說明戰國時代列強爭霸，講究權變和謀略，才智勇武之士，乘時崛起，出謀獻策，這是一個人才角力的時代，各有精彩的言論和行動，同時也是可供大家盡情傾力演出的大舞台。

（2） 首段窺鏡，主要用了修辭上錯綜的技巧。此段三問三答，句式的變換花樣百出，各不相同，分別為「我孰與城北徐公美？」「吾孰與徐公美？」「吾與徐公孰美？」大家都一致公認鄒忌的形貌贏了城北徐公，是齊國的美男子，而回應的語調「君美甚，徐公何能及君也！」「徐公何能及君也？」「徐公不若君之美也！」亦互有同異。

次段用了映襯。鄒忌見了徐公之後，窺鏡自視，於是歷經日夜三重的審視和思考，證明自己受騙。前後相互映襯，增強了可信程度。此外，亦運用了誇張手法寫出戲劇的張力。

【觸讋說趙太后】

一、（1） 有人敢再說要派長安君作人質的，我這個老太婆一定會用唾液吐他的臉。

（2） 觸讋進來後慢慢地走，到太后跟前道歉說：「老臣的腳有毛病，已經不能快走了。」

（3） 老臣現在都不想吃東西了，所以逼自己走路，每天走三四里。

二、 這兩句話的目的是說明權力和財富並不能長久保有。當權者通常都會厚待自己的子女，讓子女坐享其成，可是一旦身故之後，權力來源沒有了，而子女又不爭氣，自然就會受人欺負。「此其近者禍及身，遠者及其子孫」，一個人沒有自立能力，看來是沒有人能保護他的。因此觸讋認為與其給子孫財富，倒不如讓他們得到良好的教育，自立成材，培養成熟的心智，懂得解決問題，這樣他們才能夠保護自己。

【諫逐客書】

一、（1） 深藏　（2） 天下　（3） 敵寇

二、 現在美國領先科技，操控金融，甚至獨霸全球，支配其他國家，其實又何嘗不是多年以來不斷地吸納四方各國人才所致？很多人都想去美國讀書，畢業後留在美國工作。現實形勢看來跟秦國統一前的狀況並無不同，就要看其他國家怎樣應付和拆招了。上策還是吸納人才，尊重人才，而人才也覺得有吸引力，才願意前來。

【卜居】

一、（1） 疑問　（2） 比喻、映襯　（3） 排比

二、 鄭詹尹的回應真的是令自己處於非常尷尬的境地。這是一個是非顛倒的年代，價值觀念也很混亂，龜筴解決不了現實複雜的人事問題。屈原不肯同流合污，選擇潔身自愛；鄭詹尹也只能選擇說老實話，這樣的回應自然是理性的、恰當的。

‖漢唐‖

【伯夷列傳】

一、（1） 退位　（2） 戰爭　（3） 同「早」　（4） 走去，前往

二、（1） 因為以武力對抗武力，人民傷亡慘重，可能並非解決政治問題的善策。

（2） 他們並不認同周朝的政權，「義不食周粟」，為了秉持公義的立場，只能以死明志。

（3）孔子宗周，站在周人的立場來看問題，尊重前代賢者的選擇，求仁得仁，態度比較平和。司馬遷從歷史的發展來看問題，天道並不見得公平，善惡賢愚的報應，往往還是逆其道而行的，自然會有比較激憤的看法。

【過秦論（上）】

一、（1）挑戰　（2）聚合　（3）敗走　（4）武器

二、（1）秦國未統一時有備而戰，遇強愈強，顯出自信。統一後太平日久，將士缺乏戰意，加上迷信暴力統治，仁義不施，自然不堪一擊。

（2）做對的是開疆拓土，統一天下，北築長城，保護人民免受外族的滋擾。做錯的是廢先王之道，燔百家之言；收天下之兵，以弱天下之民，殘害百姓，致民心盡失。

【前出師表】

一、（1）對比　（2）對偶　（3）借代　（4）借代

二、（1）諸葛亮在人事方面一切既已佈置妥當，劉禪看來只能安享帝座，平衡政府整體的運作，不能有太大的作為，否則很容易引發權力衝突。

（2）如果劉禪是一位明君，他可能覺得諸葛亮越權了，管得太多。加上代溝衝突，他自有主張，未必接受諸葛亮的觀點。如果他是一位庸主，不必受政務勞神，倒也樂得逍遙自在了。可是歷史上的劉禪亡國後變成一位樂不思蜀的花花公子，明哲保身。畢竟讓諸葛亮管定了，也不懂得處理政務，他可能沒有太大的反應。

(3) 從現代企業管理的角度來看，諸葛亮是為劉禪負責的，應該專心經營蜀國，休養生息，自然壯大，賺取利潤，保境安民，北伐只能視為一項長遠的目標而已。如果他不是固執己見，應該還有很大的提升或轉型的思考空間。

【陳情表】

一、(1) 憐憫　(2) 缺少　(3) 福

(4) 隕落，殞命　(5) 升起

二、(1) 主要是刻畫家中的困境，突出祖孫二人相依為命，密不可分的關係。「煢煢孑立，形影相弔。而劉夙嬰疾病，常在牀蓐；臣侍湯藥，未嘗廢離。」

其次寫出應召赴任與留家照料的兩難困惑。「臣欲奉詔奔馳，則以劉病日篤；欲苟順私情，則告訴不許。」

最後說明祖孫二人的生命是無法分開的，只求陛下網開一面。「臣無祖母，無以至今日；祖母無臣，無以終餘年。母孫二人，更相為命。是以區區不能廢遠。」

(2) 如果你跟李密的情況相似，而又祖孫情深的話，可能會選擇留下。不過，在現今的香港社會裏，九十六歲的祖母大概都送進老人院去了，很多時更會交由政府照顧，你大可安心地為自己的前途考慮。

【桃花源記】

一、(1) 沿着，順着　(2) 花朵　(3) 才，僅

(4) 類　(5) 邀請

二、（1） 對偶 / 借代（「雞犬」指牠們所發出的聲音。）

（2） 頂真　　（3） 借代

三、（1） 在同一天空下，原來有些地方是完全可以擺脫政治和歷史的束縛。沒有了兩漢魏晉，桃花源中的居民還是可以選擇自己的社會和制度。

（2）〈桃花源記〉武陵漁人的故事基本是虛構的，嚴格來說是一篇小說作品，只因為文筆及意境太好了，所以也兼有散文的意味。末段忽然提到劉子驥尋找桃花源的計劃，他是一位高士，一生尋找仙境，真人真事，結果卻也無疾而終。作者就是想創出虛實相生、似真而幻的藝術效果，明確說明了桃花源的世界並不存在。

【五柳先生傳】

一、（1） 喜歡讀書，不會要求完全理解；到了有所領會的時候，就高興得忘了吃飯。

（2） 生性喜歡喝酒，可是家境貧困，不能常常買酒。

二、（1） 陶潛宅邊有五棵柳樹，與自然共存，可能代表「閑靜少言」「好讀書」「性嗜酒」「簞瓢屢空」「文章自娛」等生活上豐盛的精神境界，具有象徵意義。

（2） 無懷氏、葛天氏都是傳說中的上古帝王，象徵淳樸自然的世界，遵行森林法則，我行我素，弱肉強食；或是相當鬆散的群體部落形式，近於無政府管治。如果人人只有「利己」「求生」的想法，可能跟原始的獸性無異。過度的掠奪利益，不懂得尊重別人，缺乏群體的生存意識，沒有法制，沒有規範，在現實中看來是不可行的。

【雜說四】

一、（1） 所以雖然有了名馬，牠只是在奴隸馬夫的手上受辱。

（2） 餵養牠的不能配合牠的食量，鳴叫的時候又不明白牠的想法。

二、

（1） （i） A 音　（ii）B 音；不能解為「把馬吃掉」

（iii）B 音；餵養馬匹　（iv）A 音

（v） B 音；「食之」不是指吃掉了馬

（2） 相當於「天下無人」，也就是沒有人才。在位者維護既得利益，排斥賢能之士。

【師說】

一、（1） 更加

（2） 齒，並列；不齒即不屑於並排在一起

（3） 專門研究（的方向）

（4） 贈送

二、（1） 士大夫身居要職，志得意滿，不思長進，難以立身行道。「彼與彼年相若也，道相似也。位卑則足羞，官盛則近諛。」因而從師很容易惹人笑柄。

（2） 十七歲的李蟠具有「好古文」「不拘於時」「能行古道」等種種優點，年輕有為，具有良好的學習精神。韓愈一方面藉此抨擊當代的學術風氣，士大夫缺乏虛心學習的勇氣，反以從師為恥，不復聞道。另一方面則防止年輕人在成長的過程中沾染惡習，自甘墮落。其實本文就是

鼓勵李蟠學海無涯，必須終身學習，聆聽別人的意見，以學習道理為最高的境界。

【捕蛇者說】

一、（1） 每年　　（2） 當初 / 過去

（3） 喧鬧　　（4） 開心之貌

二、（1）「悍吏之來吾鄉，叫囂乎東西，隳突乎南北，譁然而駭者，雖雞狗不得寧焉。吾恂恂而起，視其缶，而吾蛇尚存，則弛然而卧。謹食之，時而獻焉。退而甘食其土之有，以盡吾齒。」鄰居交不了稅，遭受官府中人打打鬧鬧，雞犬不寧；而自己所養的毒蛇尚在，不用交納農產品，生活豐足，安枕無憂。文中用了「映襯」的修辭手法，將兩種場面相互比對，描敍較細緻。

（2）「苛政猛於虎也」指苛政逼人，令人走投無路，孔子面對這一幅衰世的景象看來也無能為力。但這種慘況在後代的歷史中還是反覆出現。柳宗元「孰知賦斂之毒，有甚是蛇者乎」則是指賦斂剝削之害，更是驚心動魄，而毒蛇也就變得不毒了。其實虎、蛇之毒相當，都是由苛政「賦斂之毒」逼出來的。大概只能說官府更毒，人心更毒了。

【種樹郭橐駝傳】

一、（1） 茂盛，繁多　　（2） 深厚

（3） 疏　　（4） 愛

二、（1）「故吾不害其長而已，非有能碩茂之也；不抑耗其實而

已，非有能蚤而蕃之也。」順其自然，無為而治。不必干預，不加損耗，萬物自然生長，完全不由人意安排。

（2）「雖曰愛之，其實害之；雖曰憂之，其實讎之。」官府追求政績，急於求成，往往適得其反，好心做壞事，此之謂也。官民之間，如果缺乏信任，可能就相互敵視。

（3）先是「有問之」的回應主要討論種樹問題，郭槖駝主張順其自然，使樹木生機勃勃；其次「問者曰」的回應主要討論施政問題，建議不要擾民，發出太多的訓令，令人疲於奔命。兩者在修辭上是映襯作用，一正一反，相互補足，同時也帶出作者認為種樹及施政的經驗可以相通的觀點。

【始得西山宴遊記】

一、（1）到了之後撥開草地坐下來，倒出壺中的酒，喝個大醉。

（2）洋洋自得，與天地同在，永遠看不到盡頭。

二、（1）「日與其徒上高山，入深林，窮迴溪，幽泉怪石，無遠不到。到則披草而坐，傾壺而醉。醉則更相枕以臥，臥而夢。意有所極，夢亦同趣。覺而起，起而歸。」諸句的「到」「醉」「臥」「夢」「起」等，除了「夢」字在文句上略有分隔外，一般都採用接字的方式，連綿而下，就是修辭學上的「頂真」手法。可以表現文章的氣勢，產生回環往復、綿綿無盡的閱讀效果。下文「自遠而至，至無所見」也有頂真的意味，可是只有短短兩句，顯得緊湊，卻難以展現氣勢。

（2） 本文共用了五個「始」字，在語法及釋義方面互有同異。

i 「始」得西山宴遊記：

「始」，開始，首次，用作名詞，作「得」的主語，意為初遇。

ii 而「未始」知西山之怪特：

「未始」，未曾，還沒開始，用作副詞，修飾動詞「知」。

iii 「始」指異之：

「始」，才剛開始，用作副詞，修飾動詞「指」。

iv 然後知吾嚮之「未始」遊：

「未始」，未曾，還沒開始，用作副詞，修飾動詞「遊」。

v 遊於是乎「始」：

「始」，開始，啟動，用作動詞，是句子的謂語。「遊」指此項活動，用作名詞，是句子的主語。

（3） 本文專寫西山之美，主要集中在「其高下之勢，岈然洼然，若垤若穴，尺寸千里，攢蹙累積，莫得遯隱。縈青繚白，外與天際，四望如一」一段。其實西山依然是西山，自古以來就是這樣，就是讀者特意跑去看了，可能「不外如是」，跟尋常的山水無別，不一定有驚豔之美。可是作者自貶謫以來，一直都處於「恆惴慄」的心態，甚至四年來的遊歷都不能消解這個心結。而這趟西山之行卻使他從困頓中完全釋放出來，「心凝形釋，與萬化冥合」，可見西山之美實在是作者強烈的主觀想像，即有徹悟之感，從四年來的負面情緒中解放出來。對於作者來說，西山之美何止重要，甚至連「元和四年九月二十八日」也是值得紀念的日子，注滿正能量。

‖宋明‖

【岳陽樓記】

一、（1） 擬人　　（2） 對偶

（3） 疊字　　（4） 層遞

（5） 借喻（「璧」借喻一輪明月。）

（6） 互文（「物」與「己」皆互有喜悲。）

二、（1）（i） 順暢　　（ii） 通過

（2）（i） 到達　　（ii） 盡頭

（3）（i） 京師、國都　　（ii） 國家

（4）（i） 有時、至於　　（ii） 或者，或許

【醉翁亭記】

一、（1） 很多人只知道跟隨州官遊玩的樂趣，卻不知道州官在享受自己的樂趣。

（2） 喝醉了能夠與眾同樂，醒過來能夠寫成文章的人，就是州官了。

二、（1） 設問　　（2） 層遞

（3） 對偶　　（4） 借代

【秋聲賦】

一、（1） 銀河　　（2） 收攏、聚集

（3） 空虛、空蕩　　（4） 減退

二、 本文雖以秋聲為題，但描寫秋聲的地方很少，虛擬繪畫卻多，

大抵是借題發揮，藉寫心聲。至於具體描繪秋聲的字句有「初淅瀝以蕭颯，忽奔騰而砰湃；如波濤夜驚，風雨驟至。其觸於物也，鏦鏦錚錚，金鐵皆鳴。又如赴敵之兵，銜枚疾走，不聞號令，但聞人馬之行聲」「故其為聲也，淒淒切切，呼號憤發」「但聞四壁蟲聲唧唧，如助予之歎息」三段，其中第一段為想像之境，可能只是平日經驗積累的感覺；加上第二段為悲泣之聲，第三段的蟲聲，一起譜成秋聲的大合奏。

【六國論】（蘇洵）

一、（1）對偶　　（2）比喻

（3）誇張　　（4）對偶

二、（1）這句是全文的論點，作者認為賂秦是六國敗亡的主因。次段即論證賂秦之弊，獻盡了土地，最後必然招致亡國的厄運。第三段以荊軻刺秦說明「非兵不利」，以李牧抗秦說明非「戰不善」，甚至連「齊人未嘗賂秦」，結果都逐一滅亡。與秦國接壤的韓、魏、楚三國沒有能力保護自己的疆土，遠方的齊、燕、韓三國失去了屏藩後亦難自保了。

（2）蘇洵〈六國論〉認為六國聯合抗秦，可以自保，因為「不賂」保存了自己的國力，更免於養虎為患，壯大秦國，這自然是最好的建議。此外六國更要尊重人才，爭取奇才，讓君主振作，才能免受強秦的劫迫。其實蘇洵所要指出的，就是國家目前所面臨的困境，對遼、夏議和的條件過於苛刻，跟六國晚期賂秦的情況十分相似，希望國家知人善用，「不賂而勝之」，呼籲改革。

【前赤壁賦】

一、（1）當然、固然　　（2）勸酒

（3）短暫　　（4）寶藏

二、（1）蘇軾主要是通過這個比喻說明變與不變的道理，人生亦復如是。蘇軾曰：「客亦知夫水與月乎？逝者如斯，而未嘗往也。盈虛者如彼，而卒莫消長也。」江水是不斷前進的，現在的身影已不是前一刻的身影了，但看起來好像沒有任何變動，一切依舊；月亮每一天都在變動，面相不一，或圓或缺，可是並沒有增加或減少。

（2）美人多義，可以說是年輕美麗的女子，即是作者心中的佳人、愛人，甚至是逝去的妻子王弗等。美人也可以代表理想。不過本文的美人可能是象徵君主，即是指宋神宗，作者渴望重返都門，得到國君的信任。跟屈原〈離騷〉中的香草美人，意義上是相通的。

（3）這個問題沒有標準答案，大家可以作多方面的猜想。蘇軾任黃州團練副使，只是一個被安置的閒職，不能簽署公事。而且更是待罪之身，備受監管的。此賦談到曹操在赤壁之戰中失利，可能暗寓時局，必有難言之隱。如果我們聯想到元豐四年（1081），宋派五路大軍伐夏戰敗之事，那麼〈赤壁賦〉難免亦會有影射朝政之嫌，因此比較慎重，不敢輕易示人了。

【後赤壁賦】

一、（1）可是，連詞　　（2）攀上、攀登

（3）返回　　（4）我、我的

二、（1）〈前赤壁賦〉風光綺麗，通達輕快，說明人生哲理，十分充實，了無遺憾。〈後赤壁賦〉氣氛恐怖，意象繁多，心中有很多鬱結，難以說明清楚，最後設想孤鶴西飛，了無痕跡。

（2）蘇軾的前妻王弗早逝，繼室王閏之也很賢慧，甚至更是迭經生死考驗的患難夫妻。文中寫蘇軾要酒，歸而謀諸婦。婦曰：「我有斗酒，藏之久矣，以待子不時之需。」可見夫妻之間自有無盡的默契和理解。

【六國論】（蘇轍）

一、（1）歸罪、責備　　（2）即「間」，其間

（3）折損、屈服　　（4）機會，空子

二、韓、魏相當於今日的河南省，處於中原地區，歷來都是兵家必爭之地。如果六國是統一國家，以韓、魏二國專力對付秦國，其餘四國在後方協力支援抗敵，自是最理想的安排。問題是六國都是獨立的個體，就算韓、魏抗秦成功，但筋疲力竭，倒過來反而可能給予其他四國可乘之機。蘇轍之論，稍欠踏實。

【讀孟嘗君傳】

一、（1）而後來也是憑他們的力量，從虎豹一般兇暴的秦國逃脫出來。

（2）應該可以君臨天下降服秦國了。

二、按照王安石的法，「士」是治國的人才，而「雞鳴狗盜」只有一技之長，不能勝任治國的重任。不過，比較諷刺的是，宋朝的政府重視知識分子，人才輩出，但在朝廷中卻分為兩派，互

相攻訐。王安石推行新法，照理來說需要很多人才的支持，可是歷史告訴我們，王安石的失敗主要就在於用人不當，號稱新黨，卻全以勢利小人為組成骨幹；而反對新法的多屬舊黨，例如歐陽修、蘇軾等，都是正人君子。歐、蘇與王安石相互推重，私交甚篤，可惜在政治上卻站在王安石的對立面。

【賣柑者言】

一、（1） 反問　　（2） 借代

（3） 反襯 / 襯托　　（4） 排比

二、（1） 批評世事虛有其表，裏面腐敗，表裏不一，蒙混騙人。

（2）「是」，代詞，指稱上文一大堆社會不公義的亂象。在語法的角度來說，這是古漢語賓語前置的現象，就是說「現在你不去檢舉這些亂象」。或者也可以視作主題，譯作「現在你這些亂象不去檢舉」，即主題先行，加重語氣。

【藺相如完璧歸趙論】

一、（1） 趙國明白秦國真正的動機就不必給他，不明白秦國真正的動機就給他。

（2） 為甚麼既害怕秦國而又挑起他的怒火呢？

（3） 想使秦國不對，不如就放棄和氏璧。

二、 秦國肯定不會以十五城換璧，這只是一個騙局，希望不費吹灰之力就可以取得趙璧。藺相如明知有詐，但又估算秦國尚不敢遠攻趙國，加上趙國亦作好防備。藺相如就是憑着一股銳氣把秦王壓住了，秦王固然可以殺死藺相如，但於事無補。秦王識英雄重英雄，不殺藺相如，做不成交易，秦國還是沒有損失。

看來戰國時代這一場精彩的表演還是必須的，機關算盡，爾虞我詐，而王世貞未免把事情看得過於簡單了。

【徐文長傳】

一、（1）文長都叱罵而激怒他們，以致自己的聲名不出於浙江之外。

（2）先生命運坎坷，就患有狂妄病；狂妄病一直都不好，就犯法坐牢了。

（3）因為沒有甚麼不奇特，所以他的遭遇就沒有一處不坎坷了。

二、（1）「奇」字一般音奇特之奇（粵kei4 其；普qí），本文「奇其才」「公以是益奇之」「好奇計」「晚歲詩文益奇」「病奇於人」「人奇於詩」「余謂文長無之而不奇者也」「無之而不奇」等句均依如字讀。

一音奇偶之奇（粵gei1 基；普jī），訓矛盾、抵觸、不順之意，「然數奇」「先生數奇不已」即命運不好。本文最後一句「斯無之而不奇也」音義相同。

（2）我們一般會欣賞徐渭的才情，特別是「好奇計」，在軍事獻策方面有卓越的表現，深得胡宗憲的賞識；而他的章表疏計亦獲得皇上的歡心。至於他的詩文書畫，卓有成就，也是歷史公認的事實。如果說有缺陷，就是科舉不第，經不起失敗的考驗，佯狂遠走，甚至瞧不起其他人，跟整個文壇為敵。至於晚年患了狂躁症，殺妻自虐，都是一些負面的行為，自然是不懂得控制自己的情緒，出現了心理問題。

在本文中，袁宏道肯定徐渭的成就，除了皇上及胡宗憲、張元汴、梅國楨諸家之言外，最重要還是作者石公所說的，「百世而下，自有定論，胡為不遇哉？」他對徐渭是深表同情的，天之生才，自然也欣賞徐渭是難得一遇的奇人奇行，在昏昏的濁世中令人心神一振，寄意於言外，也就是同樣地不滿現實了。

中學生文言經典選讀

古文觀止

責任編輯：鍾昕恩
裝幀設計：小　草
排　　版：陳美連
印　　務：劉漢舉

導讀及譯注
黃坤堯

出版
中華教育
香港北角英皇道 499 號北角工業大廈 1 樓 B
電話：(852) 2137 2338　傳真：(852) 2713 8202
電子郵件：info@chunghwabook.com.hk
網址：http://www.chunghwabook.com.hk

發行
香港聯合書刊物流有限公司
香港新界荃灣德士古道 220-248 號荃灣工業中心 16 樓
電話：(852) 2150 2100　傳真：(852) 2407 3062
電子郵件：info@suplogistics.com.hk

印刷
美雅印刷製本有限公司
香港觀塘榮業街 6 號海濱工業大廈 4 字樓 A 室

版次
2019 年 1 月初版
2023 年 5 月第 3 次印刷

規格
16 開 (210mm x 153mm)

ISBN
978-988-8571-76-5